PERCHTOLDSDORFER TODESRAUSCH

Christian Schleifer, Jahrgang 1974, ist gebürtiger Perchtoldsdorfer, gefangen im Leben eines Wieners. Nach erfolgreichem
Lehramtsstudium der Anglistik und Germanistik arbeitete er
zwanzig Jahre lang folgerichtig als Sportjournalist bei zwei
österreichischen Tageszeitungen, bevor er 2015 beschloss,
sich mehr Zeit für seine Frau, die Zwillinge und das Krimi-
Schreiben zu nehmen.

CHRISTIAN SCHLEIFER

PERCHTOLDSDORFER TODESRAUSCH

Der vierte Fall für Charlotte Nöhrer

Kriminalroman

emons:

Bibliografische Information der Deutschen Nationalbibliothek
Die Deutsche Nationalbibliothek verzeichnet diese Publikation
in der Deutschen Nationalbibliografie; detaillierte bibliografische
Daten sind im Internet über http://dnb.d-nb.de abrufbar.

© Emons Verlag GmbH
Alle Rechte vorbehalten
Umschlagmotiv: shutterstock.com/Irina Nartova,
shutterstock.com/siloto, shutterstock.com/Igor Vitkovskiy,
pixabay.com/Silke
Umschlaggestaltung: Nina Schäfer, nach einem Konzept
von Leonardo Magrelli und Nina Schäfer
Umsetzung: Tobias Doetsch
Gestaltung Innenteil: DÜDE Satz und Grafik, Odenthal
Lektorat: Uta Rupprecht
Druck und Bindung: CPI – Clausen & Bosse, Leck
Printed in Germany 2023
ISBN 978-3-7408-1855-5
Originalausgabe

Unser Newsletter informiert Sie
regelmäßig über Neues von emons:
Kostenlos bestellen unter
www.emons-verlag.de

Dieser Roman wurde vermittelt durch
die Semmelblond Script Agency, Dresden.

Für meine Geschwister: Alexandra und Dominik

So a Dodl mit da Rodl auf da Pistn
spü do jo kan Terroristen
weu wir nemman di
und sperrn di ein am Heisl
dann bist bestenfalls a Geisl
so a Dodl mit da Rodl eine Frechheit
nur bei uns host du a Pech heit.

»So a Dodl mit da Rodl«, Georg Danzer

Weil i wü', Schifoan, Schifoan, wow wow wow, Schifoan,
weil Schifoan is des leiwaundste,
wos ma si nur vurstelln kann.

»Schifoan«, Wolfgang Ambros

Prolog

Die Charlotte genoss das Panorama, das sich vom Gipfel der Planai, dem Hauptskiberg des Ennstals, vor ihr ausbreitete. Über ihr strahlend blauer Himmel, unter und vor ihr weiße Pisten und ganz unten das verschneite Ennstal und dessen Ski-Hauptstadt Schladming. Links und rechts waren die Skiberge Hauser Kaibling, Hochwurzen und Reiteralm verbunden durch eine gigantische Skischaukel, die Freunden des gepflegten Wedelvergnügens über hundertzwanzig Kilometer Pistenspaß versprach.

Tausende Skifahrer tummelten sich auf den Hängen und verwandelten die Gegend in ein riesiges lebendes Wimmelbild. Und mittendrin eben die Charlotte. Im Moment zwar gerade nicht auf der Piste, sondern auf einer Skihütte, aber man konnte schließlich nicht den ganzen Tag nur sporteln. Wer hielt das schon aus? Davon abgesehen kostete sie der ganze Spaß auch nichts, da konnte man schon etwas großzügigere Skipausen einlegen. Sie fasste die Hand von der Andrea und streichelte sie verträumt. War schon praktisch, wenn man vom Tourismusverband eingeladen war und Hotel, Liftkarte sowie Speis und Trank im kompletten Skigebiet umsonst bekam. Da ließ sich die Zeit im Liegestuhl auf achtzehnhundert Meter Höhe und mit der Sonne im Gesicht gleich noch einmal so gut genießen.

»Prost«, sagte sie und stieß mit ihrer Freundin mit einem Willi an. Der Willi war ein Birnenschnaps, dekoriert mit einem eingelegten Birnenstückchen am Spieß und verdünnt mit dem zuckersüßen Fruchtsaft aus der Konserve, in der die Birnenstückchen gelegen hatten. Die Sonnenstrahlen ließen sie die Grade knapp unter null vergessen, zudem wärmte der Schnaps sowieso von innen.

»Eigentlich unglaublich, dass diese Geschichte mit den

Morden hier in Schladming jetzt auch schon wieder ein Jahr her ist«, meinte die Andrea verträumt.

»Mhm«, stimmte die Charlotte abwesend zu. Dann schlug sie die Augen auf. »Ein Jahr! Aber das heißt ja …«

»… dass wir eigentlich unser einjähriges Jubiläum feiern könnten«, vervollständigte die Andrea den Satz. Sofort war die Charlotte wieder hellwach. Sie bestellte noch eine Runde Schnaps. Das mit dem Birnensaft verdünnte Gschloder ging runter wie Wasser. Und hatte auch in etwa dieselbe Wirkung.

»Wahnsinn. Ein Jahr. Ein Jahr, in dem sich so viel geändert hat.«

»Nur zum Besseren, hoffe ich«, meinte die Andrea verschmitzt.

»Na ja, sagen wir: das meiste. Ein bisschen viel Morde hat es im letzten Jahr gegeben für meinen Geschmack«, entgegnete die Charlotte feixend. Wobei, lustig war das eigentlich nicht gewesen. Böse Zungen behaupteten sogar, dass Leichen den Weg der Charlotte pflasterten. Als ob sie etwas dafür konnte, dass mit ihrer Heimkehr nach Perchtoldsdorf auf einmal auch ein paar Wahnsinnige den beschaulichen Weinort südlich von Wien für sich entdeckt hatten.

»Aber genau wegen so einer Geschichte sind wir überhaupt erst zusammengekommen.«

»Schon. Aber wäre das nicht auch unblutiger gegangen?«

»He«, echauffierte sich die Andrea theatralisch, »ist ja nicht so, als ob ich die Morde angestiftet hätte!«

»Eh. Trotzdem ganz schön, dass jetzt mal ein paar Wochen Ruhe herrscht. Wann haben wir die letzte Leiche gehabt?«

Die Andrea musste kurz überlegen. »Um die Weihnachtszeit. Ist also schon ein paar Wochen her. Fast schon ungewohnt.«

»Mhm. Der Sommer und der Herbst waren echt brutal.«

Tja, und damit war das Wichtigste auch schon besprochen. Die beiden lehnten sich in ihren Sonnenstühlen zurück, kippten die Sonnenbrillen von der Stirn über die Augen und genossen das Leben.

Die Andrea hatte aber schon recht. Ziemlich genau zwölf Monate war es her, dass die Charlotte mit ihrer kleinen Schwester im Schlepptau zu einem Kurzurlaub nach Schladming gekommen und rund um den legendären Nachtslalom über eine Mordserie gestolpert war, die – wie sich später zeigen sollte – ihr Leben komplett auf den Kopf stellte. Danach war sie heimgekehrt nach Perchtoldsdorf, und dort hatte ein Mord den nächsten gejagt. Die Charlotte war mit Ermittlungsarbeiten fast mehr eingedeckt gewesen als zu ihren Zeiten als Polizistin.

Als Dank für ihre Hilfe war sie nun, ein Jahr später, von der Schladminger Bürgermeisterin eingeladen worden. Diesmal sollte die Charlotte das Ski-Spektakel in aller Ruhe genießen können. Statt wie vor einem Jahr in einer kleinen Pension, waren sie, die Andrea, ihre kleine Schwester Flora und Noah, der Ziehsohn der Familie Nöhrer, diesmal im besten Haus am Platz untergebracht. Für das Rennen selbst, zu dem es noch einen Tag hin war, hatte man ihnen Plätze auf der VIP-Tribüne reserviert. Die vier waren bereits seit Samstag im Skiort, und trotz ihrer Prominenz hatte man die Charlotte bislang nicht erkannt. »Prominent« war manchmal eben auch ein sehr lokal gefasster Begriff. Sie konnte in aller Ruhe durch die Fußgängerzone flanieren, sich auf eine Jause ins Café Mozart setzen und einfach nur chillen. Natürlich hatte sie sich auch mit all den alten Bekannten vom letzten Jahr getroffen und gleich am ersten Abend im »Schneeweißchen«, ihrem Stammlokal aus dem Vorjahr, einen gewaltigen Absturz hingelegt. Aber das gehörte wohl einfach dazu.

»Frau Nöhrer?«

Die Charlotte musste trotz der Sonnenbrille blinzeln, dann drängte sich ein dunkler Schatten zwischen sie und die Sonne. Sie schob die Sonnenbrille auf die Stirn und konnte nun den Störenfried erkennen. Es war eine Frau im weißen Skioverall mit pelzumrandeter Kapuze. Die Nähte des Skianzugs waren aus blendend glänzendem Gold, dazu trug die Person eine riesige Sonnenbrille, die sie wie die Stubenfliege Puck aussehen ließ. Konnte aber nicht sein, denn die Fliege Puck trug keine Gucci-Brillen.

»Wer lässt fragen?«, antwortete die Charlotte leicht genervt.

»Gestatten, Lydia Hammerschmied. Ich bin Zeitungsreporterin.«

»Aha«, meinte die Charlotte noch immer wenig begeistert. »Für welche Zeitung denn?«

Die Hammerschmied schaute verdutzt drein. Offenbar hatte sie damit gerechnet, dass sie bekannt genug war, um eine Frage wie diese gar nicht erst aufkommen zu lassen. Sie schnaufte fast unhörbar und sagte dann: »Für ›Heimatland‹. Wir sind die größte Tageszeitung des Landes.«

»Zweitgrößte, meinen Sie wohl«, warf die Andrea ungerührt von der Seite her ein. Sie hatte sich weder aufgesetzt noch die Sonnenbrille abgenommen. »Und was die Größe angeht – großformatig ja, aber kleinformatiger Inhalt.«

»Und wer sind Sie?«, fragte die Reporterin säuerlich.

»Ich bin die Freundin von Frau Nöhrer«, antwortete die Andrea lapidar und nahm die Hand der Charlotte.

»Kommt schon, Mädels«, griff die Charlotte beruhigend ein. »Was wollen Sie denn eigentlich von mir, Frau Hammerschmied?«

Unaufgefordert setzte sich die Hammerschmied auf die Kante vom Sonnenstuhl der Charlotte. »Ich suche Sie schon seit gestern. War gar nicht so einfach, Sie zu finden. Wie Ihre *Freundin* (die Charlotte hatte gar nicht gewusst, dass man dieses Wort so abfällig aussprechen konnte) ja bereits angemerkt hat, befassen wir uns gerne mit den bunten Themen des Weltgeschehens. Da passt Ihre Geschichte natürlich hervorragend, um unsere Berichterstattung rund um den Nachtslalom ein bisschen aufzupeppen.«

»Was heißt, meine Geschichte?«

»Na, wie Sie letztes Jahr die Mordserie hier aufgeklärt haben.«

Die Charlotte richtete sich auf und betrachtete die Reporterin nochmals genauer. Ihre Augen waren dank der Stubenfliegen-Sonnenbrille nicht zu erkennen, der Rest des Gesichts schon. Schmollmund war noch eine Untertreibung, die Charlotte vermutete, dass bei den üppigen Lippen ein wenig (na ja, sehr) nachgeholfen worden war. Verstärkt wurde der Eindruck durch den übermäßig dick aufgetragenen rosa Lippenstift. Die Wangenknochen waren ebenfalls mit starkem Rosa betont, das Make-up selbst war so auffällig, dass sie unmöglich erkennen konnte, ob die Frau tatsächlich so braun oder einfach nur stark geschminkt war.

»Tun Sie das weg«, sagte die Charlotte streng und fuchtelte mit ihren Händen vor dem Gesicht herum. Ohne Umstände hatte ihr die Hammerschmied ein Handy mit bereits eingeschalteter Diktierfunktion direkt unter die Nase gehalten. Immerhin konnte sie sich jetzt auch die Hände der Dame genauer ansehen. Die Nägel waren in einem passenden Rosa lackiert und rasiermesserscharf zurechtgefeilt, die Haut des Handrückens war makellos.

»Entschuldigen Sie«, meinte die Hammerschmied, ohne dass in ihrer Stimme auch nur ein Anflug von Schuldbewusstsein mitschwang.

»Wieso wollen Sie die Geschichte noch mal hören?«, fragte die Charlotte verwirrt. »Ich habe sie doch letztes Jahr eh schon mehrmals erzählt. Sogar im Fernsehen.«

»Das mag schon sein«, rechtfertigte sich die Hammerschmied, »aber meiner Zeitung haben Sie damals kein Interview gegeben.«

»Braves Mädchen«, rief die Andrea aus dem Hintergrund dazwischen.

Die Hammerschmied begann sichtlich zu köcheln. Ihre Lippen zitterten, aber sie hielt sich vornehm zurück.

»Na, wird schon seinen Grund haben, dass ich euch das letztes Jahr nicht erzählt habe. Wieso sollte ich es also heuer tun?«

»Wieso nicht? Pressefreiheit und so weiter. Ist doch unfair, die anderen Zeitungen so zu bevorzugen. Außerdem haben die meisten Leute die Details ja schon längst wieder vergessen.«

»Ist das so? Ich kann mich nicht erinnern, dass die ›Heimatland‹ sehr zimperlich ist, was den Umgang mit anderen Leuten angeht. Oder mit der Wahrheit. Auch schön zu wissen, dass Sie die Intelligenz Ihrer eigenen Leser so hoch einschätzen.«

»Also bitte!«, echauffierte sich die Hammerschmied.

»Schon gut, schon gut. Wenn Sie mich dann in Ruhe lassen, werde ich Ihnen die Geschichte erzählen. Ganz so, wie Sie sie gerne hören möchten.«

»Wirklich?« Die Journalistin wirkte nun ehrlich überrascht.

»Charlotte!«, rief die Andrea empört und richtete sich endlich auf.

Die Charlotte wandte sich ihrer Freundin zu und zwinkerte schelmisch. »Lass nur, Andi, die Dame hat solche Strapazen auf sich genommen, da hat sie sich das redlich verdient. Kommen Sie!«, sagte sie zur Hammerschmied. Sie führte die Reporterin an einen nahe gelegenen Tisch. »Die Getränke gehen aber auf Sie!«, erklärte die Charlotte. Und was blieb der Hammerschmied schon über, als da einzuwilligen.

Ungeniert bestellte die Charlotte eine Flasche Champagner mit drei Gläsern. Der Hammerschmied schmeckte es überhaupt nicht, dass auch die Andrea mittrank, aber wiederum: Was sollte sie schon dagegen tun? Sie hatte einen Auftrag, und den wollte sie um jeden Preis erfüllen.

Die Charlotte leerte das erste Glas in zwei großen Schlucken. Sie hatte so ein Gefühl, dass die nächsten Stunden durchaus amüsant werden könnten. Auf Ski war die Journalistin vermutlich noch nie gestanden. Selbst hier herauf auf den Berg war sie quasi in Zivil gekommen. Als sie die Hammerschmied zum Tisch geführt hatte, war ihr aufgefallen, dass die Reporterin nicht einmal Skischuhe trug. Stattdessen hatte sie, passend zum restlichen aufgetakelten Look, Fell-Moonboots an. Unfassbar, dass so etwas heutzutage überhaupt noch verkauft wurde. Trug das außer einer Klatschreporterin denn überhaupt noch jemand?, fragte sich die Charlotte. Egal, sie wollte sich einen Spaß mit der Journalistin und ihrem Schmierblatt machen. Und dabei eine ordentliche Rechnung zusammenkommen lassen. Das war ja wohl das Mindeste, wenn man schon ungefragt beim Urlauben gestört wurde.

»Also, Frau Hammerschmied. Oder soll ich Fräulein sagen?«, fragte die Charlotte spöttisch.

»Nein, nein. Lydia ist schon okay«, antwortete die Reporterin. Entweder hatte sie den Sarkasmus überhört oder einfach nicht verstanden. Die Charlotte setzte auf Letzteres. »Beginnen Sie doch bitte mit den Toten unter den Schneekanonen.«

Die Charlotte schüttelte den Kopf. »Wenn Sie die Geschichte hören wollen, dann bitte die ganze. Denn um alles zu verstehen, müssen Sie meine Situation vor einem Jahr kennen. Die war ja doch ein wenig anders als meine heutige.«

»Ist das wirklich essenziell?«

»Auf jeden Fall!«, erwiderte die Charlotte entschieden. Sie hatte zwischendurch auf die Uhr geschaut und sich einen Plan für die Reporterin zurechtgelegt. »Ohne Kontext ist die Geschichte ja nur halb so lustig.«

»Aber −«

»Sie wollen also meine Geschichte hören?«, fuhr die Charlotte der Reporterin ins Wort.

»Ja, ja, natürlich! Habe ich doch schon mehrmals gesagt.«

»Na gut. Sie nehmen das Gespräch eh auf?«

Die Hammerschmied nickte genervt.

»Also: Am Anfang …«

Erster Durchgang

Eins

Am Anfang war das Wort. »Licht« soll es angeblich gewesen sein, was heute aber nur mehr schwer nachzuvollziehen ist. Obwohl, wenn man es sich richtig überlegt: kann schon so gewesen sein. Weil, wie hätten sich Adam und Eva sonst zurechtfinden sollen? Wie hätten sie sich die Erde untertan machen sollen? Und wie hätte Gott sehen sollen, dass sein Werk gut war?

Also: Am Anfang war ziemlich sicher das Wort »Licht«.

Am Ende ist aber auch immer das Wort. Und das ist normalerweise nicht »Licht«. Wenn man stirbt, ist die Überraschung meistens so groß, dass man wichtigere Dinge im Kopf hat als Licht. Wie man so hört, ist aber das erste Wort *nach* dem Tod auch wieder »Licht«. Doch damit ist dann wohl das Licht am Ende des langen schwarzen Tunnels gemeint, das so viele Menschen bei ihren Nahtoderfahrungen gesehen haben wollen. Oder das viele Politiker während schwerer Zeiten versprechen, um das wählende Volk bei Laune zu halten. Wohl wissend, dass dieses Licht am Ende doch nur der entgegenkommende Zug und nicht das Ende des Tunnels ist.

Also: Am Ende steht auch immer das Wort. Aber welches, wenn nicht »Licht«? Meistens ist es ein hässlich, aber klassisch hingeröcheltes »Aargh« oder ein sanft dahingehauchtes »Ächz«.

Wichtig: Am Anfang ist das Wort und am Ende ebenfalls. Und dazwischen gibt es noch viel mehr – Wörterbücher voll. Damit kann man ganze Bibliotheken füllen. Oder einen Krimi wie diesen … Hier ist sie nun also, die lange versprochene »Schladming-Geschichte«. Oder auch: Wie die Charlotte die Andrea kennenlernte, dabei gleich eine ganze Mordserie löste und ihrem Leben einen völlig neuen Dreh gab.

Zwei

Dreieinhalb Stunden war die Charlotte mit der Flora in ihrem alten, schrottreifen Volvo gesessen, um von Perchtoldsdorf nach Schladming zu fahren. Und das alles nur, weil die Flora, ihre fünfzehn Jahre jüngere Schwester, sich eingebildet hatte, unbedingt in DIESER Woche, dieser ganz *speziellen* Woche, die Charlotte auf ihr Versprechen eines gemeinsamen Kurz-Skiurlaubs festnageln zu müssen. Aber was tat man nicht alles, um das kleine Schwesterherz zufriedenzustellen? Vor allem, wenn man sich so selten sah wie diese beiden.

Was eindeutig nicht an der Flora lag. Die rief ihre große Schwester ja praktisch täglich an, hing ihr mit allem Möglichen in den Ohren und versorgte sie zudem noch mit dem neuesten Tratsch vom heimischen Weingut. Die Charlotte hätte es zwar nie zugegeben, aber natürlich interessierte es sie, was daheim so abging. Auch wenn sie viel zu stolz war, dort selbst einmal nachzufragen.

Wer hatte sie denn vor über einem Jahrzehnt von daheim vertrieben? Natürlich die Eltern, vor allem die Frau Mama, die ihr ständig in den Ohren gelegen hatte, wann sie sich denn endlich besinnen und einen ordentlichen Mann finden würde. Nun, darauf würde sie warten müssen, bis die Hölle zufror, denn mit Männern hatte die Charlotte nun wirklich überhaupt nichts am Hut. Mit Frauen momentan allerdings auch nicht so wirklich. Eigentlich war sie im letzten Jahr in ein richtig tiefes Loch gefallen. Job bei der Polizei verloren, danach nur mehr als Security und Nachtwächterin in der großen Shopping Mall im Süden von Wien untergekommen. In einer anderen Welt, einem anderen Universum wäre sie jetzt die Juniorchefin eines der größten Weinbaubetriebe in Perchtoldsdorf. In dieser Welt, in diesem Leben war sie – nichts. Meinte sie jedenfalls. Da tat es ganz gut, wenigstens ein paar Tage lang dem elendigen Alltagstrott zu entfliehen. Selbst wenn das bedeutete, dass man seine penetrant besserwisserische kleine Schwester an der Backe hatte.

Und überhaupt: Sie waren ja gerade erst angekommen. Die kleine Schwester war schon so überdreht, dass sie es gar nicht mehr aushielt. Kaum hatten sie in ihrem Zimmer in einer kleinen Pension am Ortsrand eingecheckt, hatte die Flora auch schon ihre Skisachen ausgepackt, auf ein kleines Prospekt am Nachtkästchen gezeigt und gemeint: »Das machen wir jetzt noch!« Widerstand zwecklos.

Die Flora meinte damit natürlich das Nachtskifahren auf der Hochwurzen. Von zwanzig bis dreiundzwanzig Uhr. Wären sie normal auf Skiurlaub gewesen, hätte die Charlotte vielleicht noch ein Nein über die Lippen gebracht und sich so aus dem folgenden Schlamassel heraushalten können. Aber nein, sie mussten ja gerade in DER Woche nach Schladming fahren. DIE Woche, in der alljährlich praktisch ganz Österreich (und überhaupt die gesamte Welt, wenn man dem staatlichen Fernsehen und dem Skiverband glauben wollte) zuerst zu den Weltcuprennen nach Kitzbühel und zwei Tage später nach Schladming blickte. Genauer gesagt, auf einen taghell beleuchteten Skihang, der »einzigartig in ganz Europa, direkt im Stadtzentrum endet« (so die Tourismuswerbung Schladming). Kurz: Es war die Woche des klassischen Nachtslaloms in Schladming. Des »Nightrace«.

»Fünfundvierzigtausend Zuschauer erwart ma«, hatte ihnen die Pensionsbesitzerin noch mit auf den Weg gegeben, bevor die Charlotte und die Flora zur Hochwurzen aufgebrochen waren.

»So what?«, hatte die Flora in ihrer unnachahmlichen Art gemeint. Die kleine Schwester hatte sich Schladming und just dieses Wochenende in den Kopf gesetzt, weil sie die österreichischen Skistars unbedingt einmal live erleben wollte. Vor dem Fernseher mitfiebern, das tat man in Österreich ja bereits ab dem Säuglingsalter, aber so ein Spektakel einmal live erleben, das war gerade für jemanden aus dem Osten des Landes eine völlig neue Erfahrung. Und mit ihren fünfzehn Jahren war die Flora ohnehin noch leicht zu begeistern.

Die Stars des ÖSV-Nationalteams vergötterte sie bereits seit Jahren wie ... na ja, wie Götter halt. Die Charlotte konnte das nicht so richtig nachvollziehen, weil damals, als sie selbst noch jung gewesen war (»Also in der Steinzeit«, O-Ton Flora), da las man noch die Bravo (wahlweise auch den Rennbahn-Express) und stand auf Rockmusiker. Aber doch nicht auf Skifahrer! Okay, Ausnahmen hatte es natürlich immer gegeben. Den Klammer Franz (aber der war sogar noch vor der Zeit der Charlotte gewesen), später dann den Hermann »Herminator« Maier und den Stephan Eberharter und dann den GOAT, den vielleicht Größten aller Zeiten – Marcel Hirscher, dessen Rücktritt wie eine offene Wunde noch recht frisch im Gedächtnis der österreichischen Skifahrerseele klaffte.

Aber ein Poster vom »Herminator« im eigenen Zimmer? Oder eines vom Hirscher? Keinesfalls! Wer hätte damals den Maier dem, sagen wir mal, Axl Rose vorgezogen? So verrückte Mädels hatte es zu ihrer Zeit ja gar nicht gegeben. Gut, zugegeben: Die Charlotte stand auch damals schon mehr auf Sängerinnen als auf den Axl Rose, aber nicht wegen der Musik, das sollte man vielleicht auch gleich dazusagen. Die Charlotte war ein etwas eigener Fall. Heutzutage eh nicht mehr so schlimm, aber vor zehn, fünfzehn Jahren? Da war das noch ein bisschen anders. Wenigstens in einem konservativen Weinort. Und Hochzeit? Fehlanzeige.

Noch.

Die Charlotte hatte nach ihrer »Flucht« vor der Familie und aus Perchtoldsdorf als Polizistin in Wien gearbeitet. In der Josefstadt. Eigentlich sehr ruhig dort. Kleines Grätzel, nette Kollegen, geringste Kriminalitätsrate in ganz Wien. Kein Wunder, die Josefstadt beherbergte ja in erster Linie alte Leute und Studenten. Und vor allem: kaum riesige Gemeindebauten. Nicht, weil sich die Hofratswitwen und die lässigen, SUV-fahrenden Bobos im Bezirk dagegen gesperrt hätten. So weit konnte es gar nicht kommen. Nein, der achte Bezirk war dafür einfach zu klein, da gibt's keinen Platz für einen großen Gemeindebau. Links der siebente »Hieb«, rechts der neunte, darunter der erste und oberhalb der sechzehnte. Das war halt etwas anderes als etwa der im Verhältnis noch noblere (und vor allem großflächigere) neunzehnte Bezirk, wo es einige richtig große Gemeindebauten gab. Da war zur Zeit der sozialen Bauwut aber auch noch jede Menge Brachland gewesen. Und von »nobel« konnte damals auch noch keine Rede sein.

Das größte Hallo im achten Bezirk gab's bei einer erfolgreichen Premiere am Theater in der Josefstadt. Ganz rebellisch sind die alten Weiberln mit ihren Saisonabos dann vor dem Theater mitten auf der Josefstädter Straße gestanden, weil am schmalen Gehsteig vor dem Theater kein Platz mehr war. Und geschimpft und geflucht wurde, wenn die 2er-Straßenbahn sich erdreiste, wild zu klingeln, damit Platz auf der Straße gemacht wurde. Die Aufregung konnte allerdings auch daher stammen, dass im Theater mal wieder eine moderne Aufführung gegeben worden war. Weil, wo sind wir denn? An der Josefstadt hat klassisch gespielt zu werden. Bitte kein neumodernes Zeug! Das kann man sich ja eh einen halben Kilometer entfernt im Burgtheater antun.

Ganz aufgeregt war da die Seniorinnenpartie, so wie sonst nur die Tauben bei der Massenfütterung, die für gewöhnlich von derselben Seniorinnenclique im kleinen Schönbornpark, keine zweihundert Meter vom Theater in der Josefstadt entfernt, durchgeführt wurde. Schönbornpark? Da hat der Kardinal Schönborn im achten Bezirk nämlich einen eigenen Park, der nach ihm benannt ist, beziehungsweise nach seiner Familie. Gleich daneben auch noch das Palais Schönborn, in der Nähe auch noch die Schönborngasse und zum Drüberstreuen gab es früher sogar ein China-Restaurant namens Schönborn. Gut, vielleicht weiß der Kardinal Letzteres gar nicht, wird ihm wohl auch egal sein. Aber irgendwie schon witzig. Oder einfach nur bezeichnend für Wien.

Die Charlotte war also Polizistin mitten im Achten gewesen. Nichts Weltbewegendes. Einmal Dienst im Kommissariat, dann wieder Streifendienst. Eigentlich führte sie damals ein ziemlich zufriedenes und gechilltes Leben. Und dann war da noch ihre Kollegin. Die Gitti. Schön war die: groß, blond, vollbusig. Der Charlotte war sie sogar fast zu vollbusig. Aber wo die Liebe hinfällt ... Die Charlotte selbst war in dieser Hinsicht ja nicht so gesegnet. Was ihr aber ziemlich wurscht war. Wenigstens hatte sie deswegen nie Minderwertigkeitskomplexe gehabt.

Und dann passierte diese unrühmliche Geschichte am Kommissariat. Mit der Gitti. Der Abend, der ihr Leben so richtig aus der Bahn warf.

Dieser spezielle Abend war selbst für die Josefstadt besonders ruhig gewesen. Keine Theaterpremiere und auch sonst nichts von Bedeutung. Zwei Kollegen waren auf Urlaub, die zwei anderen auf Streife, der Chef bei einem Empfang im Rathaus. Es hatte am Abend auch keine Anrufe gegeben, weil wieder mal der Nachbar den Fernseher zu laut aufgedreht hatte oder die durchgeknallte Nachbarin im Erdgeschoss ihre Tabletten vergessen hatte und das ganze Haus mit einer Klingelpartie auf die Palme brachte. Im Fernsehen lief auch nichts. Also tote Hose auf der ganzen Linie.

Die Charlotte und die Gitti waren sich da schon ein wenig nähergekommen. Erst waren sie ein paarmal gemeinsam unterwegs gewesen, aber nie war etwas passiert. So richtig gefunkt hatte es dann vor ein paar Wochen im U4. Zufällig hatten sie sich dort getroffen, natürlich genau am Gay-Abend. Frage nicht, ein paar überteuerte Cola-Rum und Cola-Whiskey später ist dann die Post abgegangen. Und die Charlotte war so glücklich. Wie ein Hutschpferd. Ein lackiertes.

Nach ihrer letzten langjährigen Beziehung und dem damit verbundenen Ende, das einer griechischen Tragödie zur Ehre gereicht hätte, war noch ein Ultrakurzintermezzo mit einem ewigen Studenten gefolgt, eine wirklich blöde Geschichte. Sie hatte kurzfristig an ihrer Homosexualität gezweifelt und sich gedacht: Schaun wir mal, vielleicht war es ja doch nur eine Phase. Dass die Phase da aber schon seit ihrer Pubertät andauerte, wollte sie sich da partout nicht eingestehen. Wie auch immer: den Studenten angetestet, für zu männlich empfunden und wieder entsorgt beziehungsweise höflich, aber kurz angebunden verabschiedet und wieder ab ins Nachtleben.

Zuerst war es natürlich schon ein wenig peinlich gewesen, die Kollegin ausgerechnet bei einem Gay-Abend zu treffen. Aber nur ganz kurz. Aus der Kollegin wurde plötzlich eine Freundin und dann *ihre* Freundin. Ja, das ging dann richtig schnell. Ein paarmal ausgehen und ab ins Bett (natürlich nicht alleine). Der Charlotte war vor so viel Glück ganz schwindlig geworden. Eine Freundin, und noch dazu eine, die mit ihrem Lebensrhythmus zurechtkam. Aber dann …

Zurück zu dem unglückseligen Abend. Die Charlotte und die Gitti waren wie erwähnt ganz alleine am Revier. Nicht einmal ein Betrunkener saß in der Ausnüchterungszelle, und kein Pensionist hatte sich wegen lärmender Studenten beschwert.

Die waren wegen der Semesterferien sowieso schon alle daheim in ihren nativen Bundesländern. Finden Sie mal einen Wiener Studenten an der Wiener Hauptuni. Viel Glück! Das ist wirklich interessant: Wenn man in Wien als Wiener studiert, ist man eine aussterbende Rasse. Da kommen fast alle Studenten aus den Bundesländern. Und die, die nicht aus den Bundesländern sind, kommen aus Südtirol.

Schnapsen war ihnen auch schon langweilig geworden, und es war bereits kurz vor Mitternacht, als die Gitti beim Schönborn-Chinesen anrief. Der hatte am Wochenende immer ein wenig länger offen, und selbst wenn schon Sperrstunde war, wurde eine Bestellung vom Polizeirevier immer noch angenommen und prompt geliefert.

Man konnte nie wissen. Auch das Gesundheitsamt konnte ja ein enger Freund der Polizei sein. Da sorgte man besser vor.

Die Gitti saß lässig da, die Füße am Tisch, den Hörer am Ohr und bestellte zweimal Knusprige Ente mit Reis und einen Doppler Rotwein. Na bumm, hatte sich die Charlotte da bereits gedacht, was hat die denn heute vor?

Das sollte ihr dann aber eh bald klar werden. Dass Charlottes Eltern Weinbauern und Heurigenbesitzer in Perchtoldsdorf waren, hatte sich leider nicht bis zu ihren Trink-Genen durchgesprochen. Die Charlotte war nämlich normalerweise schon nach zwei, drei Spritzern so streichfähig, dass man sie fingerdick für ein Butterbrot hätte verwenden können. Dank dem Essen war es etwas besser, aber nach dem gemeinsamen Doppler hatte die Charlotte dann doch ein ordentliches Damenspitzerl. Rustikaler könnte man auch sagen: Sie war blattlwach – oder auch blunzenfett. Egal. Wichtig: die Charlotte streichfähig, die Gitti quietschvergnügt. Die hat nämlich jede Menge vertragen.

Sie war eben das genaue Gegenteil von der Charlotte: blond und groß, die Charlotte rothaarig und keine eins siebzig. Die eine aus Simmering, die andere aus Perchtoldsdorf, wo man quasi mit dem Wein großgezogen wird. Das ist nicht so, dass es wirklich in den Genen liegt, das Trinken wird dort richtig anerzogen. Außer Heurigen gibt's auch kaum was zum Ausgehen. Wenn man raus will, muss man nach Mödling fahren oder nach Wien. Und dann wieder Wein trinken. Konnte man also gleich daheimbleiben. Simmering ist dagegen nicht so der klassische Weinort. Eher Bier oder Inländer-Rum. Und die Gitti war trinkfest wie nur was. Die Charlotte eben nicht so.

Für die Charlotte war inzwischen schon alles sehr lustig. Die Reste vom China-Futter lagen noch am Schreibtisch, daneben die Lieferrechnung mit einer Gesamtsumme von null Euro und dem Vermerk: »Herzliche Grüße vom China-Restaurant Ihres Vertrauens«, halb vom Diensthemd der Gitti verdeckt. Die hatte das nämlich offenbar schon den ganzen

Tag über geplant gehabt. So viel bekam die Charlotte in ihrem Dämmerzustand gerade noch mit. Es war auch auffällig, dass die Gitti unter ihrem Diensthemd keinen weißen Sport-BH, sondern einen weißen Spitzen-BH trug. Als sie dann ihren Haarknoten löste und die blonde Wasserstoffmähne wie in einem schlechten Film über ihre Schultern und Brüste wallte, ja, da wurde dann auch der Charlotte ein wenig anders zumute.

Den Rest kann man sich eigentlich denken. Als der Charlotte schließlich auch noch der Spitzen-Slip der Gitti um die Ohren flog, sagte sie nichts mehr.

Wie das Ganze ausgegangen ist? Eines kann man vorwegnehmen, noch bevor der Hammerle, ihr Chef, plötzlich reinplatzt: geheiratet haben die beiden am Ende nicht.

Als der Hammerle dann nämlich reingeplatzt ist, waren die zwei schon lange in der leer stehenden Ausnüchterungszelle. Aber nicht, um sich vernünftigerweise den Rausch auszuschlafen, sondern … na ja, halt andere Sachen zu machen. Ohne Handschellen ging es aber bei zwei Polizistinnen natürlich nicht. Und weil die Gitti das Sagen hatte, wurde die Charlotte an den Gitterstäben fixiert. Dann verschwand die Gitti, und als sie nach wenigen Minuten zurückkam, hatte sie einen dicken fetten Joint im Mund. Wobei, Joint war da fast noch ein Hilfsausdruck, das war schon ein richtiger Ofen. Hochofen sogar. In dieser Hinsicht war das Josefstädter Wachzimmer mit seiner Asservatenkammer schon ein Traum. Da hatte man es selten mit Koksern und Heroinsüchtigen zu tun, Marihuana gab es dafür umso mehr. Da reichte oft mal ein Kontrollgang bei einem der unzähligen Feste in den ebenso unzähligen Studentenheimen im Bezirk. Die Buben und Mädchen wurden verwarnt, und die Sache fiel unter den Tisch. Oder besser, sie wurde im Wachzimmer privat »entsorgt«. Das war natürlich praktisch, und am Ende hatten alle was davon: die Studenten, weil sie nicht angezeigt wurden, die Gesellschaft, weil wieder böse Drogen konfisziert worden waren, und die Beamten, die mit den beschlagnahmten Waren in besonders langweiligen Momenten die Zeit totschlagen konnten.

Die Gitti schob der Charlotte das Ding zwischen die Lippen, und die zog an, als würde sie eine »Milde Sorte« inhalieren. Das Ding war aber ein Joint und keine Zigarette, und für die Charlotte war das in ihrem illuminierten Zustand der Tropfen, der das Fass zum Überlaufen brachte. Die nächsten Minuten verliefen wie im Nebel. Die Charlotte merkte zwar, dass die Gitti an ihr herumfummelte, aber so richtig wachte sie erst auf, als der Hammerle plötzlich in der Tür stand. Ganz ruhig, mit runtergelassenen Hosen. Der war scheinbar auch schon ziemlich dicht. Rote Nase, rote Wangen, blutunterlaufene Augen. Manche Zeichen konnte man sogar noch deuten, wenn man vollkommen zugedröhnt war. Und man glaubt auch gar nicht, wie schnell man wieder nüchtern werden konnte. Kaum hatte die Charlotte ihren Chef gesehen – zack, alles weg. Kein Alkohol mehr im Blut, und auch das Dope ist nicht mal mehr halb so gut gefahren wie noch ein paar Minuten zuvor. Dafür verspürte die Charlotte einen für diesen Moment völlig unpassenden Heißhunger. Nur die Gitti merkte nichts. Sie machte sich nach wie vor mit voller Hingabe an Charlottes nacktem Körper zu schaffen.

»Darf man mitmachen?«, lallte der Chef, und da merkte dann auch die Gitti, was los war.

Bei ihr hielt sich der Schock aber in überschaubaren Grenzen. Der Charlotte hingegen war die Situation alles andere als recht, blöd nur, dass das wiederum der Gitti völlig egal war. Als sich der Chef über sie hermachen wollte, brannten bei der Charlotte alle Sicherungen durch. Noch immer mit den Handschellen an den Gitterstäben festgebunden, trat sie ihrem Chef mit dem Fuß und in voller Wucht zwischen die Beine. Der fiel um wie ein gefällter Baum, nur dass gefällte Bäume normalerweise nicht wie ein Fragezeichen gekrümmt am Boden liegen und sich vor Schmerzen winden. Erst jetzt wachte die Gitti aus ihrer Trance auf und befreite die Charlotte von den Handschellen. Die sammelte ihre Sachen vom Boden auf, schmiss die Tür hinter sich zu und setzte sich im Wachzimmer erst mal hin. Und heulte.

In der Ausnüchterungszelle ging es derweil munter weiter. Der Charlotte reichte es, sie drehte das Bild der Überwachungskamera ab. Den Rest wollte sie gar nicht mehr sehen. In diesem Moment war ihr eines klar: Lange würde sie auf diesem Revier nicht mehr Dienst schieben. Und tatsächlich wurde sie Ende des Monats gekündigt.

Die Gitti auf der anderen Seite stieg dafür einen Rang höher. Sie war sich nicht zu schade gewesen, den Hammerle mit der Geschichte zu erpressen. Und nachdem er ja selbst mitgemacht hatte, hatte er mehr zu verlieren als sie. Welcher Beamte wollte schon einen einflussreichen Posten einbüßen? Andererseits war die Gitti damit aber auch aus dem Leben der Charlotte ausgestiegen. Kein großer Verlust, wie sich die Charlotte eingestehen musste. Charakterschweine gab es halt überall, so bitter diese Feststellung auch war.

Job weg, Freundin weg – in ihrer Verzweiflung zog die Charlotte erst mal zu ihren Eltern nach Perchtoldsdorf. Von Wien hatte sie die Nase voll. Und daheim gab es ja immerhin die Flora und – nicht zu vergessen – die Omama, den guten Geist der Familie. Die Omama war der Charlotte nie auf die Nerven gegangen. Die Frau Mama hatte sich zu Beginn auch zurückgehalten, aber schon nach zwei Wochen ging es wieder los: ihr unsäglicher Wunsch nach einem Enkelkind. Als ob sie nicht noch ein paar Jahre warten konnte, bis die Flora so weit war. Der Herr Papa hielt sich aus dieser Sache raus. Dafür nervte er die Charlotte damit, sie solle doch endlich in seine Fußstapfen treten und das Weingut als Juniorchefin übernehmen. Die Ausbildung dazu hatte sie ja. Einzig die Lust darauf fehlte ihr. Wobei, eigentlich gar nicht so sehr die Lust. Vielmehr war es das Grauen davor, Tag und Nacht mit den Eltern unter einem Dach zu leben.

Nach einem Monat wurde ihr die Situation zu anstrengend, egal, wie groß das Elternhaus auch war. Und das Haus war wirklich nicht klein, es hatte eher was von einem kleinen Anwesen. Schließlich handelte es sich auch um einen alten Vierkanthof, der mitten in den malerischen Weinbergen Perchtoldsdorfs lag. Heutzutage völlig undenkbar, dort etwas hinzubauen, aber vor hundert Jahren waren die Zeiten eben noch anders.

Ihr Vater verschaffte ihr dann eine Wohnung im Gemeindebau, hinter dem Gymnasium, das Charlotte in ihrer Jugend besucht hatte. Lauschiges Plätzchen. Heide gleich in der Nähe, Blick auf den Begrischpark. So ließ sich's leben. Bedanken konnte sie sich bei den Verbindungen des Herrn Papa, der als einer der größten Weinbauern der Gegend natürlich auch jede Menge Einfluss auf der Gemeinde hatte. Ein paar Spezis angerufen, und schon war die Gemeindewohnung für das Töchterchen frei. Österreich, wie es leibt und lebt. Dem Herrn Papa war es zwar nicht recht, dass die Charlotte so schnell wieder von daheim auszog und sich außerdem seinen Plänen für sie widersetzte, aber immerhin behielt er sie so in der Nähe. Und aufgegeben wurde nur ein Brief. Aber niemals die Hoffnung.

Für die Charlotte war die Hauptsache, dass sie wieder eine eigene Wohnung hatte und weg war von daheim. Einen Job fand sie dann auch recht flott, nämlich als Security in einem nahe gelegenen Shoppingcenter. Das war natürlich kein Vergleich zum früheren Job als Polizistin, aber immerhin eine ähnliche Branche. Und shoppen gehen konnte sie da auch jeden Tag. Windowshopping eben, denn wenn ihr Dienst begann, hatten die Geschäfte schon alle geschlossen.

Beim Heurigen ihrer Eltern einzusteigen, dafür war sie noch nicht bereit. Lieber arbeitete sie jetzt als einfache Wachfrau. Frauen konnten ihr im Moment gestohlen bleiben. Und Männer sowieso.

»Sex und Drogen am Kommissariat?«, unterbrach die Hammerschmied die Erzählung der Charlotte. »Das ist ja Wahnsinn! Also, wahnsinnig interessant.« Die Augen der Journalistin funkelten. Innerlich textete sie bereits die reißerischen Schlagzeilen.

»Ich wäre Ihnen dankbar, wenn Sie die Details auslassen«, ermahnte die Charlotte sie. »Es reicht doch, wenn Sie von einem kleinen Skandal schreiben, in den ich verwickelt war.«

»Wieso erzählen Sie mir das dann überhaupt?«

Die Charlotte lächelte sie zuckersüß an. »Damit Sie mich verstehen. Meine Geschichte. Ich denke nicht, dass die Details für Ihre Leser so wichtig sind. Ihre Zeitung ist ja auch sonst ganz gut darin, Details auszusparen. Wo es Ihnen halt passt, meine ich.«

Ein grantiges Schnauben der Hammerschmied war zunächst die einzige Antwort. Die Journalistin schien einen inneren Kampf auszufechten, dann sagte sie: »Gut, Frau Nöhrer, Sie hatten also eine schwere Zeit, bevor Sie letztendlich hierher nach Schladming gekommen sind, um mit Ihrer kleinen Schwester Urlaub zu machen. Wo ist Ihre Schwester eigentlich, wenn ich fragen darf?«

»Sie dürfen.«

»Also?«

»Ich weiß es nicht.«

Wieder ein Schnauben der Reporterin. Die Charlotte musste sich zurückhalten, um nicht vor Lachen vom Sessel zu fallen. Es machte einfach Spaß, die ungebetene Besucherin am Schmäh zu halten.

Die Hammerschmied nahm einen großen Schluck von ihrem Glas. Sie würde sich von so einer dahergelaufenen Promi-Neuwinzerin ganz sicher nicht bloßstellen lassen. Einfach ignorieren und weitermachen, sagte sie sich. Sie hatte in ihrer Karriere schon ganz andere Kaliber geknackt und deren Geschichten aufgeschrieben. Auch das waren naturgemäß nicht jene Geschichten gewesen, die es dann auch in die Zeitung schafften. Aber das war ein anderes Thema. Und versprochen hatte sie ihrem Gegenüber ja nicht, dass sie die Details NICHT verwenden würde.

»Also, liebe Frau –«, setzte sie an, wurde aber sofort wieder von der Charlotte unterbrochen.

»Hast du auch Hunger, Andrea?«, fragte sie an der Reporterin vorbei.

»Au ja!« Die Andrea konnte sich sofort für die Idee begeistern. Wieder kontrollierte die Charlotte die Uhrzeit. Es ging auf Mittag zu, und für das, was sie mit der Hammerschmied vorhatte, musste sie noch den ganzen Nachmittag totschlagen. Nicht, dass ihre Geschichte dafür zu kurz war, aber sie wollte auf Nummer sicher gehen.

Außerdem war da ja noch die Herausforderung, die Rechnung für die Hammerschmied und ihr Schmierblatt ordentlich in die Höhe zu treiben. Deshalb durften es als Vorspeise gleich einmal die Riesengarnelen sein. Völlig egal, dass die Charlotte so etwas auf einer Skihütte für völlig deplatziert hielt, aber es war einfach die teuerste Vorspeise. Das rosa gebratene Lammkarree um wohlfeile neunundzwanzig Euro war dann schon eher nach ihrem Geschmack.

»Wollen Sie mir vielleicht während des Essens weitererzählen?«, flehte die Hammerschmied schließlich, ganz entgegen ihrer eigenen Vorsätze. »Vielleicht, wie Sie die ersten Leichen gefunden haben? Ihr Privatleben in Ehren, aber meine Leser interessieren sich wahrscheinlich mehr für die für die Allgemeinheit interessanten Aspekte Ihrer Geschichte.«

»Sie meinen, für die grauslichen Teile? Wie die Leichen ausgeschaut haben? Wie ihnen der Schaum vorm Mund …«

»Ja, ja, genau so etwas«, stimmte die Hammerschmied glücklich ein.

»Gerne.«

»Na, dann los!«

»Nach dem Essen.«

Die Hammerschmied sackte wieder in sich zusammen. Und die Charlotte blieb hart. Natürlich redete sie während des Hauptgangs fleißig weiter. Nur halt nicht über die Geschichte, die die Journalistin hören wollte. Dafür bekam die Hammerschmied eine Abhandlung über die Weinherstellung, die Herausforderungen, als lesbische Winzerin in einer Männerdomäne zu bestehen, und andere Aspekte aus dem wahrlich nicht langweiligen Leben der Charlotte.

Erst als das Dessert – frisch gemachter Kaiserschmarrn (dessen Herstellung dementsprechend lange gedauert hatte) – auf dem Tisch stand, bekam die Charlotte ein wenig Mitleid mit der Reporterin und setzte ihre Erzählung fort. Im Hintergrund bestellte die Andrea inzwischen eine zweite Flasche Champagner. Die Feste musste man schließlich feiern, wie sie fielen.

Zwischenspiel Ende

Drei

»He, Tim, jeht da vorn schon was weiter?« Breiter Berliner Dialekt, noch dazu völlig besoffen. Der Charlotte hat das Ganze gleich nicht gefallen, aber was tat man nicht alles für sein kleines Schwesterherz?

Die Charlotte zog ihre Schwester ein Stück weg von der betrunkenen Berliner Meute, die sich mit Ski und – viel gefährlicher – Skistöcken ihrem Zustand gemäß eine zuerst schmale und dann immer breiter werdende Schneise durch die am Lift anstehenden Skifahrer gebahnt hatte.

»Sind das nicht die von vorhin?«, fragte die Flora. Die Charlotte nickte nur abwesend und reihte sich mit etwas Sicherheitsabstand hinter den besoffenen Berlinern wieder in die Schlange ein.

Natürlich ging nichts weiter. Kein Wunder. Es war ja auch erst zehn Minuten vor acht, und das Nachtskifahren auf der Hochwurzen in Schladming ging eben erst um zwanzig Uhr los. Da konnten sich die besoffenen Berliner noch so aufführen. Die Liftwarte im Planai-Skigebiet waren ja einiges gewöhnt (gut, in welchem Skiort war das nicht so?), so eine besoffene Bande kam hier wahrscheinlich sowieso jeden Abend vorbei, dachte die Charlotte und hatte damit nicht einmal so unrecht.

Auch die Flora konnte es kaum mehr erwarten, sie blickte nervös auf ihre Uhr und zählte die Sekunden bis zum Start ins nächtliche Skivergnügen herunter. Natürlich verging die Zeit dadurch auch nicht schneller, aber wenigstens war sie abgelenkt. Derweil sah sich die Charlotte aus purer Langeweile und weil es bei der beißenden Kälte nichts anderes zu tun gab, die betrunkenen Berliner genauer an. Alte Gewohnheiten waren eben schwer abzulegen. Die Gruppe bestand aus sechs oder sieben Leuten. Ganz sicher war sich die Charlotte nicht, weil der mögliche Siebente sich etwas zurückhielt. Entweder gehörte er doch nicht zur Gruppe, oder das Gehabe seiner Freunde war ihm einfach zu peinlich.

Die Berliner waren nach einem offenbar gehörigen Hüttenexzess keinesfalls fähig, noch normal eine Piste runterzufahren. Ihrem Enthusiasmus tat das aber keinen Abbruch. Ganz im Gegenteil, es war der Enthusiasmus der anderen Skifahrer, der sich jetzt langsam, aber stetig verflüchtigte. Die Gruppe sang lautstark DJ-Ötzi-Hüttenhymnen und drängte sich dabei gleichermaßen forsch wie rücksichtslos immer weiter nach vorne durch. Wie die Charlotte mit Genugtuung feststellte, nutzte ihnen das alles nichts, denn kaum vorne angekommen, wurden sie von den Liftwarten durch ein Seitentor wieder hinauskomplimentiert – und mussten sich erst recht wieder hinten anstellen.

Die Berliner wurden dadurch aber nur noch lauter und aggressiver. Als die Gondelbahn endlich ihren Nachtbetrieb aufnahm, wälzten sie sich halb benommen im Schnee, rieben sich gegenseitig die Visagen ein und sangen noch immer DJ Ötzi. Insgesamt kein schöner Anblick.

Wirklich schlimm wurde es für die Charlotte aber erst, als sie mit ihrer Schwester endlich das Drehkreuz passiert hatte. Das war ein wenig wie in den Sommerferien vor dem Brennertunnel in Richtung Italien: Stillstand im schlimmsten, Schneckentempo im besten Fall. Hinter dem Drehkreuz stand man nämlich noch immer an wie beim Schlussverkauf. Und dann machte irgendein Holländer den Fehler, die Berliner verbal zurechtzuweisen. Einer von ihnen wurde jetzt – man mochte es kaum glauben – noch lauter. »Arschloch, Vollidiot, Trottel«, motzte der Berliner zurück, und dann flogen auch schon die Fäuste. Und auf einmal war keine Rede mehr von Schlussverkauf.

Die zwei Raufhanseln hatten nämlich plötzlich ein schönes Fleckerl ganz für sich allein, so weit wichen die restlichen Skifahrer zurück. Wer jetzt erwartete, dass die Liftwarte dazwischengehen würden, weil die so was ja schon Hunderte Male erlebt hatten, wurde bitter enttäuscht. Nix da, sie drängten nur die Schaulustigen hinter dem Drehkreuz etwas zurück, damit keiner auf die Idee kam, drüberzuspringen und mitzuraufen. Erst als der Holländer schon fast vor einer der heransausenden Gondeln lag und der Berliner auf ihm draufsaß, erbarmte sich endlich einer der Liftwarte und bereitete dem unwürdigen Spiel ein Ende. Der Holländer flog raus, der Berliner durfte bleiben. Bei einem Betrunkenen nahm man wohl an, dass er oben auf der Hütte noch fleißig weiterkonsumierte. Wer hat je behauptet, das Leben sei fair?

Für den geschassten Holländer durfte dafür noch einer der betrunkenen Berliner auf die Liftplattform. Damit waren es bereits vier. Die Charlotte verzog sich mit ihrer Schwester möglichst weit ans andere Ende der Plattform, es half aber nicht viel. Die Berliner marschierten schnurstracks in ihre Richtung.

Beim Einsteigen in die Zehnergondel ging das Gedränge erst recht wieder los. Jeder wollte der Erste sein, so, als ob man deshalb irgendwie früher oben am Berg ankäme. Und dann standen sie drinnen wie die Dosensardinen im Öl. Im Öl waren allerdings in erster Linie die Berliner.

Durchhalten, so lange kann die Fahrt ja nicht dauern, dachte die Charlotte leicht angepisst, als sich die Gondel bereits von der Talstation entfernte. Falsch gedacht. Es folgten die wohl längsten zehn Minuten in ihrem Leben. Für die Charlotte fühlte es sich wie zwei Stunden an. Besonders schlimm wurde es, als die Berliner in der kleinen Kabine verbotenerweise auch noch zu rauchen begannen. Die Charlotte hatte jetzt per se nichts gegen Zigaretten, sie rauchte ja sogar selbst. Aber es gab halt Situationen, wo man sich das einfach verkniff. Den Mut, etwas zu sagen, brachte aber keiner auf. Man hatte die Lektion in der Talstation gelernt. Mit Betrunkenen legte man sich besser nicht an. Vor allem nicht in derart beengten Verhältnissen.

Eine Holländerin hüstelte immerhin leise vor sich hin. »Jesundheit«, lallte einer der Berliner. Manchmal wäre es schon ganz gut, wenn ein Wink auch gleich mit einem eingebauten Zaunpfahl daherkäme. Den man dem betreffenden Typen über den Schädel ziehen konnte.

Das war so ein Moment.

Die Charlotte hatte natürlich auch keinen Zaunpfahl eingesteckt, und weil sie sich keine Probleme einhandeln wollte, schwieg sie einfach. Ein bisschen übel wurde ihr schon, als die Berliner auch noch anfingen, mit ihren Zigaretten blöd herumzufuchteln. Das konnte man ja ständig in den Zeitungen lesen, wie schnell ein Skianorak Feuer fing, und auch wenn das Kaprun-Unglück schon einige Jahre zurücklag, hatte es sich doch in ihr Gehirn eingebrannt. Die Charlotte warf sicherheitshalber einen Blick aus der Gondel, um abzuschätzen, wie tief es runterging – nur für den Fall der Fälle natürlich. Sie konnte erleichtert durchatmen. In der Mitte zwischen zwei Stützen hing die Gondel mit Vollbelastung vielleicht drei Meter über dem Boden. Ein Absprung im Notfall wäre also nicht das Riesenproblem. So weit kam es dann zum Glück nicht, trotzdem war sie heilfroh, als sie endlich die Bergstation erreicht hatten und aussteigen konnten. Innerlich machte sie sogar ein Kreuzzeichen, und das war etwas, was ihre Frau Mama sicher unendlich gefreut hätte.

Die Charlotte verließ mit Riesenschritten die Gondel. Es ging ein paar Stufen hinauf, dann ein paar hinunter, und dann war man schließlich draußen vor der Bergstation angekommen. Die Flora hatte es richtig schwer, mit ihrer großen Schwester (im Sinn von älter, denn sie waren beide gleich groß – oder klein, wie man wollte) Schritt zu halten.

»Was ist denn? Musst ja nicht gleich so rennen, Charly!«, beschwerte sie sich nicht ganz zu Unrecht.

Die Charlotte gab keine Antwort, weil von der kleinen Schwester musste man sich nun wirklich nicht zurechtweisen lassen. Außerdem war der Blick auf die nächtlich erleuchteten und unter ihnen liegenden Ortschaften Schladming und Rohrmoos atemberaubend.

»Schau dir lieber das Panorama an«, riet die Charlotte der Flora jetzt, »und spar dir die Luft für die Abfahrt. Der Papa verzeiht mir das nie, wenn du dir ein Bein brichst.« Und, man mag es nicht glauben, aber die Flora streckte ihr daraufhin mit ihren fünfzehn Jahren doch tatsächlich die Zunge raus. Immerhin war sich die Charlotte nicht zu blöd, ihr ebenfalls die Zunge zu zeigen, und gleich darauf wälzten sie sich im Schnee. Kindergarten ein Kloster dagegen.

Als sich die beiden wieder beruhigt hatten, konnten sie endlich den Ausblick genießen. Da fiel es dann auch gar nicht so ins Gewicht, dass eine der beiden geöffneten Flutlichtpisten »Panoramapiste« hieß. Normalerweise hasste die Charlotte so einfallslose und generische Bezeichnungen ja wie die Pest, in diesem Fall konnte allerdings auch sie nur nicken und sagen: »Trifft es genau.« Bevor die beiden die Abfahrt starteten, setzten sie sich auf eine Bank an der Wand der Bergstation.

Es war fast schon kitschig schön. Die Flutlichtbeleuchtung tauchte die Nacht in ein sanftes orangenes Licht, passend zu den vielen kleinen erleuchteten Fenstern im Tal unten. Weiter rechts konnte man sogar das WM-Stadion der Planai sehen. Dort knallte ein viel stärkeres Flutlicht – grellweiß war der Zielhang erleuchtet, der in wenigen Tagen der Schauplatz für das Nightrace sein würde. Daran dachte die Charlotte jetzt aber noch gar nicht. Vielmehr wunderte sie sich, wie es sein konnte, dass es hier heroben am Berg spürbar wärmer war als unten bei der Talstation. Der Flora war das egal, sie bettelte ihre Schwester lieber um einen Schnaps an.

»Komm schon, Charly. Ein Willi zum Einsteigen?« Der Schmollmund der Flora hätte sogar Marilyn Monroe die Schamesröte ins Gesicht getrieben.

Aber die Charlotte sagte nur: »Nix da, kein Alkohol für dich«, weil große Schwester und Verantwortung und so weiter, und dämpfte ganz schnell auch noch ihre eigene Zigarette

aus. Die war zwar noch nicht einmal zur Hälfte runterge-
brannt, aber das schlechte Gewissen ... Fehlte nur noch, dass
die Flora sie auch um eine Zigarette anhaute.

»Ich trink ja zu Hause auch«, bettelte die Flora weiter.

»Sicher, aber nicht vor Mama und Papa.« Das war genug. Kleine Kinder konnten ja so trotzig sein. Gut, dass die
Charlotte das nicht laut sagte, weil, wenn man die Flora Kind
nannte, konnte man froh sein, wenn man mit oberflächlichen
Verletzungen davonkam.

»Machen wir uns auf«, schlug die Charlotte schließlich
vor, denn jetzt juckte es sie auch schon so richtig. Es war ja
doch schon vier Jahre her, seit sie das letzte Mal Skifahren
gewesen war. Dabei war sie eigentlich eine ganz gute Skifah-
rerin. In ihrer Kindheit war sie jedes Jahr mit den Eltern auf
Skiurlaub gefahren, und Schulskikurse hatten damals auch
noch jedes Jahr auf dem Programm gestanden. Nach so einer
langen Pause und spätabends (und nach der langen Anfahrt
mit dem Auto) nahm sie jetzt aber doch lieber die Familienabfahrt. Lieber mal vorsichtig anfangen.

Just in dem Moment, als die Charlotte und die Flora ihre
Ski anschnallten, tauchten auch wieder die Berliner auf. Die
Gondelbahn hatte mittlerweile die letzten Reste der Truppe
ausgespuckt. Sie mussten sich gegenseitig in die Bindungen
helfen, so betrunken waren sie schon.

Die Charlotte trieb ihre Schwester an, damit sie vor den
Berlinern auf die Piste kamen. Es war einfach nicht lustig,
so eine Truppe vor sich zu haben. Die fuhren vielleicht noch
Bogerl, nahmen die ganze Breite der Piste in Anspruch und
grölten in die Nacht hinein. An ein sicheres Vorbeikommen
war da kaum zu denken. Alptraum pur.

Das ungleiche Schwesternpaar schaffte es dann auch tatsächlich, zuerst loszustarten. Als sie nach dem ersten Hang
abschwangen und zurück zur Bergstation blickten, sahen sie,
dass die ganze Eile unnötig gewesen war. Die Berliner hatten
die andere Piste genommen. Die war rot und schwarz markiert

und hatte den aufmunternden Namen »Die Temperament-volle«. Die Schladminger hatten da so einen Tick. Sie gaben ihren Pisten nämlich nicht einfach nur so Namen, sondern schmückten sie auch mit barocker Anmutung aus. Deshalb gab es eben »Die Temperamentvolle«, »Die Klassische«, »Die Schwungvolle« und so weiter. Am schönsten fand die Charlotte aber »Über die freien Wiesen«. Was in schneearmen Wintern durchaus wörtlich zu verstehen war, da diese Piste dann oft wegen Schneemangels gesperrt war.

Die zwei Pisten trafen sich bei der Mittelstation wieder und verliefen dann auf einer Strecke bis ins Tal hinunter. Bei der Mittelstation war von den Berlinern weit und breit nichts zu sehen, aber das wunderte die Charlotte nicht wirklich. Dass zwei von den Berlinern nur zweihundert Meter oberhalb, von einem Waldstück versteckt, tot im Schnee lagen, konnte sie da ja noch nicht wissen.

Von der Mittelstation bis zur Talstation ging es relativ flach dahin, optimal, um wieder in den flotten Carvingschwung zu finden. Da gaben die zwei Schwestern ordentlich Gas und machten nur mehr lange Schwünge, denn wenn man da zu we-deln begann, konnte man aus Ermangelung an Gefälle gleich abschnallen und zu Fuß gehen. Bei den langen Schwüngen konnte sich die Charlotte auch wieder etwas mehr auf ihre Umgebung konzentrieren. Eigentlich unglaublich, wie schnell sie wieder Vertrauen in ihre Skifahrkünste gefasst hatte. Im oberen, steilen Teil musste sie sich noch konzentrieren, um sich nicht selbst auf die Ski zu steigen. Klar, sie wollte nicht gleich bei ihrer ersten Abfahrt im Schnee liegen, noch dazu bei der eher mäßigen Schneelage.

Deshalb waren ihr auch die Schneekanonen am Pistenrand nicht so aufgefallen. Das durfte man ihr aber auch nicht ver-denken, denn mit normalen Schneekanonen hatten diese Geräte kaum etwas zu tun. Die Dinger sahen eher aus wie Duschbrau-sen, dünnes Gestänge mit einem schmalen Brausekopf am obe-ren Ende. Im orangenen Zwielicht der künstlichen Beleuchtung schmiegten sie sich so dezent in die Landschaft, dass man sie schnell mal übersehen konnte. Im unteren Teil, wo die Piste breiter wurde und der Wald der Gondeltrasse hatte weichen müssen, stachen sie auch der Charlotte ins Auge. Alle fünfzig Meter war so eine Schneedusche platziert. Der Schnee, der hier produziert wurde, sah aus wie ein ganz feiner Sprühregen.

Die Charlotte dachte sich nicht viel dabei. Es war Nacht, nicht so viel los wie tagsüber, also sicher eine praktische Zeit, um das weiße Gold zu produzieren. Da wusste sie noch nicht, dass die Schneeduschen wegen der schlechten Schneelage Tag und Nacht und überall im ganzen Skigebiet liefen. Und dass der Schnee, der da produziert wurde, ganz ungeheuerlich klebte. Wenn man unter so einer Schneedusche durchfuhr, sah man danach aus wie ein Schneemann. Ein Blizzard fühlte sich dagegen wie der Wind von einem kleinen Vogerl an. Das letzte Mal, dass es richtig geschneit hatte, lag schon einen guten Monat zurück. Und deshalb, vor allem aber wegen des anstehenden Nightrace, liefen die Schneekanonen jetzt eben ohne Unterlass und auf voller Leistung.

In dem flachen Stück zur Talstation hinunter waren die vielen Schneebrausen aber kein großes Problem, weil die Piste breit genug war und man dem künstlichen Schneefall ganz gut ausweichen konnte.

Als die Charlotte und die Flora unten ankamen, war von den Berlinern noch immer nichts zu sehen. Dafür standen auch nicht mehr so viele Leute bei der Gondelbahn an. Was eigentlich kein großes Wunder war: Es war Samstag und damit Urlauberschichtwechsel, und die Leute sind ja normalerweise nicht so deppert, dass sie sich, kaum im Urlaub angekommen, auch gleich auf die Piste schmeißen. Die schmeißen sich normalerweise gleich in die nächste Disco oder ins nächste Schnaps-Iglu unten in der Stadt, um echtes Eingeborenenleben zu studieren. Seit ein paar Jahren machte den alteingesessenen Schnapsbuden allerdings eine Großraumhütte direkt am Fuß des Planai-Zielhangs gehörig Konkurrenz.

Die meisten ausländischen Touristen kamen ja ohnehin nicht so sehr wegen des Skifahrens, sondern wegen der heimischen Spezialitäten: Wiener Schnitzel, Schnaps, die Resi, die Manu und die Tina. Ein bisschen Spaß im Heustadl und so. Und wenn die Resi, die Manu und die Tina danach die Hand aufhielten und einen Hunderter haben wollten, gab's das große Staunen. Und nicht nur, weil sich in dem Moment der Heustadl als Saunaclub entpuppte.

Dass jetzt, kurz vor einundzwanzig Uhr, die Schlange bei der Talstation so kurz war, gefiel der Charlotte und der Flora natürlich außerordentlich. Kaum hatten sie abgeschnallt, ging es ohne Wartezeit auch schon wieder hinauf auf den Berg. Zehn Minuten später schaukelten sie wieder bei der Bergstation ein und, das muss man der Natur schon lassen, sahen noch immer dasselbe grandiose Panorama. Keine Wolke weit und breit, nur Millionen funkelnder Sterne. Als ob sich der liebe Gott eine himmlische Perlenkette erschaffen hätte. Unterhalb funkelten Schladming und Rohrmoos wie vorhin, als wollten sie dem Sternenhimmel Konkurrenz machen, und vor den beiden Schwestern breiteten sich die Pisten aus.

Die orangene Beleuchtung erinnerte zwar ein wenig an Stadtautobahnen bei Nacht, aber zum Glück war das Orange nicht so grell wie das weiße Licht der Planai – die Strahler dort hatten eine Lux-Anzahl, die der Sonne Konkurrenz machte. Das Licht hier war aber absolut ausreichend für das Nachtvergnügen, noch dazu, wo die Pisten am Nachmittag nochmals neu präpariert worden waren. Irgendwie war das orangene Licht sogar ein bisschen romantisch und verlieh den in den Wald gehauenen Pisten einen zauberhaften Touch.

»Probieren wir jetzt die andere Piste aus? Ich fühle mich schon sicher genug«, quengelte die Flora, nachdem beide schon in ihre Bindungen gestiegen waren. Ihr Ärger über den verweigerten Willi war mittlerweile auch verraucht, außerdem würde sich später schon noch eine Möglichkeit ergeben, ein bisschen Après-Ski zu machen.

Die Charlotte lächelte. »Auf deine Verantwortung.« Diesmal nahmen sie also die rechte Abzweigung zur »Temperamentvollen«, und schon nach wenigen Schwüngen wurde der Charlotte klar, dass es eine verdammt gute Idee gewesen war, sich zuerst einmal auf der Familienabfahrt einzufahren. »Die Temperamentvolle« ging gleich zu Beginn weg wie die Feuerwehr. Die Charlotte musste sich gleich wieder auf ihre Skispitzen konzentrieren, damit sie nicht überkreuzte und kopfüber im Schnee landete. Die Flora fuhr dagegen wie eine junge Göttin. Kein Wunder, sie ging ja mit den Eltern jedes Jahr auch gleich zwei Mal Skifahren: zu Weihnachten und in den Semesterferien. Mit etwas Glück manchmal auch noch zu Ostern.

Nach ein paar Schwüngen war die Charlotte aber auch wieder so richtig drin, und sie konnte sich mehr auf die Piste als auf ihre Skispitzen konzentrieren. Einmal mussten sie dann doch eine etwas längere Pause einlegen, um die Skibrillen zu putzen. Hier waren die Schneeduschen nämlich auch schon im oberen Streckenteil auf volle Leistung gestellt, und die Piste war ziemlich schmal, sodass man dem herabrieselnden Kunstschnee nicht ausweichen konnte. Was sich als ziemlich unangenehm entpuppte. Der Schnee blieb nicht nur am Gewand picken, sondern verklebte auch die Gläser der Skibrillen.

Die Piste machte bald darauf eine Biegung, dann war der stärker werdende Rückenwind nicht mehr zu spüren, weil der Wald und ein Felsvorsprung eine natürliche Barriere bildeten. Das muss man sich so vorstellen: Die Familienabfahrt und »Die Temperamentvolle« hatten einen gemeinsamen Startpunkt bei der Bergstation. Danach trennten sich zunächst die Wege. Während »Die Temperamentvolle« rechts wegging, führte die Familienabfahrt linker Hand ins Tal. Dazwischen lag ein großes Waldstück, und unterhalb, kurz vor der Mittelstation, trafen die beiden Strecken wieder zusammen. Der große Unterschied war die Beschaffenheit des Geländes. Während die Familienabfahrt in weiten, eher flacheren Bögen in Richtung Mittelstation mäanderte, ging »Die Temperamentvolle« ihrem Namen entsprechend kürzer, aber dafür direttissima hinunter.

Hinter dem Felsvorsprung herrschte aber nicht nur Windsondern auch Totenstille. Was eigentlich verwunderlich war, denn nur wenige Meter entfernt befanden sich die betrunkenen Berliner. Und die waren ja eigentlich ein Garant für Lärm.

Jetzt aber nicht mehr. Zwei von ihnen lagen im Schnee und rührten sich nicht. Die anderen hatten ihre Ski abgeschnallt und standen ratlos in einem Halbkreis um ihre beiden Freunde herum. Nur die Schneeduschen spuckten unerschütterlich ihren feinen Eisregen aus. Die Charlotte und die Flora hielten sich extra am anderen Pistenrand, um der unangenehmen Gruppe auszuweichen. Man konnte ja nie wissen, wie so eine Horde Besoffener urplötzlich reagierte.

Erst als sie fast schon vorbei waren, beschlich die Charlotte ein eigenartiges Gefühl. Irgendwas stimmte da nicht. Die Berliner hatten keine gemütliche Zwischenrast eingelegt, das sah man an den entsetzten Gesichtern der Männer. Die Charlotte schwang ab, und im selben Moment hörten auch endlich die Schneeduschen auf, die Piste zu beschneien. Offenbar hatte ein Skifahrer von der Gondel aus gesehen, dass etwas passiert war, und den Unfall bei der Bergstation gemeldet. Daraufhin gab es natürlich Alarmstufe Rot. Man konnte verletzte Skifahrer ja nicht von den Schneeduschen mit Klebeschnee begraben lassen. Die Nachrede in den Zeitungen wäre ein veritables Desaster gewesen.

Das plötzliche Stoppen der Schneeduschen verwunderte auch die Flora. Sie schwang ein paar Meter unterhalb ihrer Schwester ab und blickte den Hang hinauf, wo die Charlotte bereits neben einem der reglosen Berliner kniete. Genervt schnaufend stapfte die Flora den Hang wieder nach oben. Als sie bei der Gruppe ankam, sah sie nur noch, wie die Charlotte einem der beiden reglosen Skifahrer theatralisch die Augenlider schloss. Was das bedeutete, wusste – gepriesen sei das Fernsehen – auch die Flora mit ihren fünfzehn Jahren schon.

Klar, die Charlotte hätte den Freunden der Toten auch klipp und klar ins Gesicht sagen können: »Burschen, die zwei sind tot. So tot wie nur irgendwas«, aber so kalt war sie dann auch wieder nicht. Die Berliner taten ihr jetzt sogar ein bisschen leid. Die waren natürlich mit einem Schlag so was von nüchtern, und das erinnerte die Charlotte an ihre verhängnisvolle Nacht im Wachzimmer. So etwas verbindet, und so ein Schock konnte oft heilsame Wirkung haben. Nur die beiden da im Schnee mussten sich um ihren Alkoholspiegel keine Gedanken mehr machen, sie waren ja tot.

Mittlerweile war auch die Bergrettung am Schauplatz eingetroffen. Die Charlotte machte sofort Platz und stellte sich zu den mit dem Schreck davongekommenen Berlinern. Ja, und da kam dann doch wieder die Polizistin in ihr durch, denn sie fragte die Überlebenden gleich mal nach dem Tathergang. Schlechte Angewohnheiten lassen sich halt nicht so schnell ablegen.

»Weiß nich«, antwortete ein Berliner mit einem Stirnband. Er war der Charlotte wegen des eigenwilligen Kopfschmucks schon bei der Talstation aufgefallen. Für sie war es schier undenkbar, bei diesen Temperaturen mit weniger als einem Helm unterwegs zu sein. »Wir sind halt so runtergefahren«, fuhr der Stirnband-Berliner fort. »Den Mike und den Harry«, dabei zeigte er auf die zwei Toten, »die hat es schon davor ein paarmal hingeschmissen. Und da …«, dabei zeigte er wieder auf die zwei Toten – die Charlotte nahm aber zu Recht an, dass er diesmal den Platz meinte, an dem die beiden friedlich nebeneinanderlagen –, »… hat sie's wieder aufgelegt.«

»Und was ist dann passiert?«

»Beim Sturz hat's ihnen die Bindung aufgeschlagen, also dem Mike nur eine, aber der Harry hat beide Ski verloren. Und dann hat der Mike die Bindung von seinem anderen

Ski auch noch aufgemacht und zu tanzen begonnen. Wirklich!«, fügte der Stirnband-Berliner noch hinzu, weil ihn die Charlotte mit ungläubigen Kuhaugen ansah. »Wirklich!«, wiederholte er. »Wir haben ja vorher schon ein bisschen was jetrunken gehabt, und der Mike, der war schon immer so ein großer Bruce-Willis-Fan, und der hat ja in ›Last Boy Scout‹ am Ende auch so einen Freudentanz aufgeführt.«

Die Charlotte hatte zwar keinen blassen Schimmer, wovon der Typ da schwafelte, aber sie konnte sich schon zusammenreimen, dass er einen Film meinte. »Und weiter?«

»Dann hat er Harry die Fresse poliert.«

»Wie denn?«

»Na, mit Schnee natürlich! Liegt hier ja massig herum.«

Das fiel der Charlotte erst jetzt auf, als es der Stirnband-Berliner erwähnte. Die Leichen lagen auf einem der kleinen bis mittelgroßen Schneehügel, die sich überall unter den Schneeduschen angesammelt hatten. Im oberen Pistenteil war das nicht so aufgefallen, weil dort der Wind den Kunstschnee gleichmäßig verteilte. An dieser windgeschützten Stelle aber hatte sich das ganze klebrige Zeug direkt unter der Schneedusche aufgehäuft. Diese künstlichen Schneedepots wurden normalerweise erst im Lauf der Nacht von den Pistenbullys über die ganze Piste verteilt.

»Komm, lass dir nicht alles aus der Nase rausziehen. Wie ist es weitergegangen?«, sagte die Charlotte. Genervt. Sehr genervt inzwischen.

»Wir haben alle gelacht.« Der Charlotte fiel auf, dass der Berliner mit jedem Satz mehr ins Hochdeutsch verfallen war. Vielleicht hielt er sie für eine Polizistin oder jemanden von der Bergrettung oder sonst jemand Offiziellen. Auf jeden Fall fuhr er fort: »Dann begann sich der Harry zu wehren und hat den Mike so richtig eingerieben. Am Schluss hatten beide die Fresse voll mit Schnee.« Der Stirnband-Berliner machte eine kurze Pause, um sich zu sammeln. »Dann sind se beide umjekippt, zuerst der Harry und dann der Mike. Ein paarmal haben se noch jeröchelt, und dann waren se still.« Da war er wieder, der Berliner Dialekt.

Dass man von einer Überdosis Schnee sterben konnte, war der Charlotte neu. Das hatte sie noch nie gehört. Also von einer Überdosis Schnee schon, aber doch nicht von diesem hier! Sie konnte sich momentan überhaupt keinen Reim auf die Situation machen. Als sie die Leichen zuvor kurz durchchecken konnte, hatte sie keine Brüche oder andere Verletzungen feststellen können. Gegen so etwas sprach ja auch die Erzählung des Berliners. Was ihr aufgefallen war, war der überraschte Blick in den Augen der beiden Toten. Und die roten Blutgerinnsel in den Augen. Und ein wenig Schaum vorm Mund. Der hätte ihr eigentlich gleich zu denken geben müssen.

Und damit wären wir wieder am Beginn der Geschichte: Am Anfang ist das Wort. Bei Babys immer »Wäääähhh!«. Am Ende ist auch immer das Wort, und das letzte Wort der beiden Berliner war ein überraschtes und ungläubiges »Shiiiit!« gewesen. Das verriet der Stirnband-Berliner der Charlotte jedoch nicht.

Vier

Der Barkeeper im Schneeweißchen konnte nicht glauben, was ihm die Charlotte da erzählte. Das »was« war natürlich die Geschichte mit den Berlinern, und das Schneeweißchen war eine der mittlerweile weit weniger gut gehenden Discos in Schladming. Eine klassische »Absturzbar« für die letzten, wirklich allerletzten Drinks einer Nacht. Das verdankte sie der Giganto-Hütte am Fuß der Planai, die für die unterhaltungssüchtigen Touristen aus ganz Europa eine Anziehungskraft hatte wie ein Smyths Toys ohne Kassen auf Kleinkinder. Andererseits war das Schneeweißchen mit seiner – relativen – Ruhe perfekt für den gepflegten Absturz zu später Stunde. Verhältnismäßig wenig blöde Anmache und die Musik auf einer Lautstärke, die es noch erlaubte, sich zu unterhalten, ohne sich dabei heiser zu schreien, oder einfach nur in aller Gemütlichkeit ein Achterl nach dem anderen zu kippen.

Eigentlich hatte ja der Inspektor, der nach einer Stunde endlich am Tatort aufgetaucht war, der Charlotte den Mund verboten, aber was hätte das schon genützt? Mittlerweile wusste es sowieso schon der ganze Ort. Einen Mord gab's in einem Dorf wie Schladming auch nicht alle Tage. Und dass der Tod der beiden Berliner kein natürlicher war, hatte der Notarzt schon am Tatort festgestellt. Was genau passiert war, konnte er zwar auch noch nicht klären, aber es war klar, dass die Berliner weder an einer Überdosis Alkohol noch an einer Überdosis Spaß gestorben waren. An einer Überdosis Leben schon gar nicht. Was genau die Todesursache war, hatte der Notarzt allerdings nicht sagen können. Klar war nur eines: Es war sicher kein natürlicher Tod, vielmehr dürfte es sich um irgendeine Art Gift gehandelt haben. Wofür auch der Schaum vorm Mund der Leichen sprach.

Der ganze Exekutiv-Auflauf hatte natürlich auch jede

Menge Schaulustiger angezogen. So schnell hatte die Polizei die Piste gar nicht absperren können, wie schon Dutzende Skifahrer da waren, die sich das Spektakel nicht entgehen lassen wollten. Es hatte den Anschein gehabt, als wären sie alle per Handy von den zunächst nur spärlich aufgetauchten Neugierigen verständigt worden. Die Flora, die ein wenig moderner war als die Charlotte, hatte schnell gecheckt, dass ein paar der Zuschauer das unwürdige Schauspiel sofort auf Instagram und Facebook geteilt hatten.

Dazu kamen noch einige Pistenraupenfahrer, die Liftwarte – weil der Liftbetrieb mittlerweile eingestellt worden war – und natürlich auch noch die Krimineser, die mehr oder weniger hilflos versuchten, den Tatort abzusperren, damit für die Spurenermittler wenigstens ein paar verwertbare Reste übrig blieben. Es waren aber schon so viele Leute über die Piste gerutscht und getrampelt, dass der Tatort nur so von Spuren wimmelte. Da war praktisch jeder Fleck verdächtig, auf dem man nicht den Abdruck eines Skischuhs sah. Zumindest schaffte es die Polizei, die Schneehügel, auf denen die beiden Berliner ihre letzten Atemzüge getan hatten, so weit von Schaulustigen freizuhalten, dass die Leichen unbeschadet abtransportiert werden konnten.

In jedem guten TV-Krimi erwartete man sich an dieser Stelle natürlich, dass die Umrisse der Leichen mit weißer Kreide markiert worden wären. Genau! Aber dass das mit weißer Kreide auf weißem Schnee nicht ganz so gut funktionierte, das mussten sich die Polizisten auch ziemlich schnell eingestehen. Nach einem kurzen betretenen Schweigen fand man in einem der Pistenbullys schließlich blauen Farbspray, mit dem man den Tatort markierte. Der Polizeifotograf konnte ein paar herrliche Fotos machen, und so waren am Ende dann doch alle glücklich.

So wie sich die umstehenden Schaulustigen gebärdeten, musste die Charlotte allerdings unweigerlich an eine große Strandparty irgendwo auf den Balearen denken. Glaubten die

Idioten tatsächlich, dass hier Urlaubsschnappschüsse gemacht wurden? Die Charlotte sah sich nochmals um und war sich dann ganz sicher: Ein paar Verrückte hatten es sicher mit auf die Beweisfotos geschafft. Und dabei sogar gewunken, Grimassen geschnitten und das Victory-Zeichen gemacht. Kannte man ja von diversen Fußballer-Interviews direkt nach einem Spiel.

So nachlässig sich die Polizei bei der Spurensicherung auch gab, umso mehr Aufmerksamkeit schenkte sie dafür der Charlotte. Polizisten schienen eine Kollegin riechen zu können. Das »Ex« hatte sich die Charlotte zunächst gespart. Hatte sie ja auch niemand danach gefragt. Aber auch als »Auswärtige« hatte die Charlotte ziemlich rasch gar keinen guten Stand mehr bei den »Einheimischen«. Deshalb hatte der Chefinspektor die Charlotte gleich einmal ordentlich angeschnauzt und verhört, als ob sie die Hauptverdächtige wäre.

Als dann auch noch rauskam, dass die Charlotte den Toten die Augen geschlossen hatte … Na, habe die Ehre, viel hätte da nicht mehr gefehlt, und der Chefinspektor hätte die Charlotte gleich am Tatort gemeuchelt.

»Sind Sie völlig von Sinnen?«, hatte er die Charlotte angebrüllt. Auf seinem Namensschild stand »Keiffer«, und da wusste die Charlotte dann alles, was sie über ihn wissen musste, in Wirklichkeit aber gar nicht wissen wollte. Nomen est omen.

»Nicht, dass es mir bewusst wäre«, hatte die Charlotte trocken geantwortet. Sie fühlte sich auch in keiner Weise schuldig. Immerhin hatte sie ja Erste Hilfe leisten beziehungsweise es wenigstens versuchen müssen. Damit war das Berühren der Leichen automatisch mit einhergegangen. Vorher hatte sie nicht wissen können, dass es für Erste (oder Zweite und Dritte) Hilfe bereits zu spät war. Und es war ja nicht so, als ob die Charlotte wichtige Spuren verwischt hätte. Außerdem waren neben der Polizei und der Bergrettung auch jede Menge Gaffer quer über die Piste getrampelt.

Beweisstücke? Sowieso Fehlanzeige. Da waren nur zwei Tote und Schnee. Viel, viel Kunstschnee. In so einer Situation ließ man die ganze Wut, den Frust und die Verzweiflung schon mal gern an einer vermeintlichen Kollegin aus. Die Charlotte hätte sich im Nachhinein am liebsten selbst geohrfeigt, dass sie sich als Polizistin vorgestellt hatte. Aber manchmal – nein, eigentlich fast immer – war ihr Mundwerk schneller als der Kopf. Egal, passiert war passiert, damit musste sie jetzt leben. Zudem ging sie davon aus, dass sie nach diesem Abend mit Keiffer und seiner Truppe nichts mehr zu tun haben würde.

Trotzdem hätte sie sich den Tatort gerne noch mal näher angeschaut, aber sie hatte nicht den Funken einer Chance. Ein paar Polizisten scheuchten sie mit sanfter Gewalt weg, ein bisschen so, als wäre sie ein Huhn. Und wahrscheinlich war sie damit ganz gut bedient. Wer wusste schon, auf was für Ideen so ein Haufen Landpolizisten kam, nachdem die Leichen abtransportiert waren und auch dem Dümmsten von ihnen auffiel, dass sie eigentlich mit leeren Händen dastanden. Da war es schon besser, wenn man nicht mehr in der Nähe war.

So schnell ließ der Keiffer die Charlotte dann aber doch nicht abziehen. Stattdessen lag er ihr mit völlig abstrusen Ideen in den Ohren. So artikulierte er gleich einmal die Idee, dass die beiden ja von einem militärisch ausgebildeten Sniper erschossen worden sein könnten. Auf Charlottes Einwand, dass der Schuss bis ins Tal runter zu hören gewesen wäre, hatte er nur eine Lösung gewusst, diese aber mit absoluter Entschlossenheit und Überzeugung vorgebracht: »Schalldämpfer!« Ja, dem Chefinspektor machte es richtig Spaß, endlich mal ein bisschen Columbo spielen zu dürfen, weil es so einen Fall in Schladming ja nicht oft gab.

Das Killerargument gegen seine Theorie konnte sich die Charlotte dann trotzdem nicht sparen. »Sehen Sie hier irgendwo Blutspuren im Schnee, Keiffer?« Bevor der Chefinspektor explodieren konnte – und nach der Röte seines

Schädels zu urteilen war er knapp davor –, mischte sich auch noch der Gerichtsmediziner ein.

»Berni«, sagte er, »sei besser still. Die Leichen haben auch keine Einschusslöcher.« Der Keiffer holte daraufhin nochmals tief Luft, setzte wieder zum Reden an, behielt seinen nächsten Gedanken aber doch lieber für sich. Was wohl auch besser war.

Gegen Mitternacht war die Charlotte dann im Schneeweißchen aufgeschlagen. Inzwischen stand schon das dritte Achtel Rot vor ihr, und das hieß bei ihr natürlich schon Alarmstufe Rot, eigentlich sogar Dunkelrot.

Gut, der Barkeeper konnte ja nicht wissen, dass bei der Charlotte ziemlich schnell die Gefahr eines Totalabsturzes bestand. Andererseits hatte man als Barkeeper schon so seine Erfahrungen und konnte die Körpersprache der Gäste ganz gut einschätzen. Und die Haltung der Charlotte sprach Bände.

Sie war alles andere als hellwach und gut drauf, sondern hing an der Theke, als wäre sie tagelang durch die Wüste gewandert, ohne einen Schluck Wasser zu sich zu nehmen. Mit der einen Hand stützte sie ihren Kopf, mit der anderen hielt sie sich an der Theke fest. Um vier in der Früh mochte das ja ein normaler Anblick sein. Jetzt aber war es erst kurz nach Mitternacht, und da ging in einem Skiort das Highlife normalerweise ja erst so richtig los.

Der Barkeeper war ein wenig besorgt. Aber nicht aus Sorge um die Charlotte (die er ja auch gar nicht kannte), sondern vielmehr aus Sorge um das Renommee seiner Bar. Wie sah das denn aus, wenn da schon um Mitternacht die Alkoholleichen herumhingen? Überhaupt hatte der Barkeeper ein völlig falsches Bild von der Charlotte. »War ein guter Freund, nicht?«, fragte er deshalb.

Die Charlotte, obwohl noch immer ziemlich in Gedanken versunken, antwortete überraschenderweise wie aus der Pistole geschossen: »Na, nicht wirklich. Eher das Gegenteil. Wenn's nicht so grauslich wär, wär's ja sogar schon wieder lustig. Das musst du dir einmal vorstellen: an einer Überdosis Schnee gestorben!« Dann grinste sie kurz und giftig und sank wieder in ihre Lethargie zurück.

Der Barkeeper war allerdings ein verhinderter Psychologiestudent und bohrte deshalb weiter nach. »Frustriert?«, fragte er mitleidig. Der Blick, den ihm die Charlotte daraufhin zuwarf, hätte er sich im Nachhinein am liebsten eingerahmt und an die Wand gehängt. Der war nämlich so was von tödlich, dass er eigentlich was für die Wissenschaft war. Aber er hatte ja recht, denn natürlich war die Charlotte frustriert. Im Grunde ihres Herzens war sie nämlich immer noch Polizistin. Oder hielt sich dafür. Sie war auch gar keine schlechte Polizistin gewesen. Nix Großartiges natürlich, aber auch nicht die Schlechteste. Und natürlich nagte auch die Selbst-Degradierung zur Sicherheitsangestellten an ihr.

Als sie die Toten auf der Piste entdeckt hatte, war wieder das Jagdfieber erwacht. So etwas geht ja nicht so einfach weg. Und da stellt sich ihr so ein Landei wie der Keiffer in den Weg und scheucht sie fort wie ein Hendl. Der Charlotte war nämlich gleich oben beim Tatort eine Idee gekommen, die sie gerne noch überprüft hätte. Aber nix da. »Du bist eine Frau und eine Auswärtige noch dazu, und drum hast du hier überhaupt nix zu suchen.« So hatte es der Keiffer zwar nicht in Worte gefasst, aber im Endeffekt war es genau darauf hinausgelaufen. Gesagt hatte er: »Die Frau Obergescheit aus Wien. Muss sich hier bei uns einmischen. Weil ihr Hauptstädter natürlich alles besser wisst. Und überhaupt: Zeigen S' mir doch mal Ihren Dienstausweis.« Tja, und da hatte die Charlotte dann doch eingestehen müssen, dass sie nur eine »Ehemalige« war. Daraufhin ging dem Keiffer endgültig die Hutschnur hoch, und er hatte sie und die Flora vom Tatort weggejagt. Brüllen und Schimpfen waren gar keine Ausdrücke für das, was er da von sich gab. Hatte nur noch gefehlt, dass er seine Dienstpistole gezogen und einen Warnschuss abgegeben hätte.

Dass sie jetzt auch noch vom Barkeeper so durchschaut wurde, war natürlich doppelt frustrierend.

»Noch ein Achterl?«

Die Charlotte sah ihn mit ihren großen grünen Augen an, die um diese Uhrzeit und mit diesem Alkoholspiegel schon ein wenig an Kuhaugen erinnerten, und nickte dann zustimmend. Die Flora hatte sie sowieso schon vor Längerem sicher in ihrem Pensionszimmer untergebracht, sodass sie sich wenigstens um die kleine Schwester keine Sorgen machen musste. Ihre Gedanken kreisten vielmehr um die toten Berliner.

Normal war das ja wirklich nicht. Eine Schneeballschlacht auf der Skipiste, du denkst dir nicht viel dabei, und bumm, bist du tot. Die Charlotte glaubte nicht, dass die beiden einen Herzkasperl oder etwas Ähnliches gehabt hatten. Klar, man konnte in niemanden hineinschauen. Gesundheitlich schon – aber dafür müsste man Arzt sein. Aber ganz ehrlich: Für einen Herzinfarkt waren sie nach Meinung der Charlotte einfach noch zu jung (gewesen). Sie hatte sie auf maximal dreißig geschätzt, also in etwa in ihrem eigenen Alter.

Blieb eigentlich nur, dass etwas im Schnee war. So viel war ihr klar. Aber wie war das Zeug da reingekommen? Und vor allem: welches Zeug? Und wieso gerade die Berliner? Nervig sein war – wenigstens für die Charlotte – kein Grund für einen Mord.

Aus all diesen Gründen hatte die Charlotte unbedingt noch einmal den Schneehaufen inspizieren wollen, auf dem die beiden Berliner ihr Leben ausgehaucht hatten. Sie wusste zwar nicht, wie sie eine Probe hätte entnehmen oder wo sie diese hätte analysieren lassen können, aber egal. Ihr blieb jetzt nur noch die Hoffnung, dass die Polizei oben am Berg inzwischen nicht Tabula rasa gemacht, sondern den »Unfallort« halbwegs so belassen hatte, wie sie ihn vorgefunden hatte. Allzu große Hoffnungen machte sich die Charlotte da allerdings ehrlich gesagt nicht. Was sollte man am nächsten Tag an einem den Elementen ungeschützt ausgelieferten Tatort noch groß finden?

»Noch ein Achterl?« Unglaublich, wie schnell die Charlotte heute trank. Das roch schon förmlich nach einem Taxi zurück in die Pension. Draußen waren die Gehwege mit einem Gemisch aus Schnee und Eis überzogen, da brach man sich betrunken schon schnell einmal das Genick. Aber es war irgendwie eigenartig: Sie fühlte sich trotz der vielen Achtel immer noch klar genug im Kopf, um über die toten Berliner nachzudenken. Vielleicht war es aber auch gerade der Alkohol, der ihre Phantasie auf Hochtouren laufen ließ. Wieso hatten genau diese beiden sterben müssen? Soviel sie mitbekommen hatte, waren das ganz normale Touristen gewesen. Sie waren am selben Tag wie sie und ihre Schwester in Schladming angekommen, das hatte die Polizei rasch festgestellt. Und die Charlotte hatte mitgehört, wie diese Erkenntnis dem Keiffer mitgeteilt worden war.

Sie waren also eindeutig zu kurz im Ort gewesen, um sich schon Feinde zu machen, die einen doch wohl recht ausgefeilten Mordplan in nur ein, zwei Stunden aushecken konnten. Die Berliner waren auch keine Promis gewesen, über deren Ankunft die Illustrierten schon seit Wochen berichtet hätten. Das waren einfach ganz normale Touristen gewesen, die in erster Linie Spaß haben wollten. Dabei stand das Skifahren meistens weniger im Mittelpunkt, ganz im Gegensatz zum Après-Ski. Skifahren ist gleich Hütte ist gleich Schnaps ist gleich Sich-volllaufen-Lassen. Es konnte sich beim Mörder also wohl auch nicht um einen Irren handeln, der sich auf Kosten eines toten Promis einen Namen machen wollte.

Was aber war dann passiert? Und wieso machte sie sich überhaupt Gedanken darüber? Sollte doch der Keiffer sich denn Kopf darüber zerbrechen. Sie war keine Polizistin mehr, und selbst wenn, dann war das hier nicht ihr Revier. Wie hätte sie reagiert, wenn sich ein Landpolizist bei einer ihrer Ermittlungen in Wien eingemischt hätte?

»Noch ein Achterl!«, bestätigte die Charlotte und nahm sich zum ersten Mal Zeit, das Schneeweißchen ein bisschen genauer zu inspizieren. Mittlerweile ging es bereits auf ein Uhr zu, und die Hütte war noch immer nicht voll. Ganz im Gegenteil. Bloß eine Handvoll anderer trauriger Gestalten so wie sie selbst saßen herum und ertränkten ihr Selbstmitleid in Rotwein oder Whiskey. Oder Cola-Rot. Oder Whiskey-Cola. Hauptsache betäubend.

Mehr als zwanzig Gäste hatten sich nicht ins Schneeweißchen verirrt. Aus den Boxen plärrte »Griechischer Wein« von Udo Jürgens. Dazu führten sich die paar Jugendlichen, die aus unerfindlichen Gründen in diesem Lokal gelandet waren, auf der kleinen Tanzfläche hemmungslos auf. In Wien, Salzburg oder Linz oder woher sie auch immer kamen, hätten sie sich wohl in Grund und Boden geschämt, dass sie zu so einem Schmus tanzten. Im Skiurlaub ist aber eben alles anders und also auch erlaubt.

»Hallo, Franzl!«, hörte Charlotte den Barkeeper sagen. Neugierig, wie sie nun mal war, drehte sie sich zur Seite, um einen Blick auf den Neuankömmling zu erhaschen. Neben ihr hatte sich ein junger Mann niedergelassen, schätzungsweise Mitte zwanzig. Dicker blauer Anorak, Skimütze, braun gebranntes Gesicht. Das fiel sogar im schummrigen Zwielicht des Schneeweißchen auf.

Der Barkeeper stellte ihm ungefragt ein Glas mit dunkelbrauner Flüssigkeit mit reichlich Eiswürfeln auf den Tresen, welche der Franzl mit einem Schluck in sich hineingoss. Für einen kurzen Moment flackerten seine Augen auf. »Noch einen!«, bellte er, und die Charlotte beschloss, dass sie sich da jetzt anschließen musste.

Als der Barkeeper den gewünschten Drink vor ihr auf dem Tresen platziert hatte, schnüffelte sie zuerst einmal vorsichtig daran und stellte fest, dass es eh nur Whiskey war. Neben ihr hatte der Franzl mittlerweile sein drittes Glas »Feuerwasser« runtergeschüttet und gleich noch einen bestellt. Klar, dass die Charlotte da nicht nachstehen wollte. Also ex und runter.

Keine gute Idee, wie sie umgehend voller Reue feststellen

musste. Dreißig Sekunden später beugte sie sich auch schon über die Klomuschel auf der Damentoilette und kotzte den ganzen Rotwein und den Whiskey (und den Frust des Tages) wieder aus sich raus. Und zwar so laut, dass man es trotz der Musik bis auf die Tanzfläche hören konnte. Irgendwie auch komisch: Manchmal ist man nach so einer Einlage froh, überhaupt wieder Luft zu bekommen, und will eigentlich nur noch ins Bett. Manchmal aber kotzt man sich die Seele aus dem Leib und steht danach fit und frisch wie ein neu gekaufter Turnschuh wieder da.

Der Charlotte waren solche Gedankengänge nach erledigter Magenentleerung egal. Sie war so was von nüchtern, dass sie beschloss, gleich weiterzutrinken. Und das war in ihrer Situation wahrscheinlich nicht die blödeste Idee, die sie in den nächsten Tagen noch haben sollte. Denn an Ideen hatte es ihr noch nie gemangelt. Allein die Ausführung ... das war eine andere Geschichte. Zugleich wurde ihr aber klar, dass das eigentlich kein Leben war. Sie wusste ja, dass sie momentan zu viel Alkohol trank. Also nicht nur in der jetzigen Situation, sondern ganz allgemein. Und es ritt sie auch immer wieder das schlechte Gewissen. Als Polizistin hatte sie ja gesehen, wohin das ganz rasch führen konnte. Leider war es bei ihr wie bei so vielen anderen auch: Etwas zu wissen, war das eine, das Wissen auch umzusetzen, etwas ganz anderes.

Also setzte sich die Charlotte wieder an ihren Platz und bestellte ein Cola und einen Whiskey – getrennt, nicht gemischt. Das Cola schüttete sie runter, damit der grausige Geschmack aus ihrem Mund verschwand. Dann stürzte sie gleich den Whiskey hinterher, um den picksüßen Cola-Geschmack wegzubekommen. Und zündete sich noch eine Zigarette an. Theoretisch herrschte hier zwar Rauchverbot, aber in einem kleinen Tschocherl wie dem Schneeweißchen wurde das nicht wirklich exekutiert, wie die vollen Aschenbecher auf der Theke verrieten. Vielleicht war das der Grund, warum sie sich hier so wohlfühlte.

Der Franzl hatte sich inzwischen seines Anoraks und seiner Mütze entledigt, und sie sah sich ihren Sitznachbarn mal genauer an. Da fiel der Charlotte auf, dass sie den Franzl an diesem Tag schon einmal gesehen hatte. Er war einer der Liftwarte, die zusammen mit der Polizei zur Unglücksstelle gekommen waren. Dem müssten sich doch ein paar Informationen entlocken lassen? Nach der Menge an Alkohol, die der Franzl schon intus hatte, hätte das eigentlich ein Kinderspiel sein sollen. Eigentlich, denn: Es war völlig unmöglich, den Franzl auch nur ansatzweise in ein Gespräch zu verwickeln. Eher hätte man einen der Wachmänner mit den schweren Fellmützen vor dem Buckingham-Palast dazu gebracht, lächelnd für ein gemeinsames Selfie zu posieren.

Die Charlotte ließ aber nicht locker. Ein bisschen kokettieren, auf einen Whiskey einladen – den würde sie schon noch zum Sprechen bekommen. Fünfzig Euro später fürchtete sich die Charlotte dann schon vor dem nächsten Kontoauszug. Klar, der Franzl nahm bereitwillig jede Einladung an. Außer einem gemurmelten »Danke« kam aber wenig bis gar nichts zurück.

»Trauriger Anblick da oben«, versuchte es die Charlotte.

»Mhm.«

»Passiert so was hier öfter?«

»Nhn.«

»Hallo, ich bin die Charlotte. Das ›e‹ am Ende spricht man aber nicht aus. Also eher so die französische oder englische Aussprache.«

»Mhm.«

»Bist du öfters hier?«

»Mhm.«

»Kann ich dich auf was einladen?«

»Danke.«

»Bist nicht so der Gesprächige.«

»Nhn.«

»Das hat mich schon immer mal interessiert: Was macht ein

Liftwart eigentlich im Sommer?« Daraufhin trank der Franzl aus, packte seine Sachen zusammen und trat ohne ein »Auf Wiedersehen« oder wenigstens ein »Ciao« die Flucht an.

»Nicht persönlich nehmen, der Franzl ist halt so«, entschuldigte ihn der Barkeeper.

Die Charlotte wischte die Entschuldigung mit einer kurzen Handbewegung weg und bot dem Barkeeper das Du an. Wenn sie die restlichen Abende ihres Urlaubs auch hier verbringen würde, konnte es nicht schaden, ein bisschen persönlicher zu werden. Wegen Gratisgetränken und so. Außerdem galten Barkeeper ja auch als eine Schatztruhe an Klatsch und Tratsch. Als Erstes erfuhr sie aber, dass sein Name eigentlich Toni war. Wegen der Touristinnen nannte er sich allerdings Joe.

Da musste die Charlotte kurz schmunzeln, weil sie so viele bodenständige Namen in so kurzer Zeit schon lange nicht mehr gehört hatte. Franzl, Toni … Selbst Joe war ein richtig bodenständiger Name, wenn man sich ein paar Nächte in Wiener Bars um die Ohren geschlagen hatte.

»Freut mich, Charlotte. Das ›e‹ am Ende ist aber stumm«, erklärte die Charlotte es jetzt auch dem Joe.

»Freut mich, das ›e‹ bei Joe ist auch stumm«, antwortete Joe, und die Charlotte musste lachen. Sie zwinkerte ihm zu, und klar – Skiort, Barkeeper, Touristin –, dass der Joe da gleich auf falsche Gedanken kam.

»Auf was kann ich dich denn einladen, Charly?«, fragte er sanft und hätte sich dafür fast eine Ohrfeige von der Charlotte eingefangen. Was ihren Spitznamen anging, war sie sehr heikel. »Charly« war ausschließlich für Menschen reserviert, die ihr sehr, sehr nahestanden (oder mit denen sie mindestens eine Nacht im Bett verbracht hatte). Das erklärte sie dem Joe freundlich, ließ aber den Teil mit den Bettgeschichten sicherheitshalber aus. Man musste die Phantasie des armen Teufels ja nicht noch extra anfeuern. So wie der jetzt über der Bar hing, kroch er beinahe schon in ihren Pullover hinein. Gut, wäre sie nicht lesbisch gewesen, hätte der Joe ja tatsächlich fast eine Überlegung gelohnt. Nix Festes natürlich, dafür versprühte er zu viel Skilehrer-Macho-Gehabe. Eigentlich sogar wie aus dem Bilderbuch: halblange schwarze Haare, natürlich fein nach hinten gegelt, gut gebaut und gebräunt und immer einen billigen Schmäh auf den Lippen.

Bei der Charlotte ging ihm jetzt aber der Schmäh aus, was wiederum die Charlotte köstlich amüsierte. Sie stieg wieder auf Rotwein um und beschloss, dass sie noch ein oder zwei Stündchen im Schneeweißchen dranhängen würde. Der Joe war sicher gesprächiger als der Franzl. Und ausnahmsweise wurde die Charlotte bei dieser Annahme auch nicht enttäuscht.

»Du musst den Franzl wirklich entschuldigen, aber der hat hier im Ort so was wie Narrenfreiheit«, begann der Joe ganz von selbst.

»Wieso? Ist er ein Skistar?«, gab die Charlotte sarkastisch zurück. Frage nicht, mehr war nicht nötig. Warum? Weil der Franzl tatsächlich eine regionale Größe war!

»Kennst du ihn etwa? Ja, ja, der Franzl hätt's echt zu was bringen können. Wenn s' ihn nur lassen hätten. Aber weißt ja eh, wie das ist.« Die Charlotte hatte natürlich keinen blassen Dunst, wie es war, und deshalb erntete der Joe lediglich verständnisloses Kopfschütteln.

»Na gut, pass auf: Beim Skiverband hast nur Chancen, wennst aus Tirol, Kärnten oder Salzburg bist. Alles andere zählt net. Oder hast schon mal einen Wiener im Nationalteam gesehen?« Die Charlotte musste wieder mit dem Kopf schütteln. Aber nicht, weil sie tatsächlich keinen Wiener im Skiteam kannte, sondern weil sie ganz allgemein nicht wusste, woher unsere Skistars so kamen. Wenn die alle aus der Retorte kämen, hätte sie das auch geglaubt. In Wirklichkeit ging ihr das nämlich so was von am Arsch vorbei … Trotzdem wünschte sie sich jetzt, dass sie bei den Erzählungen ihrer ski-euphorisierten Schwester etwas besser aufgepasst hätte. Die kleine Flora konnte den Lebenslauf jedes österreichischen

Skiläufers auswendig runterratschen. Die Kleine hatte ein Gedächtnis wie ein Lexikon. Was sie einmal aufsog, das vergaß sie so schnell nicht mehr. Was ihr natürlich auch in der Schule zugutekam. Eine Eigenschaft, um die die Charlotte die Flora immer schon beneidet hatte.

Der Joe ließ sich jetzt nicht mehr stoppen und gab der Charlotte eine Nachhilfestunde in Sachen Skiverband und Sportpolitik. »Also, der Franzl war seit der Jugend immer der Beste. Hat alles gewonnen, alles in Grund und Boden gefahren. Egal, wo er gestartet ist. Im Ort gab es keine Konkurrenz für ihn, deshalb ist er auch zu den Titelkämpfen in den anderen Bundesländern gefahren. Immer dasselbe: Der Franzl hat sie alle paniert. Aber für einen Nationalkader haben sie ihn trotzdem nie nominiert. Da waren immer nur die Tiroler, Kärntner und Salzburger. Weil, uns Steirer haben s' seit den Zeiten vom Klammer Franz einfach geschnitten.«

»Aber war der nicht selbst ein Kärntner?«, fiel ihm die Charlotte ins Wort. Na also, es ging doch – ein bisschen Ahnung hatte die Charlotte vom Skisport ja schon. Vielleicht war es aber auch einfach nur der einprägsame Kärntner Dialekt vom Klammer Franz, den man so schnell nicht aus dem Ohr bekam.

»Schon«, gestand ihr der Joe zu. »Aber sei Trainer war a Steirer. A Schladminger noch dazu! Und der war nur auf die Abfahrer spezialisiert. Alle anderen Disziplinen waren dem wurscht.« Joes Zunge wurde nun auch schon schwerer. Bei komplizierteren Worten wie »spezialisiert«, da hatte er manchmal sogar im nüchternen Zustand so seine Probleme. »Und wie's dann mit dem Wunderteam um den Klammer vorbei war, da haben s' dann a mit dem Trainer Probleme gehabt, die ganzen Gfrasta aus den anderen Bundesländern. Weil, der Trainer hat immer nur g'sagt: ›Slalom-Fahrer san Oasch, und die Zick-zack-Fahrer braucht eh kana.‹ No jo, und die Chefs in den Bundesländern haben des anders gsegn und den Trainer schließli o'gsagelt. Aber die größte Frechheit: Jetzt hab ma den Nachtslalom da in Schladming! Kannst da des vorstelln? A Zick-zack-Kurs im Heimatort vom Abfahrtstrainer!« Der Joe verfiel jetzt immer mehr in breiten Dialekt, das kann man am Papier gar nicht so wiedergeben. Die Charlotte musste sich schon sehr bemühen, um da noch mitzukommen.

»Aber ist der Nachtslalom nicht ein Riesengeschäft für euch?«

Der Joe redete sich in Rage: »Ned für alle. Die neiche Hittn vurn bei da Planai, die ziagt uns do in der Stodt herin des gonze Gschäft ob. Und überhaupt: Die Leit kumman jo alle nur für an Tog oder vielleicht no für a Nocht. Parken die gonze Gegend zua, und dann schleichen sie sie wieda.«

»Und mit einer Abfahrt wäre das besser?«, hakte die Charlotte nach.

»Jo sicha! Do is glei a poar Tog was los. Trainings und so weiter. Außerdem gibt's do a imma a zweits Rennan. Da taten die Leit länga bleibn und …«

»… und vielleicht auch bei dir vuabeischaun«, vollendete die Charlotte seinen Satz.

Der Joe grinste blöd und nickte. »Aber des is scho leiwand, dass ma den Slalom da haben«, meinte er schließlich. »Bessa als nix, und a Hallo ist's ja trotzdem.«

Damit war das Gespräch wieder in ruhigere Gewässer gesteuert worden. Die Charlotte wusste schon, wie man mit Betrunkenen umgehen musste. Das war hier nicht anders. Als »großkopferte Wienerin« musste man, einmal über den Wechsel gefahren, am besten sowieso alles vergessen, was man so über Menschen zu wissen glaubte. Nicht, dass das schlechtere Menschen waren. Überhaupt nicht! Aber halt ein bisschen anders. Und stolz! Ja, frage nicht. Trotzdem war sich die Charlotte sicher, dass der Joe mit seinen Ausführungen da jetzt etwas übertrieb. Weil, natürlich war der Nachtslalom ein Riesengeschäft für die Region. Nicht nur am Renntag, sondern auch als Werbung für das ganze Skigebiet. Den Hotels nach zu schließen, die rund um das Zielstadion wie die Pilze aus dem Boden geschossen waren, ging es dem Skiort alles andere als schlecht. Die Charlotte hatte da etwas ganz anderes in Verdacht: Nämlich, dass sich der Joe – und wahrscheinlich viele andere im Ort – vielleicht eine Spur zu sehr mit dem Franz und dem altehrwürdigen Abfahrtstrainer identifizierte. Aber das würde sie ihm jetzt keinesfalls ins Gesicht sagen.

Der Joe schenkte sich selbst noch ein Achterl nach. Nach einem kurzen Hüsteln der Charlotte füllte er auch ihr Glas gedankenversunken auf.

»Na ja, der Franzl hat auf jeden Fall keine Chance bekommen, in einen Nationalteamkader aufzusteigen«, schloss der Joe seinen Vortrag mit leiser Stimme und auf einmal wieder mehr oder weniger hochdeutsch.

»Haben die ihn wirklich so leicht ignorieren können?«, hakte die Charlotte nach. Irgendwie spürte sie, dass der Joe nur darauf wartete, die richtige Frage gestellt zu bekommen. Und dann würde er endlich mit dem Höhepunkt seiner Geschichte herausrücken. Erklärungen über die Sportpolitik in Österreich waren sicher hochinteressant. Aber nicht um drei Uhr in der Früh.

»Geh wo. Natürlich nicht! Die Zeitungen und das Regionalfernsehen haben über den Franzl natürli scho Reportagen gebracht. Und da haben sie ihn dann einmal zum Training mit dem Europacup-Team eingeladen. Den Burschen ist der Franzl um die Ohren gefahren, eh klar. Und das hat den Chefs erst wieder nicht gefallen. Und wie er dann auch noch gefragt hat, wann er jetzt endli a bei am Rennen starten derf, da hoben s' erm endgültig o'gschaselt. ›Nix da‹, hoben s' angeblich g'sagt. ›Im Training fahrst ja ganz gut, aber die mentale Stärke für ein richtiges Rennen, die fehlt dir.‹« Der Joe schaute so traurig in sein Glas, als wäre er derjenige gewesen, der die Abfuhr bekommen hatte. Und vielleicht war das in einem skiverrückten Ort ja auch wirklich so. Vielleicht stand der Franzl einfach stellvertretend für die Träume und Wünsche vieler Menschen hier. Sie glaubte auch nicht so richtig an die

Verschwörungstheorie vom Joe, dass der Skiverband grundsätzlich alle Steirer schnitt. Nein, da hatte sich der Franzl wohl schon selbst was zuschulden kommen lassen. Oder war schlicht und ergreifend nicht gut genug gewesen. Da fiel ihr auch gleich noch ein prominenter Name ein – auch wieder wegen seines unvergleichlichen Dialekts. Diesmal allerdings des steirischen. Und der war nicht nur jahrelang mitten in der Weltspitze mitgefahren, sondern hatte es danach sogar als Co-Kommentator ins Fernsehen geschafft. Aber wie war der verdammte Name noch mal gewesen? Kraus? Flaus? Ach, auch schon wurscht. Wichtig war nur, dass es genug Steirer gab, die im Weltcup mitgefahren waren und noch immer fuhren. Zudem führte der Joe jetzt seinen »Akte X«-Sermon fort.

»Dann haben sie eam hamgschickt, und das war's auch schon. Der Franzl hat total die Nerven weggeschmissen. Er hat sogar ins Spital müssen. Kompletter Nervenzusammenbruch. Und wie s' eam dann wieder ausselassen ham, da war's dann vorbei mit dem Skifahren. Jetzt fahrt er nur mea hobbymäßig, und sonst orbeit er bei den Bergbahnen. Je nachdem, amoi am Gletscha obn, manchmal auch bei uns herunten in Schladming. Er teilt si das meistens so auf, dass er am Gletscher oben is, wenn er sei Rua hobn wü. Weil, da kumman eh kaum Leit aufi. Da hot er donn den gonzn Gletscha für si söbst. Wenn er wieda unta Leit wü, mödt er si für an Dienst bei uns heruntn. Wie g'sagt, der Franzl hat a gewisse Narrenfreiheit. Der gonze Ort leidet mit eam mit. Aber verlässlich is er. Nach dem kannst die Uhr stöln.«

Die Charlotte nickte still vor sich hin und musterte ganz intensiv den Inhalt ihres Glases. Rot war er, und das war gut so. Mehr musste sie um diese Uhrzeit echt nicht wissen. Dass im Schnee keine Spur von Blut zu sehen war, war jetzt nicht unbedingt schlecht gewesen. Aber doch seltsam. Bei einem Mord triefte der Schauplatz normalerweise ja nur so vor Blut. Da war meistens alles rot. Aber hier? Nichts rot und dennoch ein Mord. Weil, was sonst?

Der Charlotte schwirrte der Kopf. Weniger von den vielen Gedanken als vielmehr von der stundenlangen, stetigen Alkoholzufuhr. Normalerweise wäre die Charlotte nach so einer durchzechten Nacht ja schon so was von streichfähig. Aber nicht heute. Sie war gerade mal ein bisschen angeheitert. Was wohl damit zu tun hatte, dass sie den ersten Teil des Alkohols zuvor wieder von sich gegeben hatte.

Aus dem Joe war nach seinem langen Sermon auch nicht mehr viel Neues herauszubekommen. Der versuchte jetzt nur mehr, sie blöd anzubraten. Also dachte sich die Charlotte, dass es jetzt vielleicht ein guter Zeitpunkt war, den geordneten Rückzug anzutreten. Es war schwierig genug, den Joe davon abzuhalten, in ihr Dekolleté zu kriechen. Noch ein Achterl mehr, und er würde ihr auch noch anbieten, sie nach Hause zu bringen.

»Man sieht sich morgen«, sagte Joe kurz angebunden und winkte ab, nachdem die Charlotte ihn gefragt hatte, wie viel ihre Rechnung ausmachen würde. Ein bisschen beleidigt schien er ob Charlottes Abfuhr doch.

In ihrem angeheiterten und übermüdeten Zustand verstand die Charlotte nur Bahnhof. Nachdem sie den Joe mit ihren vom Alkohol übergroßen und etwas blutunterlaufenen Kuhaugen anstarrte, formulierte er um: »Na, morgen Abend, da ist im Planai-Stadion die große Welcome Show. Findet jede Woche statt. Da kannst dem Franzl auch zuschauen. Der ist da immer der große Star.« Klar, dachte sich die Charlotte. Wenn schon nicht im Fernsehen, dann wenigstens für die Touristen.

»Und was machst du dort?«, fragte sie den Joe.

»Was ich immer mache.«

»Touristinnen anbraten?«

»Nur nebenbei. Ich gebe dort die Drinks aus«, erwiderte er staubtrocken und mit einem Augenzwinkern, für das etliche Touristen-Girlies wohl eine ganze Menge gegeben hätten – manche erwiesenermaßen sogar ihre Jungfräulichkeit. Auf die Charlotte hatte das Zwinkern so was von keine Wirkung, dennoch zwinkerte sie zurück. Man will sich seine Informanten ja nicht gleich ganz vergrämen. Dann verließ sie endlich das Schneeweißchen.

Sie entschied sich, doch zu Fuß zu ihrer Pension zurückzugehen. So ein zehnminütiger Spaziergang bei minus acht Grad hatte nämlich durchaus etwas Aufweckendes und half, die Gedanken wieder zu ordnen. Vereinzelt waren noch ein paar wandelnde Alkoholzombies zu sehen, im Großen und Ganzen war es aber bemerkenswert ruhig. Für Charlottes Geschmack fast schon zu ruhig. Immerhin war das hier einer der größten Skiorte Österreichs und noch dazu Samstagnacht. Aber heute schien die Stimmung irgendwie gedrückt. Zwei Tote, arschkalt, das konnte einem schon ordentlich aufs Gemüt drücken.

Ihr Weg führte die Charlotte durch die Fußgängerzone bis zur Planai-Talstation, wo schon frühmorgens die Hundertschaften an Skifahrern anstanden, um möglichst schnell auf den Berg raufzukommen. Sie musste schmunzeln, als Erinnerungen an ihre Kindheit zurückkamen und ihr plötzlich doch noch ein paar Skistar-Namen einfielen.

Über dem Eingang eines Sportgeschäfts nahe der Talstation prangte riesig das Namensschild eines ehemaligen Skistars, den die Charlotte aus ihrer Kindheit kannte. Der hatte nach seiner Karriere – damals hatten Steirer ja noch für Österreich Skisiege einfahren dürfen, dachte die Charlotte mit einem hämischen Grinsen – daheim ein Sportgeschäft aufgemacht. Und mit dem Namen lief das Ganze natürlich wie von selbst. Man darf nicht vergessen, dass die Touristen ja nicht nur wegen des Skifahrens, sondern auch wegen der ansässigen Promis nach Schladming kamen. Und der war schon einer, zumindest, wenn man sich noch an die Achtziger erinnern konnte. Klar, dann gibt man seine Ski zum Wachseln nicht in die Filiale einer seelenlosen Sportkette, sondern zum regionalen Hero. Wenn der einen Zehner mehr verlangt – geschenkt! Hauptsache, vom Profi gewachselt. Dass der normalerweise natürlich nicht selbst Hand an die Latten anlegte, war wieder eine andere Geschichte.

Neben dem Sportgeschäft sah die Charlotte dann gleich den nächsten prominenten Namen, diesmal als Namensgeber einer Skischule. Und gleich dahinter war auch schon die in den letzten Jahren groß ausgebaute Talstation und das dazugehörige legendäre Zielstadion, das ja – laut Werbung – mitten im Ortszentrum endet. Na ja, Ortszentrum war das hier nicht mehr. Die Fußgängerzone hatte schon ein paar Hundert Meter zuvor aufgehört, und dazwischen lagen unter anderem nicht nur die örtliche Musikschule, sondern jede Menge in den letzten Jahren hochgezogene Bettenburgen, vulgo Hotels. Aber egal, das Stadion befand sich zumindest an der Peripherie des Ortskerns, und wenn es die Leute glücklich machte und Besucher brachte, ging das so schon in Ordnung, befand die Charlotte.

Die Charlotte war also endlich bei der Talstation angelangt. Der Zielhang war selbst um diese Uhrzeit noch in gleißend-grelles weißes Flutlicht getaucht, und die Schneekanonen liefen auf Hochtouren, um die nötige Unterlage für das Skirennen zu produzieren. In der »Taverne«, der mehrstöckigen, überdimensionierten Hüttendisco neben dem Zielstadion, steppte noch immer der Bär. Womit auch geklärt war, wieso sich überall sonst kaum etwas tat. Die Taverne zog einfach das ganze partywillige Volk ab. Am Zielhang selbst wurde auch noch fleißig gearbeitet. Pistenbullys verteilten den Kunstschnee, der seit Wochen im ganzen Skigebiet produziert worden war, gleichmäßig über die ganze Strecke. Dazu wurde Wasser in die Piste gespritzt, um sie schön eisig und pickelhart zu machen – so wie es die Skistars gernhatten. Denn wenn man sich ganz ehrlich war: So ein Weltcuprennen hatte mit herkömmlichem Skifahren nicht viel zu tun. Was von den Skistars als »griffige Piste« bezeichnet wurde, war für jeden Hobbyfahrer – selbst für die sehr guten – nichts anderes als ein abschüssiger Eislaufplatz. Aber es war halt wichtig, dass die Slalomstars für ihr Nightrace eine ordentliche Unterlage bekamen.

Das Stadion selbst war bereits als solches zu erkennen. Wenn nicht gerade ein Weltcuprennen am Programm stand, war es bloß der Besucherparkplatz der Planai, jetzt wurde dieser Parkplatz aber von riesigen Stahlrohrtribünen gesäumt, und der Asphalt war bereits mit einer dicken Schneeschicht überdeckt. Hier würden die Sieger und Verlierer des Rennens abschwingen und ins Publikum und die TV-Kameras winken, jubeln oder fluchen.

Skifahrer suchte man um diese Uhrzeit natürlich vergeblich. Nur die Pistenraupen bretterten mit ihrem monotonen Motorengebrumm den Zielhang rauf und runter, der mit seinen zweiundfünfzig Prozent Gefälle beinahe wie eine senkrechte Wand aufragte. Der Charlotte wurde schon beim Zusehen wieder schlecht. Irgendwie schaffte sie es aber doch, ihrem Magen gut zuzureden, und der beschloss daraufhin, dass einmal Kotzen am Tag reichte.

Die Charlotte dachte nochmals an ihr Gespräch mit dem Barkeeper zurück und musste schmunzeln. Genau gegenüber der Talstation hatte auch der heldenhaft verehrte Ex-Nationaltrainer sein Geschäft. In seinem Fall war es ein Restaurant. Das sah von außen gar nicht so imposant aus, aber wenn man einen Blick auf die in einem Glaskästchen ausgestellte Speisekarte warf, wusste man sofort, dass man hier auch einen Promibonus mitzahlte. Die Charlotte hätte gerne einen Blick ins Innere geworfen, aber da war um kurz vor vier Uhr früh natürlich Fehlanzeige. Hier war der Samstag, im Gegensatz zu Wien, nicht der Hauptausgehabend. Samstag bedeutete hier Urlauberschichtwechsel und deshalb auch schon frühe Sperrstunde – mit Ausnahme der Taverne. Aber wer sich um diese Uhrzeit dort noch vergnügte, hatte mit Skifahren sowieso nichts am Hut. Also stapfte die Charlotte unermüdlich weiter, zu ihrer Rechten das Zielstadion, zu ihrer Linken das Promi-Restaurant.

Die letzten dreihundert Meter gestalteten sich für die Charlotte recht schwierig. Zwei Drittel des Weges ging es leicht bergauf – auf vereisten, spiegelglatten Gehwegen. Keine Rede von Räumung oder Salzstreuung. Das war hier das blanke Eis. Ganz so, als wollte man dem legendär vereisten Planai-Zielhang auf den Gehwegen Konkurrenz machen. Irgendwie schaffte es die Charlotte doch noch heil den kurzen Anstieg hoch.

Der Gehsteig war sehr schmal und eigentlich schon mehr eine Gemeinheit, aber nachdem keine Autos mehr fuhren, nahm die Charlotte schließlich die (geräumte und gesalzene) Straße. Genau auf der Kuppe des Anstiegs bog sie nach links in eine kleine Seitengasse ein, wo es wieder bergab ging. Was noch schwieriger zu gehen war als das Stück bergauf. Die Seitenstraße hatte nämlich gar keinen Gehsteig und war auch nicht geräumt. Wie ein Eisläufer, der zum ersten Mal auf Kufen stand, hangelte sich die Charlotte an einem niedrigen Holzzaun entlang. Zwanzig Minuten nachdem sie vor dem Zielstadion gestanden war, sperrte sie endlich ihre Zimmertür auf – so leise wie möglich. Die Flora schlief tief und fest, hatte sich dabei jedoch über das gesamte Doppelbett ausgebreitet. Jetzt war die Charlotte schon sehr froh, dass sie sich an diesem Abend nicht geschminkt hatte, denn das Abschminken konnte sie sich in ihrem illuminierten und hundsmüden Zustand abschminken. Und geschminkt aufzuwachen wäre eine echte Tragödie. Solche Augenringe sehen zwar bei einem Waschbären sehr herzig aus, bei einer erwachsenen Frau hingegen weniger.

Immerhin schaffte sie es noch, sich rasch die Zähne zu putzen. Das dauerte aber länger als geplant, weil der Rotwein so auf ihren Zähnen klebte, dass man glauben konnte, es wäre eigentlich Kaugummi. Und dann: Wie bringt man die schlafende kleine Schwester dazu, im gemeinsamen Bett Platz zu machen? Die Charlotte versuchte es mit vorsichtigem Anstupsen. Das nützte genau gar nichts. Also setzte sie schließlich rohe Gewalt ein. Aber die Flora schien im Tiefschlaf eine Tonne zu wiegen. Und vor allem lag sie quer über das Bett ausgebreitet. In ihrem aktuellen Zustand sah sich die Charlotte nicht in der Lage, die kleine Schwester zur Seite zu rollen, also blieb ihr nur der Boden. Sie gratulierte sich kurz zu ihrem Hauptgewinn und machte es sich dann so gut wie möglich auf dem Bettvorleger gemütlich. Als Polster musste ihr nach Rauch, Alkohol und Kotze riechender Pullover herhalten. Wieder überkam sie ein Anflug von schlechtem Gewissen. Eigentlich hätte sie sich doch um ihre kleine Schwester kümmern und nicht den Frust über ihr eigenes Leben ersäufen sollen. Dieser Gedanke schmerzte mehr, als sie sich zunächst eingestehen wollte. Am liebsten hätte sich die Charlotte wie ein Embryo zusammengerollt und losgeplärrt. Aber nicht einmal dafür reichte die Kraft. Sie lag noch nicht einmal richtig, da war sie auch schon eingeschlafen. Und träumte. Aber nichts Feines.

Fünf

Als die Flora die Charlotte in der Früh weckte, war das ganz furchtbar. Natürlich hätte man annehmen müssen, dass die kleine Schwester so etwas wie Dankbarkeit kannte, wenn sich die große Schwester schon erbarmte und mit ihr auf Skiurlaub fuhr aber nix da! Um halb acht in der Früh machte die Flora im Badezimmer bereits einen Radau, dass die Charlotte im Bett habt acht stand. Aber nur kurz, weil sie ja eigentlich am Boden eingeschlafen und im Schlaf dann halb unter das Bett gerollt war. Beim Hochfahren war jetzt natürlich der Bett-kasten im Weg, und bei so einer Konfrontation ist der Kopf gerne mal nur zweiter Sieger. Die Beule würde sie noch Tage später fühlen.

»Was ist denn?«, rief die Flora aus dem Badezimmer, den Mund voll Zahnpasta.

»Nix!«, rief die Charlotte sauer zurück und tastete dabei vorsichtig ihren Kopf ab.

Die Flora kannte weiter keine Gnade. Zähne geputzt und fix fertig im Skigewand stürmte sie ins Zimmer und lachte ihre große Schwester mal kräftig aus. Die saß natürlich noch immer am Boden und suchte mit vom Schlaf verklebten Augen nach ihren Zigaretten.

»Hier!« Die Flora warf ihr das halb zerknüllte Päckchen gnadenhalber in den Schoß. »Aber bitte draußen, hier her-innen stinkt es ohnehin schon, als wäre eine Katze gestor-ben. Überhaupt solltest du dir überlegen, deinen Lebensstil vielleicht ein klitzekleines bisschen zu ändern.« Sie kniete sich zu ihrer großen Schwester, nahm fürsorglich deren Kopf zwischen ihre Hände und sagte: »Weißt du, Charlotte, auch wenn wir uns nicht so oft sehen und du ein ganz anderes Le-ben führst, würde ich mir wünschen, dass du ein klein wenig mehr auf dich achtgibst. Ich hätte in zehn oder zwanzig Jahren nämlich auch noch gerne eine große Schwester und kein völlig abgehalftertes Wrack, um das ich mich kümmern muss. Was hast du denn gestern Abend überhaupt noch aufgeführt?«

Die Charlotte verdrehte genervt die Augen. »Super, jetzt auch noch eine Standpauke von der kleinen Besserwisserin«, murmelte sie leise, musste der Kleinen insgeheim jedoch recht geben. Ihr aktueller Lebensstil war alles andere als gesund. Trotzdem kroch sie jetzt auf allen vieren in Richtung Balkon. Die minus fünf Grad draußen gaben ihr zwar eine ordentliche Watschn, dafür war sie wenigstens halbwegs munter. Der erste Zug von der Zigarette hingegen verbesserte die Lage nicht. Eher das Gegenteil. Die verschneite Traumlandschaft vor ihr begann sich zu drehen, und sie musste sich an der Balkontür abstützen, um nicht umzukippen. »Bäh!«, stöhnte die Charlotte und warf die Zigarette weg. Ja, die Flora hatte mit ihrem Kommentar vorhin schon recht gehabt.

Die Flora hielt sich jetzt mit blöden Kommentaren zum Glück zurück, immerhin ging es hier ja doch um ihre große Schwester, von der sie in dieser Woche nicht nur finanziell abhängig war. Und auf am Boden Liegende trat man nicht auch noch nach. Sie hatte ihr vorhin schon die Meinung gegeigt – das musste vorerst reichen.

Also half sie der Charlotte ins Badezimmer und drehte ihr sogar die Dusche auf. Während die Charlotte unter der heißen Dusche langsam wieder ins Leben zurückfand, richtete die Flora bereits das Skigewand für die große Schwester her und ging in den herzig kleinen Frühstücksraum, um ihrer Schwester Frühstück aufs Zimmer zu holen. Der Duft der frischen Semmeln – und die ausgiebige Dusche – brachten die Charlotte schließlich wieder ganz zurück ins Hier und Jetzt.

Die beiden Schwestern saßen an dem kleinen Tisch in ihrem Zimmer und sahen sich im Fernsehen die Nachrichten an, während sie genüsslich frische Eier, Butter- und Marmeladenbrote verdrückten und dazu Orangensaft aus einem Tetrapak tranken. Tatsächlich gab es in den Nachrichten auch eine kurze Meldung über die beiden toten Berliner in Schladming. Der Keiffer war ebenfalls kurz im Bild zu sehen, durfte aber glücklicherweise keinen Kommentar abgeben, wie die Charlotte zufrieden feststellte. Der Sprecher meinte dann noch, dass die Todesursache eine Vergiftung gewesen sein dürfte. Die Polizei wisse aber noch nicht, wie das genau passiert war.

»Was sagst dazu?«, sagte die Flora fröhlich mit vollem Mund. Eh klar, die kleinen Gören heutzutage hatten vor gar nichts mehr Respekt. Nicht mal vor den Toten. Musste man ja nur am Friedhof mal genau hinschauen. Brabbeln ein paar mehr oder weniger vollständige Gebete, und dann heißt's schon: »Gehen wir jetzt?« Aber irgendwie auch verständlich. Bei zwanzig Toten allein schon im Vorabendprogramm stumpft man irgendwann mal ab.

»Zu den Berlinern?«

»Mhm.« Die Flora mit vollem Mund.

»Nix, was soll ich dazu sagen? Vergiftung klingt irgendwie logisch. Blutspuren hat es ja keine gegeben.«

»Na ja, aber wie ist das passiert?«

»Woher soll ich das wissen? Bin ich der Mörder?«

»Nein, aber Polizistin!«

»Bin ich ja nicht mehr.«

»Sei nicht so kleinlich.«

»Hast doch eh gerade gehört, dass nicht einmal die Polizei was weiß.«

»Und? Das waren doch eh alle Schüttler, die da gestern am Berg waren.«

Dazu konnte die Charlotte nur verständnisvoll nicken. Sie hatte den Keiffer gerade mal eine Stunde lang erlebt, aber das hatte ihr gereicht. Es war fast schon Slapstick gewesen. Der gute Chefinspektor war mit der Aufgabe völlig überfordert. Aber – und das musste sie ihm zugutehalten – wie oft hatte er es überhaupt schon mit Mord zu tun gehabt? Da war sie aus Wien ganz andere Geschichten gewöhnt. Die Charlotte vermutete, dass es ihrem Cousin Leo, dem Perchtoldsdorfer Chefinspektor, in einer ähnlichen Situation nicht viel anders erginge. Sie konnte sich nicht erinnern, wann es in ihrem Heimatort zuletzt Mordalarm gegeben hatte. Obwohl, ein bisschen mehr Hausverstand und konstruktiven Tatendrang traute sie dem Leo schon zu. Immerhin war auch er ein Nöhrer. Auf der faulen Haut lag in dieser Familie niemand. Am Ende war es ohnehin egal, denn der Leo würde schon nicht in so eine Situation kommen. Perchtoldsdorf war verschlafen und würde immer verschlafen bleiben. Warum sollte dort schon jemand umgebracht werden?

»Wo fahren wir denn heute?«, wechselte die Flora das Thema.

»Wieder auf die Hochwurzen, war doch gestern ganz nett«, entschied die Charlotte und fügte augenzwinkernd hinzu: »Wenn man die Morde außer Acht lässt.«

Die Flora grinste. »Hab ich's doch gewusst!«

»Was?«

»Dass dich die toten Berliner nicht in Ruhe lassen.«

Und jetzt musste die Charlotte auch grinsen.

Eine Stunde später stiegen sie bei der Hochwurzen-Bergstation aus. Das Wetter hätte nicht besser sein können. Strahlender Sonnenschein, die Temperaturen knapp unter dem Gefrierpunkt, keine Wolke am Himmel. Diesmal hielten sie sich aber nicht lange mit dem beeindruckenden Panorama auf. Die Charlotte hatte es nämlich furchtbar eilig, zum Tatort vom Vorabend zu kommen. Und leicht verdutzt stellte sie fest, wie easy es an diesem Tag mit dem Skifahren ging. Trotz des Restalkohols im Blut. Oder gerade deswegen? Die Charlotte war jedenfalls versucht, ein blödes Wortspiel anzubringen und ihre Fahrweise als »durchaus beschwingt« zu bezeichnen. Zugleich war da aber auch wieder das schlechte Gewissen, weil es natürlich alles andere als verantwortungsvoll war, in ihrem Zustand die Pisten runterzuwedeln. In diesem Fall erteilte sie sich jedoch selbst eine Ausnahmegenehmigung, es ging ja um die Ermittlungen in einem Mordfall.

Als sie die Unfall-/Mordstelle erreichten, konnte die Charlotte nur enttäuscht seufzen. Der Tatort war nämlich so was von glatt planiert, da war ein Babypopo ein Schleifpapier dagegen. Nicht ein einziger Fußabdruck war mehr zu sehen. Auch die Schneebrausen liefen momentan nicht. Wenn sie sich die Stelle am Vorabend nicht genau eingeprägt hätte, wäre sie glatt daran vorbeigefahren. So wie all die anderen Touristen, die den tödlichen Ort keines interessierten oder auch nur desinteressierten Blickes würdigten. Trotzdem schnallte die Charlotte ihre Ski ab. Die Flora natürlich auch.

»Wonach suchen wir?«

»Wir?«, fragte die Charlotte.

»Bist ja nicht allein da!«, schnauzte die Flora zurück.

»Na gut. Ehrlich gesagt – ich weiß es nicht. Irgendeinen Hinweis, eine Spur. Irgendwas halt.«

Das hatte sich die Charlotte aber etwas einfacher vorgestellt, denn selbst nach einer halben Stunde hatten sie nichts gefunden.

»Wie kann das Gift nur in den Schnee gekommen sein? Wie, wie, wie?« Dieses Mantra murmelte die Charlotte ein paar Minuten vor sich hin, während sie nachdachte. In den Speichersee, der die Schneekanonen mit dem nötigen Wasser versorgte, konnte das Gift nicht geschüttet worden sein. Da wäre es viel zu stark verdünnt worden. Diese Möglichkeit schied also aus.

Schließlich reichte es der Flora, und sie keifte: »Jetzt hör doch auf! Wahrscheinlich war's schon im Schnee drinnen. Wird halt saurer Regen gewesen sein.«

Die Charlotte schaute ihre Schwester kurz fassungslos an. »Saurer Regen« hatte sie seit Jahrzehnten nicht mehr gehört. Aber ihre Schwester war da vielleicht auf was gekommen.

»Du bist ja so deppert!«, sagte die Charlotte lachend, aber das war alles andere als böse gemeint. Die Flora hatte sie nämlich auf eine Idee gebracht. Die Charlotte unterzog die Schneebrause, unter der die Berliner zu Tode gekommen waren, einer genaueren Untersuchung. Auf den ersten Blick konnte sie nichts finden. Auf den zweiten auch nicht. Aber auf den dritten war plötzlich alles klar.

»Schau dir das einmal an«, rief sie und stieß ihre Schwester an.

»Was?«

»Na, da, der Wasserschlauch!«

Jetzt konnte es auch die Flora sehen, wenngleich sie nicht wusste, was das zu bedeuten hatte. Ein Teil des Schlauches, über den die Schneebrause mit dem notwendigen Wasser versorgt wurde, war mit einer dicken Eisschicht überzogen.

»Und?«, fragte die Flora ratlos.

Woraufhin die Charlotte verständnislos den Kopf schüttelte. »Und du willst eine Detektivin sein? Da hat sich jemand am Schlauch zu schaffen gemacht. Wahrscheinlich mit einem Bohrer.«

»Und weiter?«

»Okay, ganz langsam: Jemand hat etwas ins Wasser injiziert.«

»Ah, das Gift?« Die Flora war sich nicht ganz sicher, was ihre Schwester genau meinte, deswegen auch der fragende Unterton.

»Yep, Gift! Und derjenige, der das getan hat, hat nach getaner Arbeit das kleine Loch im Schlauch nicht geflickt. Das Loch hat er wahrscheinlich mit einem dünnen Bohrer gemacht. In der Nacht hatte es unter null, und das Wasser, das aus dem Schlauch ausgetreten ist, ist dann gefroren.«

»Damit gehen wir jetzt zur Polizei?«

»Nein, auf keinen Fall. Vom Keiffer hab ich genug. Der wirft uns vielleicht noch vor, wir hätten Beweismittel beschädigt.«

»Willst du ihnen denn gar nichts sagen?«

Da musste die Charlotte allerdings kurz nachdenken, immerhin gab es ja so Sachen wie Bürgerpflicht und so. »Nein, wir gehen nicht zur Polizei«, beschloss sie schließlich. »Aber wir werden einen anonymen Tipp abgeben.«

Mit der Skischaukel gondelten die beiden rüber zur Planai und riefen von dort mit unterdrückter Rufnummer bei der Polizei an. Das heißt, die Flora rief an. Die Charlotte wollte vermeiden, dass man sie vielleicht an ihrer Stimme erkannte.

»Die haben mir wohl nicht geglaubt«, meinte die Flora nach dem Anruf, wobei sich ihre Enttäuschung in Grenzen hielt.

»Abwarten«, meinte die Charlotte. Sie hatte früher auch oft genug mit Scherzanrufen zu tun gehabt, aber die Flora hatte ihren Fund kurz und gut nachvollziehbar dargelegt. Sie schätzte, die Chancen, dass jemand dem anonymen Hinweis nachging, waren gar nicht so schlecht. Noch dazu, wo die Polizei völlig im Dunklen tappte und man sich in solchen Situationen gerne an jeden nur denkbaren Strohhalm klammerte.

Dann schwangen sie hinunter zur Mittelstation und machten es sich auf der Terrasse einer Hütte im strahlenden Sonnenschein gemütlich. Von dort aus hatte man einen schönen Blick ins Tal, und keine fünf Minuten später hörte man auch schon die Einsatzsirenen der Polizei.

»Siehst?« Die Charlotte konnte sich ein Grinsen nicht verbeißen. »Dienstroutine ist doch was Feines. Ober, einen Kletzen-Cocktail und ein Packerl Zigaretten!«

»Willst dich schon wieder betrinken, Schwesterherz?« Eis in der Stimme.

»Nein, hab ich schon gestern Nacht erledigt. Aber zur Feier des Tages darfst mir zuschauen. Ist nix besonders Starkes.«

Als das Getränk serviert wurde, war die Flora froh, dass sie gar nicht erst probiert hatte, auch was abzubekommen. Da rutschte ihr das Herz ganz schnell in die Hose. Der Kletzen-Cocktail sah nämlich ganz arg unappetitlich aus. Das Getränk kam in einen Schnapsglaserl daher und hatte aber so was von gar nichts mit einem Cocktail zu tun. Eher mit einem zähflüssigen Kakao mit kleinen, undefinierbaren Stückchen von irgendwas drin. Am ehesten ließen sich diese Stücke vergleichen mit den Überresten von dem, was die Katze nachts so heimbrachte. Die Flora sah der Charlotte gespannt zu, als sie den ersten Schluck machte. Sie selbst hätte das Zeug schon wegen der Optik nicht runtergebracht. Aber: Hunde die bellen, beißen für gewöhnlich nicht. Und wenn ein Getränk auch ziemlich »ur-grauslich« (O-Ton Flora) ausschaute, so konnte es doch ganz gut schmecken. Beim Kletzen-Cocktail war genau das der Fall. Der war nämlich ganz was Feines und noch dazu eine richtige Schladminger Spezialität. Auf den war man fast so stolz wie auf den Franzl, den verhinderten Olympiasieger.

Obwohl die Flora mit dem Ur-grauslich-Ausschauen schon recht hatte. Von der Charlotte wurde sie dann aufgeklärt, dass die undefinierbaren Stücke im Getränk Dörrfrüchte waren, und mit dieser Erklärung konnte die Flora dann ganz gut leben.

Das mit der vergifteten Schneebrause ließ der Flora jetzt aber doch keine Ruhe. »Wer macht so was?«, fragte sie.

»Keine Ahnung. Als Nächstes fragst du vielleicht, wieso der Himmel blau ist.«

»Na, keine Chance, das haben wir außerdem eh in der Schule gelernt.«

»Und, wieso?«

»Weil man so was halt in der Schule lernt.«

»Ach was. Wieso ist der Himmel blau?«

»Na, das hat mit der Wellenlänge der Lichtmoleküle und deren Brechung zu tun. Das Blau ist kurzwelliger und wird von den Luftmolekülen stärker gebrochen als zum Beispiel das Rot.«

»Und wieso sehen wir dann abends den Sonnenuntergang rot?«, meinte die Charlotte besserwisserisch. Blöd halt, dass die Flora eine richtig gute Schülerin war, und das galt besonders für die naturwissenschaftlichen Fächer.

»Weil die Sonne da tiefer steht und der Weg des Lichts durch die Atmosphäre länger ist. Dadurch werden am Abend die längerwelligen Farben wie eben Rot stärker gestreut. Bäh!« Dabei zeigte die Flora ihrer großen Schwester ganz kindisch die Zunge.

»Ah ja, danke für die genaue Erklärung«, versuchte die Charlotte, sich aus der Affäre zu ziehen.

»Das ist unfair«, beschwerte sich die Flora, »du lenkst voll ab. Also, wer kann der Mörder sein?«

Die Charlotte seufzte. »Ich weiß es nicht, ich bin ja nicht der Columbo oder Sherlock Holmes.«

»Hast nicht einmal einen Verdacht?«

Die Charlotte schüttelte den Kopf, nahm noch einen Schluck von ihrem Kletzen-Cocktail und zündete sich eine Zigarette an. Natürlich hatte sie schon jemanden in Verdacht, aber das wollte sie ihrer Schwester nicht auf die Nase binden. Die hatte ja auch keine Ahnung, was es mit dem Franzl so auf sich hatte. Aber wieso sollte ausgerechnet der Franzl der Mörder sein? Nun, es wäre nicht das erste Mal, dass einer zu morden beginnt, weil er sich aus irgendeinem Grund übergangen fühlt. Allerdings hatte die Sache einen Haken, was sich auch die Charlotte eingestehen musste. Wieso sollte der Franzl Touristen mittels präparierter Skikanone umbringen, wenn er sich doch – wenn überhaupt – an den Profi-Skifahrern rächen wollte? Oder noch eher an den Verantwortlichen im Skiverband?

Das gab der Charlotte ordentlich zu denken, weil, alles andere würde perfekt passen. Der Franzl hatte ja freien Zugang zu den Schneekanonen und konnte sich daran ungehindert zu schaffen machen. Spritze oder Bohrer hätte er auch leicht verschwinden lassen können, nachdem er ja ohnehin als Liftwart oder Pistenbully-Fahrer ständig unterwegs war. In dem Getümmel, das die Polizei am Vorabend veranstaltet hatte, hätte er auch jederzeit locker die Beweisstücke an sich nehmen können. Und dann war da noch die Präparierung der

Piste. Normalerweise hätte der Tatort abgesperrt sein sollen. Aber nix da. Die Polizei findet nichts, und wenig später fährt der Franzl auch schon mit seinem Pistenbully drüber, bis der Schnee so glatt wie ein Eislaufplatz ist. Aber wieso zum Teufel sollte er die Berliner vergiftet haben? Wenn er sich tatsächlich rächen wollte, wieso ausgerechnet hier? So viel wusste sogar die Charlotte, dass die Stars auf dieser Piste nicht trainierten. Der Kunstschnee für das Nightrace wurde auch auf der Planai produziert. Wieso also der Mord hier auf der Hochwurzen?

Die Charlotte fokussierte ihren Blick wieder, nachdem sie jetzt mindestens drei Minuten ins Narrenkastl geschaut hatte. Der Flora war das gar nicht aufgefallen, weil, die hatte die jugendliche männliche Gesellschaft an den Nebentischen gemustert und enttäuscht feststellen müssen, dass da nichts Brauchbares dabei war.

Die Charlotte schaute wieder hinunter ins Tal und auf die Piste, auf der in wenigen Tagen das Nightrace stattfinden sollte. Und was sah sie da? Natürlich wieder eine Schneebrause nach der anderen, und alle liefen sie auf Hochtouren. Was irgendwie schon pervers war. Das Wetter war herrlich, wie aus dem Bilderbuch. Auf der Terrasse der Skihütte saßen die Skifahrer in kurzärmligen T-Shirts und ließen sich die Sonne auf den hochroten Schädel knallen. Die Luft roch nach Spaghetti, Germknödel und Sonnenöl.

Sobald sich die Skifahrer aber auf den Weg ins Tal machten, glaubte man, Mitglied einer Polarexpedition zu sein. Von den T-Shirts war nichts mehr zu sehen. Stattdessen: Pulli, Anorak, Schal um den Mund, Skibrille und Mütze tief ins Gesicht gezogen. Der Grund? Die Schneebrausen! Der künstliche Schnee, den die ausspuckten, hatte mit normalem Schnee nur die Farbe gemein. Das Zeug klebte am Gewand wie Kletten.

Lustig zum Zuschauen war auch, wenn eine Gruppe von Anfängern in einen frisch produzierten Schneehaufen fuhr. Da landeten die Skifahrer nämlich der Reihe nach im Schnee. Kein Wunder bei dem patzigen, klebrigen Zeug. Da wedelt man fröhlich, ohne an was Böses zu denken, auf der präparierten Strecke vor sich hin, und plötzlich ist da so ein Schneehaufen. Pulverschnee, denkt man, kann man ja locker durchfahren. Fehlanzeige. Schon graben sich die Skispitzen im patzigen Schnee ein, man hat das Gefühl, dass man aus den fest geschlossenen Skischuhen herauskatapultiert wird, verliert das Gleichgewicht, rudert mit den Armen wie früher die Skispringer in der Luft und liegt dann auf einmal mit dem Gesicht voraus im Schneehaufen. Wenn man in so einen Schneehaufen nicht richtig konzentriert reinfährt, hat man so was von keine Chance.

Die Charlotte und die Flora schauten sich das noch eine halbe Stunde an und brachen dann selbst auf. Diesmal die Planai hinunter, weil die Charlotte auch hier noch die Schneebrausen etwas genauer inspizieren wollte. Normalerweise brauchte man von der Mittel- bis zur Talstation vielleicht fünf Minuten, wenn man zügig durchfuhr. Die beiden brauchten aber zwei Stunden, weil sich die Charlotte, gewissenhaft wie sie nun mal war, jede Schneebrause ganz genau anschaute. Und das waren nicht wenige. Am halben Weg zur Talstation wurde die Piste breiter, und da standen die Schneebrausen nicht nur links und rechts, sondern auch mitten auf der Piste. Wobei sich natürlich die Frage aufdrängte: Ist das nicht gefährlich? Die Antwort: Ein ganz klares, deutliches Jein. Die Schneebrausen waren natürlich mit knallorangen Matten umwickelt. Falls da jemand reinknallte, holte er sich vielleicht eine ordentliche Gehirnerschütterung und ein paar Prellungen. Mehr aber nicht.

Nach einer halben Stunde wünschte sich die Charlotte, dass sie nicht normale, sondern Tourenski angeschnallt hätte. Es war echt kein Spaß, ständig die Piste zu queren, um von einer Schneebrause zur nächsten zu kommen. Und anstrengend war es auch. Als sie dann endlich unten waren, blieb nur Enttäuschung. Natürlich hatten sie keine weiteren präparierten Schneebrausen gefunden. Auf der Hütte hatten sie sich das ganz einfach vorgestellt: Schauen wir uns die Schneekanonen an, finden wir ein paar Spuren, rufen wir die Polizei an, und alles ist erledigt. Aber: eingefahren!

Die Flora ließ sich nicht entmutigen. »Was machen wir jetzt?«

»Skifahren!«, antwortete die Charlotte entschlossen. »Deswegen sind wir ja hier.«

»Nicht mehr ermitteln?« Die Enttäuschung war der Flora anzuhören.

Die Charlotte schüttelte energisch den Kopf. »Fällt dir noch was ein?«

Da musste auch die Flora den Kopf schütteln.

»Na siehst, also genießen wir den Tag, schließlich sind die Liftkarten nicht umsonst.«

Zum Glück standen bei der Talstation nicht viele Leute an. Und weil so wenige Leute hochfahren wollten, hatten die beiden auch noch eine ganze Gondel für sich allein. Sie fuhren also zum ersten Mal mit dieser Seilbahn bergwärts und staunten dabei ganz schön. Ab der Mittelstation schaukelte parallel zur Bahn noch ein alter Sessellift, was einen guten Vergleich zwischen alter und moderner Lifttechnik ermöglichte. Die Gondel war so viel schneller als der Sessellift. Bei einem Wettrennen zwischen den beiden Bahnen hätte der Benutzer der Gondel in der Bergstation noch einen Kaffee trinken können, bis der Sessellift oben angekommen war.

Auf der anderen Seite der Gondel war nur Wald, mit einer Ausnahme: Auf halber Strecke gab es eine große Lichtung mit einem kleinen Bergsee. Rund um den See waren gut sichtbar orangene Warnschilder aufgestellt.

»Wieso?«, fragte die Flora.

»Damit keine Skifahrer hineinstürzen.«

»Haha, sehr lustig. Da führt ja gar keine Piste hin. Und der Wald ist auch zu dicht, dass man durchs Gelände mit Ski hinkommt«, motzte die Flora.

»Na gut, das ist ein Wasserreservoir für die Schneekanonen.«

»Echt?«

»Ja, was glaubst du, woher das Wasser für den Kunstschnee kommt?«

Damit entschwand der kleine See auch schon wieder aus ihrem Blickfeld. Stattdessen säumten jetzt riesige Tannen die Lifttrasse. Als sie schließlich am Berg oben ausstiegen, tat sich vor ihnen ein Panorama auf, das den Vergleich mit den ganz großen Naturschauspielen der Welt nicht scheuen musste. Die Gondelbahn war nämlich so angelegt, dass sie kurz vor der Bergstation noch über eine steile Kuppe führte. Stellte man sich nach dem Aussteigen an diese Stelle, hatte man einen atemberaubenden Blick auf den Ort unterhalb und die Ramsau am gegenüberliegenden Berg. Also, eigentlich mehr auf den Dachstein, aber da oben lag halt auch die Ramsau. Das Spektakuläre war jedoch nicht das Panorama allein, sondern die Art und Weise, wie sich die Gondeln an die Bergstation anschlichen. Am linken Rand der Kuppe standen ein paar Tannen. Von dort tauchten die kleinen Gondeln bei ihrer Bergfahrt plötzlich wie aus dem Nichts auf und streiften dabei fast die Bergkuppe.

»Schon gigantisch«, staunte die Flora, und die Charlotte musste ihr, ausnahmsweise einmal, uneingeschränkt recht geben. Die Gondeln schwebten weiter über die Köpfe der beiden und verschwanden dann im dunklen Loch der Bergstation. Mit einer guten Kamera und dem Instinkt für den richtigen Moment konnte man an dieser Stelle spektakuläre Fotos machen. Die Charlotte hatte aber keinen Fotoapparat dabei, und sowieso fehlte ihr dafür jegliches Gespür. Auf ihren Fotos waren normalerweise immer irgendwelche Körperteile abgeschnitten, oder ein Finger oder eine widerspenstige Haarsträhne hing vor der Linse. Daran hatte auch die moderne Handytechnik nichts ändern können.

»Los geht's!«, jodelte die Flora und stürzte sich in die Tiefe, sodass die Charlotte nur verwundert über so viel jugendlichen Elan hinterherhetzen konnte.

Sechs

»Grüß Sie, Frau Röhrer!«

»Nöhrer«, murmelte die Charlotte fast unhörbar, weil, eine alte Dame will man ja doch nicht ständig ausbessern.

»Schauen Sie sich auch die große Begrüßungsshow an?«

»Ja, Frau Sulzer, wir möchten einmal den Franzl in Action sehen.«

»Äkschn? Fährt unser Arnie etwa auch mit?« Die Frau Sulzer war ja wirklich nett, und ihre Pension war auch nicht zu teuer, die Zimmer sauber und geräumig, und kochen konnte sie auch. Aber das mit ihrem Hörgerät war halt so eine Sache.

»Nein, Frau Sulzer!«, antwortete die Charlotte jetzt etwas lauter. »Der Schwarzenegger tritt heute sicher nicht auf, aber der Franzl. Sie wissen schon, der tolle Skifahrer.«

»Ah, der Franzl. Jo, so a liaber Bua! Dass den net mitfahren habn lassn, is halt scho a Schand.« Die Alte schüttelte verständnislos den Kopf. »Wie a junger Gott steht der am Ski, müssen S' wissen. Es is wirkli a Schand!«

»Ja, natürlich, Frau Sulzer«, nickte die Charlotte verständnisvoll. »Einen schönen Abend noch.« Und damit war sie auch schon bei der Tür draußen. Fast ein bisschen zu schnell, denn vor der Tür war blankes Eis. Die Frau Sulzer nahm es mit ihren fünfundachtzig Jahren nicht mehr so genau mit dem Schneeschaufeln und Salzstreuen. Allerdings hätte die Charlotte da auch vorher dran denken können. Tagsüber den ganzen Tag Sonnenschein, eigentlich klar, dass der geschmolzene Schnee abends dann wieder frieren musste. Hätte die Flora nicht bereits vor der Tür gewartet und ihre strauchelnde Schwester am Ärmel gepackt, hätten die Ärzte im Schladminger Spital wohl einen genaueren Blick auf Charlottes Steißbein werfen dürfen. Aber so war die Flora gerade noch rechtzeitig zur Stelle gewesen und hatte ihre große Schwester zusätzlich noch mit einem Griff an den Mantelkragen gestützt.

»Danke, das war knapp.«

»You're welcome!« Die Ausdrucksweise der Jugend heute. Beziehungsweise der Flora, die immer wieder irgendwelche Anglizismen von sich gab. Aber egal. Hauptsache, das Steißbein der Charlotte war gerettet, sonst wäre der Rest des Skiurlaubs eine äußerst schmerzhafte Angelegenheit geworden. Die Flora drückte es blumiger aus: »Ich hab dir den Arsch gerettet!« Was die Charlotte nur mit einem Kopfnicken bestätigen konnte.

Da die Pension der Nöhrers quasi gleich ums Eck des Planai-Stadions lag, hätten sich die beiden die Show auch von ihrem Balkon aus geben können. Von dort hatte man nämlich einen herrlichen Blick auf den hell erleuchteten Zielhang. Aber vor allem die Charlotte wollte den Franzl in all seiner Herrlichkeit und ganz von Nahem sehen. Und vielleicht ergab sich ja auch die Möglichkeit, noch mal mit ihm zu sprechen? Also mischten sie sich unter die Menschenmassen im Zielstadion.

Also, Menschenmassen war vielleicht ein bisschen übertrieben. Ende Jänner war nicht gerade Hauptsaison, weshalb sich der Andrang in Grenzen hielt. Kalt war es auch. Saukalt sogar. So kalt, dass sich die Charlotte fast den eben erst geretteten Arsch abfror. Vielleicht hätte sie unter ihren Jeans doch die Skiunterwäsche anziehen sollen. Aber das war ja so was von uncool. Das hatte sie schon als Kind gehasst. Und als Erwachsene würde sie ganz sicher nicht damit beginnen. Also, mit den langen Unterhosen. Da holte sie sich lieber den Tod. Völlig wurscht, dass niemand die lange Unterhose unter den Jeans gesehen hätte. Und sich die Frage nach sexy Unterwäsche gerade ohnehin nicht stellte. Wem hätte sie die auch zeigen sollen?

Alles in allem waren vielleicht zweihundert Leute da. Es tat den beiden auch nicht leid, dass sie den eisigen Weg ins Zielstadion genommen hatten, statt sich die Show gemütlich vom Balkon aus zu geben. Denn: Am Balkon gab es keinen Glühwein, Punsch oder Jagatee. Hier schon. Was die Kälte ein klein wenig erträglicher machte.

Die Flora war zunächst ganz in ihrem Element. Party, Action und hoffentlich jede Menge junger Burschen, die sie sich anlachen konnte. Beziehungsweise von denen sie sich anlachen lassen konnte. Sie war da recht wählerisch und, in gewisser Weise, auch altmodisch. Wenn schon, dann wollte sie angebraten werden.

Blöd nur, dass es kaum gleichaltrige Burschen gab. Also verlegte sie sich nach zehn Minuten wieder aufs Motzen. Die Charlotte nickte, ohne wirklich zu hören, worüber sich ihre Schwester beschwerte. Ihr froren die Füße ab, und sie wartete ungeduldig auf den Start der Show. Als die Flora fragte, ob sie sich einen Punsch holen dürfe, nickte die Charlotte zur Überraschung der kleinen Schwester.

»Halt!«, rief ihr die Charlotte nach, als die Kleine bereits losgestartet war.

»Was denn?«

»Aber nur einen alkoholfreien«, merkte die Charlotte augenzwinkernd an.

»Ach, komm schon!«

»Nein, meine Liebe. Du hast mir heute in der Früh eine Standpauke deswegen gehalten. Und auch nicht ganz zu Unrecht. Also lass mich wenigstens versuchen, eine verantwortungsvollere Schwester zu sein. Vielleicht bin ich ja doch noch lernfähig.«

Da konnte auch die Flora nicht anders, als zustimmend zu grinsen.

Als die Flora mit ihrer dampfenden Tasse alkoholfreiem Punsch zurückkam, hatte die Show noch immer nicht begonnen. Dabei beleuchteten die Flutlichter die Piste bereits heller, als es die Sonne tagsüber schaffte. Ein Solarium war da ein Öllamperl dagegen.

»Willst auch einen Schluck?«, fragte die Flora.

»Mhm«, antwortete die Charlotte abwesend. Sie schaute nicht einmal, was ihr die kleine Schwester da in die Hand drückte. Stattdessen starrte sie immer nur auf die Piste. Das gleißende Licht hatte etwas Hypnotisches. So musste sich wohl eine Motte fühlen.

Aber die Nightrace-Piste war wirklich beeindruckend. Alle dreißig, vierzig Meter standen riesige Flutlichtmasten. Oberhalb des Starthäuschens dafür nichts mehr – dort herrschte tiefschwarze Finsternis. Am rechten Pistenrand spuckte die Seilbahn weiter unermüdlich ihre Gondeln aus und schickte sie auf die Reise den Berg hinauf. Daneben, fast nicht zu sehen, war ein kurzer Schlepplift. Wo genau dieser endete, konnte die Charlotte nicht erkennen, weil er zwischen Bäumen in den Wald führte. Dorthin, wo keine Flutlichtmasten standen. Die Charlotte nahm aber an, dass dieser Uralt-Schlepplift für die Akteure der heutigen Show gedacht war. War ja unnötig, dass sie mit der Gondel ganz rauffuhren, wenn die Show nur am Zielhang stattfand. Die Mutmaßung stellte sich als korrekt heraus, denn kurz darauf setzte sich der Schlepplift in Bewegung, und ein Skifahrer nach dem anderen schnappte sich einen der Bügel und ließ sich den steilen Hang hinaufziehen. Alle trugen sie Anoraks mit Aufschriften der hiesigen Skischulen. Das war der erste Schub. Mit dem zweiten fuhren dann lauter Zwerge in knallgelben Anoraks. Die Charlotte mutmaßte, dass es wohl keine Zwerge waren, sondern eher Kinder. Zwerge auf Ski? Nein, wirklich nicht.

Und dann ging es endlich los. Ein Stadionsprecher machte sich über Lautsprecher wichtig und kündigte den ersten Teil der Show an. Im Nachhinein musste sich die Charlotte eingestehen, dass sie dem Wichtigtuer zu Beginn unrecht getan hatte. Denn die Show war wirklich erstklassig. Und das mit dem Unfall konnte zu Beginn ja noch keiner wissen.

Den Anfang machten die Skilehrer. Wie aus dem Nichts erschienen sie am obersten Rand der beleuchteten Piste, und da konnte man schon gut erkennen, was geschickt eingesetzte

Lichteffekte machen konnten. Paarweise wedelten sie so elegant und synchron den Zielhang runter, dass man als normaler Skifahrer am liebsten seine Ski für immer ins Eck gestellt hätte. Weil, der Zielhang der Planai war eine tiefschwarze Piste. Also grundsätzlich schon sehr anspruchsvoll. Für viele Skifahrer sogar zu anspruchsvoll. Weswegen es auch eine leichtere Umfahrung gab. Das lokale Spital konnte eben auch nur eine begrenzte Zahl an Patienten aufnehmen.

Durch die ständige Beschneiung für den Nachtslalom hatten sich mittlerweile jedoch so viele Mugel gebildet, dass der Hang einer Buckelpiste glich. Tagsüber konnte man derzeit deshalb auch ungewöhnlich viele Skifahrer mit dem Gesicht voraus zu Tal rutschen sehen. Die Skilehrer nahmen diese Hürden aber natürlich problemlos und elegant. Sie wedelten da hinunter, als gäbe es die über den ganzen Hang verteilten Neuschneehügel gar nicht.

Im Ziel dann donnernder Applaus für die »Super-Skilehrer aus Schladming«. Alle applaudierten. Bis auf die Charlotte. Die konzentrierte sich nämlich darauf, den Franzl wiederzuerkennen. Aber bei der ersten Partie war er offenbar nicht dabei. Die Flora klatschte auch nicht. Das aber nur, weil sie ihren Punsch nicht aus der Hand geben wollte. Schließlich hatte sie für das Häferl beinahe so viel Einsatz gezahlt wie für den Punsch selbst. Taschengeld, Urlaub und überhaupt. Da passte man auf so ein Häferl schon genau auf. Und schaute sich unauffällig um, ob nicht vielleicht irgendwer sein Häferl achtlos hatte herumstehen lassen.

Die zweite Charge an Skifahrern war sogar noch beeindruckender. Das war der lokale Nachwuchs – und natürlich die gelb bejackten Zwerge vom Schlepplift von zuvor. Die Charlotte staunte. Selbst die Pistenzwerge rasten da runter, als würden sie das jeden Tag machen. Gut, taten sie wahrscheinlich auch. Trotzdem war es faszinierend. Als die Zwergerl im Ziel waren, vergaß die Charlotte kurz den Franzl und spendete auch kräftig Applaus. Die Flora applaudierte wieder nicht. Erstens, weil sie sich nach wie vor an ihr Punschhäferl klammerte, und zweitens, weil sie doch ein klein wenig eifersüchtig auf die Super-Zwerge war. Sie war der Meinung, dass sie das mindestens ebenso gut beherrschen würde, wäre sie in einem Skiort aufgewachsen. Das mochte schon stimmen, aber als Wiener beziehungsweise Speckgürtel-Bewohner blieb man halt doch immer ein Flachländer.

Und weiter ging's mit der nächsten Partie Skikünstler. Und wieder war der Franzl nicht dabei. Die Charlotte schaute sich zwar ihre Augen aus dem Kopf, dass ihr dabei fast schwindlig wurde, aber vom Franzl war weit und breit nichts zu sehen. Stattdessen schienen sich die Skilehrer über die Schneemugel lustig zu machen. Einige wurden sogar als Sprungschanze benutzt. So wurden Helikopter, Scheren, Rückwärtssalti und weiß der Teufel was noch für Figuren in den grell ausgeleuchteten Planai-Himmel gezaubert. Noch ein Grund mehr, nie wieder selbst auf Ski zu steigen. Was die da aufführten, konnte man – im fortgeschrittenen Alter – bei Gott nicht mehr lernen. Wenn man es aber einmal gesehen hatte, kam einem das normale Skifahren geradezu stinklangweilig vor. Die Charlotte überlegte kurz, ob sie gleich zusammenpacken und heimfahren sollte, verwarf den Gedanken dann aber doch wieder.

Eigentlich mussten die Einheimischen ja jede Menge Spaß mit den Touristen haben. Vor allem mit den Holländern und Engländern, die sich da von Dezember bis April tagtäglich die Pisten runterquälten. Aber egal, dafür brachten sie jede Menge Bares mit und kauften sich damit das Recht, sich so dämlich anzustellen, wie sie wollten. Vor dem Skifahren am nächsten Tag fürchtete sich jetzt eigentlich nur die Charlotte. Österreicherin, Skifahren, Gene und so weiter.

Das war natürlich übertrieben. Genauso wie die Vorurteile gegenüber Holländern und Engländern. Aber die Touristen aus dem Ausland glaubten das. Und das war doch alles, was zählte. Oder? Die interessierte nicht, ob man aus Schladming, Kitzbühel, Obertauern oder aus Wien, Eisenstadt oder Krems kam, wo man in etwa so viel Möglichkeiten zum Skifahren hatte wie in, sagen wir, Amsterdam oder London. Für die Touristen zählte nur: Österreicher, also Skifahrer. Manchmal vielleicht auch noch Langläufer oder Skispringer. Letzteres aber dann doch eher selten.

Die Showtruppe am Hang führte sich jetzt allerdings tatsächlich wie ein Haufen Skispringer auf. Nur nicht so steif und klarerweise mit Skistöcken, was ja beim normalen Skispringen nicht so erlaubt ist. Bei den Haltungsnoten hätten sie wahrscheinlich auch große Abzüge bekommen, und von den Weiten wollen wir gar nicht erst reden. Aber egal, darauf kam es ja auch gar nicht an. Wie die jungen Götter fuhren sie, um die Frau Sulzer zu zitieren. Das holte die Charlotte schließlich wieder aus dem Staunen heraus und erinnerte sie an den Franzl. Aber bis der Franzl an der Reihe war, schien es noch immer zu dauern, weil zuerst wurde jetzt noch eine Motocross-Stunteinlage angekündigt.

»Meine Damen und Herren, liebe Gäste«, meldete sich wieder der Stadionsprecher. »Wenn Sie jetzt am rechten Rand bitte ein Spalier bilden würden, um genug Platz für unseren Motocross-Fahrer zu machen. Ja, genau, sehr gut, meine lieben Gäste. Jetzt haben wir nämlich ein ganz besonderes Schmankerl für Sie: Unser wagemutiger Motocross-Fahrer, Franz Endlinger, wird jetzt nämlich mit seiner Maschine die Planai *hinauf*fahren.« Betretenes Schweigen im Publikum. »Wie bei ›Wetten, dass …?‹«, rief ein Unentwegter, der seine Jugend in den achtziger und neunziger Jahren erlebt haben musste.

Der Zwischenruf war aber so was von gut zu hören, eben weil alle anderen ganz still waren. Der Stadionsprecher war ein echter Profi und überging den Zwischenrufer einfach. Woraufhin dieser auch gleich wieder ganz still war. Genauso wie die Charlotte. Die hatte zunächst zwar nicht an »Wetten, dass …?« gedacht, musste ihm aber recht geben, nachdem er diesen Vergleich in die Nacht geschmettert hatte, wie ansonsten nur der »Jedermann«-Rufer in Salzburg. So verrückte Sachen bekam man normalerweise ja nicht zu sehen. Außerdem war die Charlotte nicht schlecht überrascht, denn eigentlich hatte sie damit gerechnet, dass der Franzl sein skitechnisches Können unter Beweis stellen würde. Dass er auch Stunt-Fahrer war, hatte der Joe am Vorabend nicht erwähnt.

Das Flutlicht wurde gedimmt, und der Franzl startete seine Motocross-Maschine. Sie brüllte mit einer Lautstärke los, dass man es wohl auch noch oben am Berg hören konnte. Die Leute standen brav Spalier – wie es der Stadionsprecher verlangt hatte –, und dann ging es auch schon los. Der Franzl gab Gas, der Hinterreifen drehte im Schneematsch durch und spritzte die Leute rundherum an. Endlich fand der Reifen Grip, und der Franzl raste zwischen den Spalier stehenden Gästen auf den Zielhang zu. Mit einem spektakulären Sprung schoss er über den Schneewall am Ende des Zielhangs und landete auf der Piste. Dabei stauchte es die Maschine gewaltig zusammen. Das Hinterrad drehte abermals kurz durch, dann fraßen sich die Räder wieder in den Schnee, und der Franzl fuhr zwischen den Schneehaufen Slalom. Viel schneller, als die Skifahrer zuvor bergab gefahren waren, bewältigte der Franzl die Strecke und erreichte das obere Ende der ausgeleuchteten Piste. Der Lichtspot, der den Franzl auf seiner Fahrt leuchtend begleitete, hatte Schwierigkeiten, das Tempo zu halten. Vielleicht war der Lichtmeister aber auch einfach schon betrunken.

»Applaus für unseren Franzl Endlinger!«, grölte der Stadionsprecher ins Mikrofon. Wie am Fußballplatz gaben ihm die Zuseher, was er wollte, obwohl die Charlotte stark bezweifelte, dass der Franzl so weit oben und mit laufendem Viertaktmotor etwas davon hören konnte.

Als der Franzl wieder runterfuhr, konnte die Charlotte gar nicht hinsehen. Bergab war der Stunt um einiges schwieriger – und noch dazu ohne Helm! Der Hinterreifen schlingerte wild, mehrmals musste der Franzl sich und seine Maschine mit dem Fuß im Schnee abstützen, um einen Sturz zu verhindern.

Aber am Ende meisterte er auch diese Prüfung bravourös und vor allem sturzfrei. Nur über den letzten Schneewall fuhr er vorsichtig drüber. Es wäre natürlich nicht gut angekommen, wenn er mit vollem Karacho in die Touristen reingesprungen wäre. Der Wilde auf seiner Maschin und so weiter …

Der Franzl fuhr durch das Spalier zurück zu seiner Ausgangsposition und beendete seine Vorführung mit einem ausgestreckten Daumen in Richtung Stadionsprecher. Oder doch nicht?

»Meine Damen und Herren, liebe Gäste! Unser Franz hat mir gerade angezeigt, dass er es jetzt noch mal versuchen wird. Vielleicht schafft er es ja noch ein Stück höher. Unterstützen Sie ihn bitte mit einem kräftigen Applaus!«

Die Touristen waren ganz in ihrem Element, obwohl es immer kälter wurde. Am liebsten hätte die Charlotte den alten Spruch »Ich glaub, mich fickt ein Minus« bemüht, unterließ das aber in Anbetracht der Anwesenheit ihrer kleinen Schwester (die sie für so einen Uraltspruch sowieso nur ausgelacht hätte). »Holst mir auch einen Punsch?«, fragte sie deshalb.

»No way! Glaubst du, ich lass mir das jetzt entgehen?«

Die Charlotte holte tief Luft, um ihre kleine, undankbare Schwester nicht anzufliegen. Und überhaupt: »No way!« Was sollte das schon wieder? Irgendwie fehlte ihr wirklich das Verständnis für diese Generation. Aber gut, so war das scheinbar nun mal, wenn man mitten in der Pubertät steckte. Einmal den kleinen Finger gereicht, schon wollten die kleinen Biester die ganze Hand. Umgekehrt kam aber nicht viel zurück. Andererseits: In dem Alter war die Charlotte ja selbst nicht viel anders gewesen. Was sie sich aber natürlich nie, nie, nie eingestanden hätte. Und so viele Anglizismen hatte sie sowieso nie verwendet.

Die Charlotte musste also mit zitternden Knien, die Hände tief in die Manteltaschen vergraben, selbst zum Punschstand schlendern, wo sie sich einen Orangenpunsch bestellte. »Aber bitte die Kinderversion!«, rief sie dem Kellner laut zu, um den ohrenbetäubenden Lärm zu übertönen. Im Vergleich zum ersten Versuch des Franzl hatte sich das Zielstadion in einen richtigen Hexenkessel verwandelt. Eh klar, Winter ist nicht unbedingt Fußballzeit, und gerade die Deutschen und Holländer waren ganz froh, wenn man für Länderspiel-Stimmung sorgen konnte. Außerdem wollten die Touristen für ihren Gratiseintritt auch was geboten bekommen. Auf den Nachtslalom konnten sie nur bedingt bauen, denn da machten mit hoher Wahrscheinlichkeit die Österreicher und Norweger den Sieg untereinander aus. Für den Rest blieben da nur Außenseiterchancen. Obwohl natürlich gerade im Slalom schon mal der eine oder andere »Exote« zuschlug.

Also dachten sich die Gäste im Zielstadion: Machen wir halt heute ein bisschen Stimmung. Es fehlte nur noch, dass die Welle durchs Publikum ging. Aber dafür mangelte es auf der großen offenen Fläche an Koordination.

Als die Charlotte ihren Punsch serviert bekam, gab's eine Überraschung gratis dazu. Der Kellner, der an der Eisbar arbeitete, war nämlich der Joe aus dem Schneeweißchen. »Bist du eigentlich überall?«, fragte sie ihn verblüfft.

»Siehst du mich auf der Piste oben?«, gab der genüsslich grinsend zurück und hielt sich scheinbar für unwiderstehlich witzig. Vielleicht auch nur für unwiderstehlich. Wer konnte das schon wissen. »Außerdem habe ich dir gestern Abend erzählt, dass ich hier sein würde.«

»Punkt für dich, aber hast du keinen Dienst im Schneeweißchen?«

»Wohl hab ich den. Aber erst später. Solange die Begrüßungsshow läuft, mache ich hier Dienst. Gleicher Besitzer ...« Er zwinkerte der Charlotte verschwörerisch zu. »Schaust nachher noch auf einen Schluck vorbei?«

Die Charlotte schüttelte den Kopf, wobei sich einige ihrer roten Locken neckisch aus dem Mantelkragen lösten und über ihre Schulter auf die Brust fielen. Der Joe war gleich so was von hingerissen. Da wusste die Charlotte endgültig, dass sie den in den nächsten Tagen nicht mehr loswerden würde. »Geht aufs Haus«, raunte er ihr zu, was aber wie üblich keinerlei Eindruck auf die Charlotte machte. Die sehnte sich eher nach einer netten Dame, bei der sie sich zwar nicht ausheulen, aber doch eng umschlungen im Bett liegen und sich gehen lassen konnte. Aber im Skiurlaub ein One-Night-Stand mit einer Frau? Als *Frau*? Und mit der kleinen Schwester im Schlepptau? Den Gedanken verwarf sie vorsorglich gleich wieder. Eine Nadel im Heuhaufen zu finden war dagegen ein Kinderspiel. Also hieß es wohl leiden, bis sie wieder nach Hause kam. Dort ging so was zwar auch nicht ruck-zuck, aber doch ein bisschen leichter als am Land. Außerdem kannte sie sich in der Stadt aus und wusste, wo es die Chance auf einen Aufriss für eine feine Nacht gab.

»Danke, Joe«, flötete sie mit einem leichten Wimpernaufschlag zurück. Wer wusste schon, wozu man den geschwätzigen Kellner noch brauchen konnte? Abgesehen davon war er ja auch ganz süß. Mehr so wie ein Stofftier. Und ein bisschen begriffsstutzig war er auch, aber das war ja egal.

Nur einen Steinwurf entfernt spielte der Franzl mit dem Gaspedal und ließ das Hinterrad seiner Maschine spektakulär im Schneematsch durchdrehen. Auf Beton hätte es jetzt ordentlich gequalmt, so spritzte nur der Schnee meterweit in der Gegend herum. Die Charlotte prostete ihm kurz zu, was dem Franzl aber gar nicht auffiel. Zu konzentriert war er auf seine nächste waghalsige Aktion. Ob er sich damit etwas beweisen wollte, weil er die Aufnahme in den Kader des Nationalteams nicht geschafft hatte?, überlegte die Charlotte. Irgendetwas musste einen ja reiten, wenn man so todesverachtend über den Skihang räuberte.

Im nächsten Moment raste er auch schon wieder los, diesmal noch etwas flotter. Da hatte die Charlotte bereits kein gutes Gefühl. Diesmal machte der Franzl beim Sprung über den Schneewall sogar ein kleines Kunststück – in der Luft spreizte er die Beine und hielt sich nur mit einer Hand am

Lenker fest. Mit der anderen salutierte er dem Publikum. Die Charlotte musste sich bewundernd eingestehen, dass das in Zeitlupe sicher geil aussah. So ganz langsam, dass man jeden einzelnen Schneespritzer im Schein des Flutlichts hätte glitzern sehen können. Als der Franzl den höchsten Punkt seines Sprungs erreichte, sah es tatsächlich so aus, als würde er sich in Zeitlupe bewegen beziehungsweise als wäre er in diesem einem Moment eingefroren. Dann schlug die Schwerkraft wieder zu, und der Franzl landete mit seiner Maschine auf der Piste. Mensch und Maschine wurden zusammengestaucht, aber diesmal bekam der Franzl schneller wieder Grip. Weiter ging es in halsbrecherischem Tempo den Berg rauf. Der Lichtmeister war diesmal besser disponiert und begleitete ihn mit dem Scheinwerferkegel geschmeidig und ohne ihn aus den Augen zu verlieren.

Am Ende der ausgeleuchteten Strecke machte der Franzl jedoch nicht halt, sondern raste einfach weiter. Und da wusste die Charlotte auch, wieso sie auf dem eigentlich taghell ausgeleuchteten Hang überhaupt einen Scheinwerferspot brauchten. Klar, oberhalb der Flutlichtgrenze war natürlich alles stockfinster. Und in genau diese Finsternis fuhr der Franzl jetzt mit seiner Maschine hinein.

Außerdem machte er ja nur Theater. Der war da doch in Wirklichkeit schon zig Mal raufgefahren und kannte die Strecke wie seine Westentasche, dachte sich die Charlotte. In der Hinsicht war die Ansage des Stadionsprechers eigentlich eine Verhöhnung für jeden auch nur etwas mitdenkenden Zuschauer. »Applaus, meine Damen und Herren, liebe Gäste! Das ist einmalig. So hoch hinauf hat es unser Franzl noch nie geschafft! Heute hat er sich für Sie extra angestrengt. Wir haben halt noch echte Naturburschen hier in der Steiermark. Und wenn der Franz fertig ist, gibt es noch den krönenden Abschluss: unsere Fackel-Abfahrt! Also gönnen Sie sich noch etwas zu trinken und bleiben Sie bis zum Ende unserer spektakulären Show.«

Die Aufforderung war völlig unnötig, denn kein einziger Zuschauer machte Anstalten, das Gelände zu verlassen. Stattdessen riefen, schrien, brüllten sie um eine Zugabe. Der Franzl fuhr inzwischen lässig den Hang herunter und winkte dem Publikum zu. Er war fast schon ganz unten, als ihn nochmals der Hafer stach. Er gab mächtig Gas und nahm einen der Schneehügel – wie die Skilehrer zuvor – als Sprungschanze. Wie ein Abfangjäger stieg er mit seiner Maschine auf, und kurz vor der Landung war der Charlotte bereits klar, dass es diesmal nicht gut ausgehen würde. Nicht gut ausgehen *konnte*.

Die Charlotte knallte ihr Punschhäferl auf die Bar. Dabei schwappte die Hälfte über und auf die Eisbar. Das war der Charlotte in dem Moment aber so was von egal. Sie legte einen Start hin, fast so wie vorhin der Franzl mit seinen qualmenden Reifen. Mit dem Unterschied, dass es den Franzl dabei nicht auf den Hintern gesetzt hatte. So wie sie in diesem Moment. Pech, dass gerade jetzt nicht die Flora da war, um ihr den Arsch zu retten. Der Schmerz trieb ihr Tränen in die Augen.

Wie schön, dass die Leute mich so bedauern, dachte sie säuerlich, weil im selben Moment die Menge in Schreie des Entsetzens ausbrach. Eine Sekunde später merkte sie, dass das Bedauern nicht ihr, sondern dem gestürzten Franzl gegolten hatte. Sie konnte zwar nicht sehen, was passiert war (dafür waren zu viele Beine im Weg), aber sie konnte es sich denken. Deshalb war sie ja auch wie vom Hafer gestochen losgestartet. Der Franzl hatte nämlich bei der Landung blöderweise die Kuppe eines weiteren Schneehügels getroffen, und das hatte einfach nicht gut ausgehen können.

»Geht's?«, fragte der Joe. Er war der Einzige, der sich um die Charlotte kümmerte. Irgendwie süß. Wie ein Blitz war er auf sie zugestürzt. Der Joe war wahrscheinlich auch der Einzige, dem das Schicksal vom Franzl in diesem Moment egal war.

»Passt schon«, gab die Charlotte Entwarnung, lügend, dass sich die Balken bogen. Als der Joe ihr den Mantel abklopfte, verpasste sie ihm reflexartig eine Ohrfeige. Nicht, weil er die

Gelegenheit nutzte, um ihr dabei ein wenig den Hintern zu begrapschen, sondern weil es höllisch schmerzte. Der Joe schaute betreten drein und griff sich auf die Wange, ganz so, als könnte er nicht glauben, was da eben passiert war.

»'tschuldigung«, rief ihm die Charlotte noch zu und bahnte sich dann einen Weg durch die Zuschauer. Bis sie endlich einen guten Blick auf den gestürzten Franzl werfen konnte, hatte sich schon eine ordentliche Menschentraube um ihn gebildet, die von ihr auf dem Weg nach vorne recht rücksichtslos auseinandergeklaubt wurde.

»Wow! Hast du das gesehen?«, fragte die Flora, die wie aus dem Nichts neben ihrer Schwester aufgetaucht war. Natürlich hatte sie noch immer ihr Punschhäferl in der Hand.

»Nein, leider. Was ist denn genau passiert?«

»Na, der Franz hat noch einen urgeilen Sprung gemacht. Ist im Sitz aufgestanden und hat die Arme zur Seite gestreckt. Dann ist er nicht mehr rechtzeitig runtergekommen, wie die Maschine mit ihm runtergekommen ist.« Und war da nicht ein schmales, süffisantes Grinsen unter der gespielten Sorge?

»Ist ihm etwas passiert?«, hechelte die Charlotte.

»Woher soll ich das wissen? Bin ich Ärztin? Oder Polizistin?« Oh ja, kleine Geschwister können ja so was von grauslich sein.

»Depperl!«, fauchte die Charlotte zurück. Ein schmerzendes Steißbein und eine neunmalkluge kleine Schwester waren in dem Moment einfach zu viel auf einmal.

Jetzt versuchten beide Nöhrer-Schwestern, sich weiter zwischen den Schaulustigen durchzudrängen, was letztlich auch gelang. Also, eigentlich schaffte es nur die Charlotte bis ganz nach vorne. Die Flora traf unterwegs nämlich einen hübschen Italiener im passenden Alter, und damit war ihr der Franzl mit einem Schlag so was von egal. Der Bursche stand seinem ihm vorauseilenden italienischen Ruf um nichts nach. Während die Charlotte am Fuß des Zielhangs versuchte, einen guten Blick auf den Franzl zu erhaschen, schleppte er die Flora bereits zurück zum Joe an die Eisbar. Der wäre zwar auch gerne zum Franzl (okay, eigentlich zur Charlotte) geeilt, aber Geschäft war nun mal Geschäft.

Die Charlotte hatte sich mittlerweile durch die Menschenmenge gekämpft, die um den Franzl herumstand. Seine Maschine lag zehn Meter entfernt im Schnee, der Motor lief, und das Vorderrad drehte sich noch. So wie es auch den Franzl drehte. Der saß leicht benommen im Schnee und spuckte diesen eben auch wieder aus. Er war bei der Landung mit dem Gesicht voll im Schnee gelandet. In dem ausgespuckten Gefrorenen war auch etwas Blut. Da konnte die Charlotte bereits erkennen, dass ihm nichts Schlimmes passiert war. Maximal ein ausgeschlagener Zahn und eine Gehirnerschütterung, wenn es hart herging. Als ehemalige Polizistin hatte sie da genug Erfahrung und genug Leuten beim Blutspucken zugesehen. Manchmal sogar im Wachzimmer, wenn ein bekiffter Student beinahe an einem seiner eigenen, halb lustigen Witze erstickt war. Allerdings waren die Augen vom Franzl ganz glasig, und sein Oberkörper schwankte, dass einem vom Zuschauen schlecht werden konnte. Dem Franzl schien das aber nichts auszumachen. Der gluckste glücklich vor sich hin und merkte nicht einmal, dass ihm der Sabber aus den Mundwinkeln lief. Für die Charlotte war klar: Schock. Und: Ein Wunder, dass er sich bei dem Sturz nicht den Hals gebrochen hatte. Andererseits federten die Schneehügel den Sturz etwas ab, fast so, als wäre man in frischen, tiefen Pulverschnee gefallen. Durch die extreme Kälte war der ansonsten so patzige Neuschnee hier unten am Abend viel trockener und leichter.

Was als Nächstes machen? Einer der Skilehrer, der seinen Showpart schon hinter sich gebracht hatte, nahm eine Handvoll Kunstschnee und rieb damit das Gesicht vom Franzl vorsichtig ein. Schock mit Schock bekämpfen. Quasi. Gierig leckte der Franzl den schmelzenden Schnee von seinen Lippen, und plötzlich waren seine Augen nicht mehr glasig. Ganz im Gegenteil. Blut schoss da rein, dass sich die Charlotte dachte, sie müssten gleich platzen. Geplatzt ist aber nur der Franzl – vor Heiterkeit. Er war auf einmal so was von gut drauf, da mussten die Leute rund um ihn aufpassen, dass er sich nicht wieder auf seine Maschine schwang und nochmals den Berg raufdonnerte.

»Jetzt setz dich mal wieder hin, Franzl. Die Rettung ist schon unterwegs, und du wirst dich jetzt mal schön von deiner persönlichen Ärztin behandeln lassen«, sagte der Skilehrer, der ihm auch schon den Schnee ins Gesicht gerieben hatte.

»Ach wo, lassts mich wieder auf meine Maschine. Die Leute wollen mich noch mal sehen!«, keuchte der Franzl mit einem Grinser im Gesicht wie ein lackiertes Hutschpferd. Dabei leckte er weiter gierig den Schnee von seinen Lippen. Zum Glück für alle Anwesenden konnte man jetzt schon die Sirenen der Rettung hören, und zehn Minuten später wurde der Franzl bereits mit Blaulicht ins Schladminger Krankenhaus gebracht.

The show must go on! Getreu diesem Motto wurde am Ende sogar noch der finale Fackellauf durchgezogen, der das Ende der Welcome Show bildete. Dabei wurden die Flutlichter abgeschaltet, und rund zwanzig Skilehrer schwangen mit Fackeln den Hang hinunter. Ein Großteil der Zuschauer hatte da bereits den Franzl vergessen und gab sich lieber der wildromantischen Kitschstimmung hin.

So ein Fackellauf war ja nicht unbedingt Charlottes Sache, aber was sich da auf einmal an Pärchen fand und Minuten später in eine Disco, Bar oder gleich aufs Hotelzimmer verschwand, war wirklich nicht mehr feierlich. Man konnte fast den Eindruck gewinnen, dass hier nur paarungswillige Singles auf Skiurlaub waren. Die Charlotte fand das irgendwie ganz witzig, aber nur so lange, bis sie merkte, dass ihre kleine Schwester mit dem kleinen Italiener schmuste.

Noch viel lustiger wurde es dann aber am nächsten Tag. Weil, da hatte das Schladminger Krankenhaus dann wirklich Hochbetrieb.

Zwischenspiel

Die Hammerschmied schaute nervös auf die Uhr. Um sie herum begann schön langsam das Après-Ski so richtig zu brummen. Mehr und mehr Menschen versammelten sich auf der Terrasse der Skihütte, immer weniger tummelten sich auf den Pisten. Der Geruch von Schnaps, Jagatee, gebratenen und aufgeplatzten Käsekrainern und Leberkässemmeln hing schwer in der Luft. Der Kopf der Journalistin hatte schon längst zu schwimmen begonnen. Schuld daran war der Champagner, den die Charlotte immer wieder nachbestellte, als wäre es Leitungswasser. Aber immerhin hatte man ihr selbst auch das eine oder andere Glas überlassen. Normalerweise war die Hammerschmied ja eine, die ihre »Opfer« trinken ließ und selbst nüchtern blieb. Je betrunkener die Interviewten, umso mehr neigten sie dazu, pikante Details preiszugeben.

Dieses Mal war es nicht anders. Die Neo-Winzerin hatte ihr sogar die peinliche Szene am Kommissariat erzählt. Das alleine würde schon für ordentliche Verkaufszahlen sorgen, wenn man sie aufs Titelblatt brachte. Völlig egal, dass ihr Gegenüber gebeten hatte, den Grund für ihr Ausscheiden aus dem Polizeidienst nicht bis ins kleinste Detail zu erzählen. Für journalistische Zurückhaltung waren weder sie selbst noch ihr Auftraggeber bekannt.

Der alte Lanner, der Besitzer der »Heimatland«, hatte ihr einen genauen Auftrag gegeben. Nämlich: Etwas Neues in der Geschichte zu finden. Eine geschasste lesbische Ex-Polizistin, skurrile Morde rund um eines der bekanntesten Skirennen der Welt, danach die wundersame Wandlung zur Neo-Winzerin. Diese Frau musste doch ein Geheimnis haben. Am besten irgendein kleines, dreckiges Geheimnis. Immerhin handelte es sich um eine »geile Lesbe«, wie der alte Lanner in seiner reichlich bekannten bunten Ausdrucksweise gemeint hatte.

Diese Geschichte würde sich dann tagelang wie die Sau durchs Dorf treiben lassen. Immer und immer wieder neu aufbereitet, neu durchgekaut. Natürlich ohne neuen Inhalt. Aber die Leser waren glücklicherweise blöd genug, davon nix zu merken. Oder es war ihnen einfach wurscht. Oder sie wollten dieselben pikanten Details immer und immer wieder hören beziehungsweise lesen. Am Ende war es egal, Hauptsache, das Blatt ging weg wie die warmen Semmeln.

Die Hammerschmied hatte die Sachlage genauso gesehen und sich voller Tatendrang in die Aufgabe gestürzt. Und jetzt? Jetzt hatte sie schon einige dieser »kleinen, dreckigen« Geheimnisse in der Tasche. Und die Winzerin war noch nicht einmal mit ihrer Geschichte fertig.

Aber es gab sicher noch das eine oder andere Detail, das die Nöhrer im Vorjahr noch nicht zum Besten gegeben hatte, da war sich die Hammerschmied sicher. Man musste sie nur reden lassen. Und zuhören können. In diesem Fall: lange zuhören. Eine Eigenschaft, welche die Hammerschmied zur Genüge besaß. Was ja auch ihr Geheimnis war. Wenn es eine Geschichte gab, die es wert war, erzählt zu werden, dann fand sie sie. Koste es, was es wolle. Und wenn es mehrere Flaschen vom teuersten Champagner waren. Drauf gepfiffen. Der Chef konnte sich mit dem Geld aus den Regierungsinseraten Wohnsitze leisten, die über die halbe Welt verstreut waren. Dazu noch eine Jacht im Mittelmeer und so weiter. Wenn er sich wegen dieser Spesenrechnung aufregte, dann würde sie den Hut draufhauen und zur Konkurrenz gehen. War ja nicht so, dass die »Heimatland« das einzige Boulevardblatt Österreichs war.

»Frau Nöhrer«, sagte sie und räusperte sich, »es ist wirklich ganz, ganz toll, die Geschichte nochmals von Ihnen persönlich zu hören. Und Sie haben mir ja jetzt auch schon das eine oder andere neue Detail erzählt. Aber ich bin mir sicher, das war noch nicht alles. Nicht wahr?« Ihre Stimme war zuckersüß.

Die Charlotte fand es beinahe schon herzig, wie flehentlich

die hartgesottene Journalistin klingen konnte, wenn sie etwas wollte.

Nur auf die Charlotte hatte das überhaupt keine Wirkung, sie war ganz in ihrem Element. Sie genoss es, die Hammerschmied wie einen Fisch an der Leine zappeln zu lassen und die Geschichte in die Länge zu ziehen. Ein kleines bisschen tat sie ihr schon leid. Weil, die Charlotte war ja grundsätzlich kein schlechter Mensch. Sie wusste, dass die Journalistin nur ihren Job tat. War halt ein grauslicher, aber so hatte eben jeder seinen Rucksack zu tragen. Sie fröstelte, wenn sie an die Zeit vor einem Jahr zurückdachte. Da war sie tatsächlich komplett am Boden gewesen. Die Tage in Schladming waren gleichzeitig der absolute Tiefpunkt und ein Neubeginn gewesen. Das wusste sie jetzt.

Ihre Erzählung steckte aktuell mitten im absoluten Tiefpunkt. Und bis zum Neubeginn war es noch etwas hin. Vielleicht würde sie der Hammerschmied ja noch ein bisschen mehr »Frischfleisch« hinwerfen, aus dem sie eine Geschichte basteln konnte. Ihr war es inzwischen egal, was die Leute über sie dachten oder schrieben. Sie hatte ihr Glück gefunden. Die Reibereien mit der Frau Mama daheim gehörten einfach dazu. So wie Rück- und Tiefschläge Teil des Lebens waren. Wäre ja auch langweilig, wenn immer alles völlig problemlos laufen würde.

Die Charlotte grinste leise in sich hinein. Hinter ihr ließ sich die Andrea in einem Liegestuhl die alpine Sonne ins Gesicht scheinen, vor ihr wartete die Hammerschmied sehnsüchtig auf die Fortführung der Geschichte. Und auf neue Details. Mit der rechten Hand schenkte sich die Charlotte ein Glas Mineralwasser ein. Langsam. In aller Ruhe. Sie hatte keine Eile. Sie wollte auf jeden Fall nüchtern bleiben. Während die Hammerschmied ein Glas Champagner nach dem anderen getrunken hatte, hatte die Charlotte ihres in einem unbeobachteten Moment immer weggeschüttet. War zwar irgendwie schade, aber es ging ja lediglich darum, für die Hammerschmied eine möglichst hohe Rechnung zusammenkommen zu lassen. Hatte die wirklich geglaubt, dass sie die Charlotte unangekündigt einfach so im Urlaub stören konnte? Dafür war schon ein Preis zu bezahlen.

Und der Champagner würde nicht der einzige teure Posten auf dieser Rechnung sein. Da war ja auch noch das Essen, das sie bestellt hatten und das auf die Rechnung der Journalistin ging.

Aus dem Augenwinkel sah sie, wie sich die Sonne langsam in Richtung der westlichen Planai-Gipfel bewegte. Sie hatten noch Zeit. Ausreichend Zeit für das, was sie mit der Hammerschmied plante.

Die Journalistin wollte noch mehr Neues hören? Also wenn sie darauf bestand … Sagte ja niemand, dass sie sich exakt an die Wahrheit halten musste. Tat das Revolverblatt selbst ja ohnehin nicht.

Die Charlotte grinste, nahm einen Schluck, räusperte sich und setzte ihre Erzählung fort. Der Baron Münchhausen wäre rot vor Scham geworden bei dem, was die Charlotte der Hammerschmied an Jägerlatein auftischte.

Zwischenspiel Ende

Zweiter Durchgang

Sieben

Warum es am nächsten Tag im Schladminger Spital so richtig rundging? Nun, los ging es, als sich in der Früh die ersten Skifahrer mehr schlecht als recht den Zielhang der Planai hinunterquälten. Viele davon am Bauch und mit dem Kopf voraus in Richtung Tal, in Wirklichkeit purzelten sie den Hang hinunter. Dabei wurde selbstverständlich jede Menge Schnee geschluckt. Später sollte dann herauskommen, dass in dem Schnee auch anderer »Schnee« gewesen war. Einer, den man normalerweise in Gramm konsumiert. Wie aber war das Zeug da reingekommen? Eigentlich eh klar: Genauso wie das Gift auf der Hochwurzen, also mittels »Direkteinspritzung« in die Versorgungsschläuche der Schneekanonen.

Als die Charlotte am Abend davon erfuhr, war sie weder schockiert noch überrascht. Sie war nur ein bisschen enttäuscht, weil der Franzl als Täter damit natürlich ausfiel. Es war wohl kaum anzunehmen, dass er sich kopfüber in die selbst gebaute Falle schmeißen würde. So viel Subtilität traute die Charlotte dem Franzl nicht zu. Wie sich später herausstellte, hatte sie wenigstens damit vollkommen recht. Auf jeden Fall, was die Subtilität anging.

Aber der Reihe nach. Wie erwähnt, versuchten sich auch an diesem Tag wieder ein paar Unverbesserliche am nicht präparierten und eigentlich gesperrten Planai-Zielhang. Wie es im Leben halt immer so ist: Erst die verbotenen Sachen machen so richtig Spaß. Statt eines Absperrbands und dem Schild »Abfahrt gesperrt« hätte man genau so gut ein Schild mit der Aufschrift »Herzlich willkommen« aufstellen können. Der um diese Uhrzeit quasi noch jungfräulich daliegende Zielhang sah einfach zu einladend aus.

Für ihren Übermut bezahlten die Wagemutigen ordentlich Lehrgeld. Bei nicht so guten Skifahrern gab es nämlich neben der ohnehin vorhandenen Sturzgefahr auf dem nahezu vertikalen Steilhang das Problem des Abbremsens. Statt wieder auf die Beine zu kommen, rutschten die meisten also am Bauch gen Tal. Und hatten dabei meistens vor Schreck auch noch den Mund sperrangelweit offen. Auf einer ordentlich präparierten Piste war so was kein Riesenproblem, aber mit den ganzen Kunstschneehügeln war es nicht ungefährlich. Vor allem, wenn ein wahnsinniger Schneekanonen-Präparierer umging.

Viele schlitterten also mit erstaunlich weit offenem Mund bauchwärts ins Tal und direkt in einen Schneehügel hinein. Blöd, wenn der mit astreinem Koks versetzt war. Da bekam man selbst in verdünntem Zustand noch jede Menge intus. Es war natürlich auch nur ein böses Gerücht, dass so manch braver Familienvater den Zielhang nur deshalb mit dem Kopf vorneweg rutschend nahm. Erstaunlich war es aber schon, wie viele Skifahrer sich den Zielhang am Montagvormittag nicht auf Ski, sondern am Bauch gaben. Zwar konnte es sich keiner erklären, wieso die Laune schlagartig so gut war, aber das war den meisten egal. Hauptsache Spaß!

Die Polizei sperrte den Hang erst, als eine Gruppe zugekokster Holländer sich weigerte, in die Gondel einzusteigen. Sie wollten sich außen anhängen, weil das einfach mehr »Kick« hatte. Von dem Bohrer und dem Werkzeug, mit dem das Kokain in die Wasserleitung injiziert worden war, fand die Polizei zwar abermals keine Spur, aber immerhin konnten bei gleich drei Schneebrausen vereiste Bohrlöcher gefunden werden. Was der Keiffer natürlich gleich als seinen Ermittlungserfolg ausgab. Kein Wort von dem anonymen Hinweis, der die Polizei – noch auf der Hochwurzen – überhaupt erst auf diese Spur gebracht hatte. Nein, der Keiffer heftete sich den Minimalerfolg ganz an seine eigene Fahne. Auch kein Wort des Dankes an seine Mitarbeiter, die ja in Wirklichkeit die ganze Arbeit verrichtet und die drei manipulierten Schneekanonen aufgespürt hatten. Der Keiffer selbst war am Hang nicht zu sehen gewesen, dafür grinste er umso breiter in die TV- und Zeitungskameras.

Weniger zu grinsen hatten die Veranstalter des Skirennens und die Mitarbeiter der Planai-Bergbahnen. Der Zielhang musste nämlich nicht nur gesperrt, sondern der oberste halbe Meter der Schneedecke noch dazu abgetragen werden. Vom Start bis zum Ziel. Man wollte und konnte es sich nicht leisten, dass von dem mit Koks versetzten Schnee auch nur eine Spur zurückblieb. Zudem wurde der Zielhang ab sofort rund um die Uhr überwacht. Ein möglicher Wiederholungstäter sollte um jeden Preis von seinem Vorhaben abgehalten werden. Die dafür abgestellten Polizisten und Mitarbeiter der Bergbahnen waren zugegebenermaßen wenig erbaut von dieser Aufgabe. Auf Schnee hatten sie noch nie aufpassen müssen. Und die Nächte waren aktuell noch dazu saukalt. Keine schönen Aussichten. Doch irgendwer musste den dreckigen Job ja machen.

Klar war nur eines: Der Keiffer würde es sicher nicht tun. Er fühlte sich in seiner Rolle als Befehlsverteiler und Oberaufsicht recht gut. In seinen Augen gab es überhaupt keinen Grund, sich in die Niederungen der alltäglichen Polizeiarbeit hinabzubegeben.

Die Meldung über die manipulierten Schneekanonen in Schladming lief am Abend im Fernsehen nicht nur in den Sport-, sondern auch in den Weltnachrichten. An eine Absage des Nachtslaloms dachte aber niemand. Stattdessen konnten die Schladminger für die Osterferien bereits einen zwanzigprozentigen Buchungsanstieg verbuchen. Ganz nach dem Motto: »Schladming – unser Schnee schmeckt einfach besser!«

Die Sache mit dem Nervengift verschwieg der Keiffer der Öffentlichkeit geflissentlich. Machte ja keinen Sinn, unnötig für Unruhe zu sorgen. Koks war zwar auch nicht leiwand, aber Sarin war dann doch noch einmal eine ganz andere Nummer. Und in dieser Sache tappte die Polizei noch komplett im Dunkeln. Wer zum Teufel mischte in einem friedlichen Skiort ein Nervengift in die Schneekanonen? Es war reines

Glück, dass der verrückte Giftmischer das Sarin nur an einer einzelnen abgelegenen Schneelanze verwendet hatte. Auch dort hatte man umgehend die Schneedecke abgetragen und die Piste zusätzlich noch abgesperrt. Allerdings mit mehr als nur einem Plastikband. Was diesen Fall anging, hatte der Keiffer zudem eine absolute Nachrichtensperre verhängt. Die Todesursache der deutschen Touristen wurde offiziell als »Unfall unter schwerem Alkoholeinfluss« angegeben, die Leichen jedoch nicht freigegeben. Der Keiffer hatte zwar keinen Plan, wie er sich aus dieser Situation irgendwann wieder rausmanövrieren sollte, aber er wollte auf keinen Fall die Landes- oder gar die Bundesbehörden bei sich im Ort haben. Nein, den Fall würde er schon selbst lösen. Oder – die wahrscheinlichere Variante – sich in Luft auflösen lassen. Wenn der Keiffer in seinem langen Polizistenleben etwas gelernt hatte, dann das: Noch jedes Problem löste sich früher oder später in Luft auf. Der Vergesslichkeit der Menschen sei Dank.

Am Vormittag hatte die Charlotte von der ganzen Sache noch nichts mitbekommen. Ihr Steißbein schmerzte noch höllisch vom Sturz am Vorabend, deshalb hatte sie die Flora alleine auf den Berg geschickt. Auch wenn sie sicher war, dass die Kleine nicht alleine unterwegs sein würde. Im Trubel des Vorabends hatte sich die Flora noch mit ihrem neuen Freund davongeschlichen und war erst nach Mitternacht zurück aufs Zimmer gekommen. Da hatte die Charlotte schon tief und fest geschlafen – diesmal sogar im Bett. Die Flora lärmte beim Heimkommen, dass es eine Freude war, aber die Charlotte war so geschafft, da hätte sie nicht einmal ein Bombeneinschlag direkt neben dem Bett aufgeweckt.

Dafür war die Charlotte am Montagmorgen putzmunter, ausgeschlafen und hyperaktiv. Genau fünf Sekunden lang, dann meldete sich ihr Steißbein, und vorbei war es mit der Agilität. Die Charlotte war am Vormittag also ans Bett gefesselt. Zu Mittag wurde ihr das Fernsehprogramm dann zu langweilig, und auf ihr Buch hatte sie irgendwie auch keine

Lust. Extrem vorsichtig zwängte sie sich dann doch in ihr Gewand und machte sich auf den beschwerlichen Weg in die Fußgängerzone, um eine Apotheke zu suchen.

Ein besorgtes »Wie geht's, Frau Röhrer?« bekam sie von ihrer Vermieterin noch mit auf den Weg, dann war sie auch schon draußen bei der Tür. Da hatte sich die Charlotte eine gute Zeit zum Spazierengehen ausgesucht. Es hatte ein paar zarte Plusgrade, die Sonne knallte von einem strahlend blauen Himmel und das Beste: Das Eis war geschmolzen und damit auch die Gefahr, dass sie wieder auf ihr angeschlagenes Steiß-bein fiel. Sie knöpfte ihren Mantel auf und steuerte zielbe-wusst auf die Fußgängerzone zu. Der knappe Kilometer nahm in ihrem Zustand dann aber doch einige Zeit in Anspruch, weil die steife, unnachgiebige Naht ihrer Jeans ständig aufs Steißbein drückte und jeder Schritt schmerzte.

Na ja, da musste sie einfach durch. Aus ihrer Zeit als Poli-zistin war sie Schlimmeres gewöhnt, unter anderem falsche Kolleginnen und perverse Chefs, um nur zwei Beispiele zu nennen. Sie biss also die Zähne zusammen und entdeckte zu ihrem Glück bald eine Apotheke. Die befand sich nämlich gleich am Anfang der Fußgängerzone. Sie kaufte sich eine Packung Schmerzmittel und rauschte damit ins nächste Kaf-feehaus. Erstens, um gleich zwei Tabletten zu schlucken, und zweitens, um einen Blick in die Tageszeitungen zu werfen. Vielleicht stand zur Abwechslung ja mal was Brauchbares drin. Natürlich hätte sie das auch am Handy machen können. Aber für ihren Geschmack hatten zu viele der Online-Nach-richtendienste inzwischen Bezahlschranken eingeführt, und sie hatte überhaupt keinen Bock, jetzt ein Abo für ein re-gionales Online-Portal abzuschließen, das sie genau ein Mal ansurfen würde. Dann lieber doch die gute alte und vor allem analoge Variante: die Tageszeitung im Kaffeehaus.

Doch die Charlotte wurde enttäuscht: In den überre-gionalen Zeitungen waren die Vorfälle im Schladming nur eine Randnotiz. Wenig verwunderlich, keine Zeitung wollte ihrem großen Werbekunden ans Bein pinkeln. Und geheimnisvolle Tote auf einem der größten Skiberge der Steiermark zu thematisieren war genau das: dem Werbekunden ans Bein pinkeln. Die Charlotte glaubte die offizielle Darstellung mit dem Unfall unter Alkoholeinfluss natürlich überhaupt nicht. Das entsprach so überhaupt nicht der Sachlage und dem, was tatsächlich vorgefallen war. Schließlich war sie live dabei und mitten im Geschehen gewesen. Da steckte etwas anderes dahinter. Offenbar etwas Größeres, wenn der Keiffer beschlossen hatte, die Medien so dreist anzulügen.

Da half nur mehr eines. Die Charlotte zückte nun doch ihr Handy und tippte eine kurze Nachricht, die sie an den Leo, ihren Cousin, schickte. Der war der Chefinspektor in Perchtoldsdorf und gehörte zu jenen Familienmitgliedern, mit denen sie auch während ihres freiwilligen Exils in der Hauptstadt immer Kontakt gehalten hatte. Nicht zuletzt, weil der gemeinsame Beruf verband. Der Leo schätzte seine Cousine, weil sie sich – trotz des gleichen Berufs – nie bei ihm eingemischt und ihm ungebeten gute Ratschläge gegeben hatte. Dabei hatte sie es in Wien mit wesentlich spektakuläreren Fällen zu tun gehabt als er im Wiener Nobelvorort. Eine Mordleiche kannte der Leo nur aus Fernsehkrimis. Dafür kannte er sich mit Einbrüchen in Villen hervorragend aus. Das war nämlich das Hauptdelikt, wenn es um Verbrechen in Perchtoldsdorf ging. Einen Mord hatte es dort noch nicht gegeben, seitdem er als Polizist in seinem Heimatort angefangen hatte. Und das war inzwischen doch schon einige Jährchen her.

Während die Charlotte auf eine Antwort vom Leo wartete, begann wenigstens das Schmerzmittel zu wirken. Die Charlotte musste jetzt nicht mehr wie ein nervöser Erstklässler alle paar Sekunden ihre Sitzposition wechseln. Der Kaffee war auch nicht schlecht (wenngleich auch schwer überteuert), und die Kellnerin war ebenfalls hübsch. Sie gefiel der Charlotte sogar so gut, dass sie sich selbst dabei erwischte, wie sie ihr immer wieder lustvolle Blicke zuwarf, sobald sie an ihrem Tisch vorbeihuschte. Dann bekam sie sofort einen hochroten Kopf. Die Charlotte natürlich. Die Kellnerin war viel zu beschäftigt, um irgendwas mitzubekommen. Glaubte die Charlotte wenigstens.

Das Gefühl war irgendwie neu, unvertraut. Seit dem Debakel mit der Gitti hatte sie nicht mehr als den einen oder anderen One-Night-Stand zugelassen. Tendenz eher in Richtung »einen«. Ihr Ego war noch zu verletzt von dem Fehlschlag mit der Kollegin, und das Ausscheiden aus dem Polizeidienst hatte die Sache auch nicht verbessert. Was dann folgte, war in gewisser Weise eine weitere Flucht gewesen. Vor etwas mehr als einem Jahrzehnt die Flucht aus Perchtoldsdorf, von daheim nach Wien. Jetzt die Flucht von Wien wieder nach Hause. Also, nicht direkt nach Hause, aber immerhin in den Heimatort.

Der Job als Security in der Shopping Mall war ursprünglich nur als Übergang gedacht gewesen, ein paar Monate lang, dann wieder etwas Normales. Es war nicht ja so, dass dieser Job unter ihrer Würde war. Die befand sich aktuell sowieso auf Tauchstation, konnte also nicht mehr unterschritten werden, aber …

Nein, kein Aber. Es war an der Zeit, endlich ehrlich zu sich selbst zu sein: Der Job war unter ihrer Würde. Im Polizeidienst war sie am aufsteigenden Ast gewesen. Sie war intelligent, scheute sich nicht vor Detailarbeit, hatte eine großartige Auffassungsgabe, war mutig und clever. Letzteres galt allerdings nur in Hinblick auf ihren Job. Sobald es um ihr Privatleben ging, war »clever« der falsche Ausdruck, »patschert« wäre passender. All diese Gedanken huschten durch ihren kastanienrot gelockten Kopf, aber ohne diese fassbare Form anzunehmen. Es waren mehr Gefühle, was am Ende aber auf dasselbe hinauslief.

Tatsache war, dass der Job im Mall-Sicherheitsdienst für sie aktuell das Ende der Fahnenstange bedeutete. Zur Polizei konnte sie nicht zurück. Und was sollte sie sonst machen? Als Verkäuferin in einem der unzähligen Shops in der Mall anheuern? Auch nicht viel besser. Eher schlechter. Da müsste sie auch noch mit Kunden reden und freundlich zu ihnen sein. Als Security war das nicht notwendig. Da durfte sie die Leute sogar unfreundlich anschnauzen. Sie bewunderte die Verkäuferinnen in der Mall, die tagelang ein freundliches Gesicht aufsetzten, wenn sie Kunden berieten und mit ihnen diskutierten. Das wäre nichts für sie gewesen.

Und was machte sie sonst so? An ihren freien Abenden irgendwo abstürzen und den Kummer im Alkohol ertränken. Was eine saublöde Lösung war, da Sorgen bekanntlich schwimmen konnten. Was für ein Leben ... Nein, die Charlotte war an einem ganz dunklen Punkt angekommen. Hinter ihr ein, wie sie meinte, verschissenes Leben und vor ihr auch keine besseren Aussichten. Zurück zur Familie? Nie im Leben. Den »Spaß« überließ sie der Flora. Leid tat es ihr aber schon. Vor allem um die Omama, die mit alldem nichts zu tun hatte, aber »die Krot schluckn« musste, dass sie eine ihrer beiden Enkeltöchter viel zu selten zu sehen bekam.

Während der Kaffee vor ihr langsam auskühlte, versank die Charlotte immer tiefer im Selbstmitleid. Beinahe wäre da sogar die eine oder andere Träne aus ihren Augen gekullert, wenn da nicht die immer interessanter wirkende Kellnerin gewesen wäre. Bildete sie es sich nur ein, oder kam die Blondine auffällig oft an ihrem Tisch vorbei? Und warf ihr auch noch neugierige Blicke zu? Sah die Charlotte so mitgenommen aus, oder steckte da etwas anderes dahinter?

Um sich von der Kellnerin abzulenken, versuchte sie, sich in die wirklich interessanten Teile der Zeitung zu vertiefen. Horoskop, Kreuzworträtsel oder Kochrezepte, nur so als Beispiel. Kochrezepte waren für die Charlotte ganz besonders spannend. Beinahe wie ein guter Krimi, wo sie bis zum Ende rätselte, wer denn der Täter war. Die Charlotte schwang nämlich nur in Ausnahmefällen selbst den Kochlöffel. Falls man Tiefkühlpizza aufbacken oder Frankfurter heiß machen überhaupt kochen nennen konnte. Nur selten brachte sie die

Motivation und die Geduld auf, etwas Komplizierteres zuzu-bereiten. Wozu eigentlich auch? Sie hatte ja niemanden, den sie bekochen konnte.

Das Endergebnis beziehungsweise Endprodukt eines Rezepts las sich für die Charlotte oft fast so spannend wie die Auflösung einer Kriminalgeschichte. Und wenn sie sich wirklich mal ans Kochen wagte, war sie über das Ergebnis, das dann vor ihr am Tisch stand, genauso überrascht.

Es war allerdings auch interessant, den anderen Gästen im Kaffeehaus zuzusehen. Die Charlotte fragte sich, wieso die eigentlich auf Skiurlaub fuhren, wenn sie doch den ganzen Tag im Kaffeehaus herumsaßen. In oder vor der Skihütte, das konnte sie ja noch verstehen. Da hatte man wenigstens den Vorwand des Skifahrens (irgendwie musste man ja von der Skihütte auch wieder runterkommen), aber Kaffeehaus? Da konnte man doch gleich zu Hause bleiben. Die Charlotte hatte mit ihrem lädierten Steißbein wenigstens einen guten Grund, einen Skitag auszulassen, doch die anderen Gäste? Die konnten ja nicht alle ebenfalls verletzt sein.

Die meisten Kaffeehausbesucher waren Frauen oder eher Damen aus der »gehobenen Schicht«. Viele von ihnen heraus-geputzt im Alpen-Schlampen-Look eines namhaften Trach-tenherstellers, wie die Charlotte amüsiert feststellte. Man hätte meinen können, sie wären hier für das Casting eines Alm-Pornos. Überall Rüschchen, Ledergürtel mit Silber-schnallen, Schlitz im Dirndl bis zum Strumpfband, die Brüste hochgepusht, dass sie fast aus dem Dekolleté sprangen. Ge-schminkt und aufgetakelt wie für den Opernball. Und über-haupt! Bei dem Gedanken an die Preise dieser schauerlichen Outfits wurde der Charlotte ganz übel. Für so eine Ausstat-tung musste sie fast einen Monat arbeiten gehen! Und dabei sahen die Touristinnen ja noch nicht einmal »nativ« aus, wie es neudeutsch so schön hieß und inzwischen auf quasi jedem Lebensmittel draufstand, das bei der Etikettierung nicht bei drei am Baum war.

Und jetzt dasselbe beim Alpen-Schlampen-Look. Keine »native« Einheimische aus den ruraleren Gegenden Österreichs, die etwas auf sich hielt, würde jemals ein so ein Dirndl tragen. Das hatte in etwa so viel mit Bodenständigkeit zu tun wie Politiker mit Altruismus.

»Geht's eh? Schaust gar nicht gut aus.« Die Charlotte zuckte zusammen, als sie von der hübschen Kellnerin plötzlich angesprochen wurde. Sie war ganz in Gedanken versunken gewesen und hatte – ausnahmsweise – gar nicht gemerkt, wie sich die Blondine ihr genähert hatte. Und jetzt wusste sie plötzlich nicht, was sie sagen sollte, ganz wie ein schüchterner Teenager. Ist natürlich nicht ganz einfach, wenn dein Schwarm plötzlich vor dir steht und dich auch noch anspricht. Wie lange war ihr das schon nicht mehr passiert? Sie konnte sich nicht erinnern.

Irgendwie schaffte sie es dann aber doch, ein paar Worte herauszuquetschen, auch wenn ihr die Stimme dabei ein paarmal zu brechen drohte. Klang ein bisschen wie ein Bursch im Stimmbruch.

»Danke, geht schon. Hab mir nur mein Steißbein ein bisschen angeschlagen.«

»Zu viel getrunken?«

»Nein, zu schnell gelaufen.«

»Vor wem bist denn geflüchtet?«

»Niemand, aber sag mal: Musst du nicht arbeiten?«

Die Kellnerin hatte es sich nämlich inzwischen neben der Charlotte mit einem Kaffee auf der Bank gemütlich gemacht.

»Mittagspause! Störe ich?«

Die Charlotte schüttelte den Kopf. Nein, natürlich störst du nicht!, dachte sie fasziniert. Da war etwas an der Blondine, das sie sofort ansprach. Und es war nicht nur ihr zugegeben großartiges Äußeres.

»Tu einfach so, als würden wir uns kennen. Dann krieg ich mit dem Chef auch keine Probleme. Der hat's nämlich nicht gerne, wenn wir uns zu den Gästen setzen. Der sagt immer, wir wären kein Vermittlungsbüro.«

Die Charlotte konnte darauf nur nicken. Das Blut war ihr mittlerweile wieder in den Kopf geschossen, was ihrem Gesicht eine Farbe verlieh, als wäre sie zu lange in der prallen Bergsonne gesessen. Prall war im Moment aber nur das Dekolleté der Kellnerin, von der die Charlotte noch immer keinen Namen wusste. Aber wenigstens wusste sie jetzt, wie sie das Gespräch fortsetzen konnte.

»Ich bin die Charlotte. Ohne ›e‹!«

»Andrea, aber du kannst auch Andi zu mir sagen«, gab die Kellnerin schmunzelnd Auskunft. Die Charlotte verzichtete darauf, der Andrea auch schon ihren Spitznamen anzubieten, so gut kannte sie sie ja noch nicht. Was sich aber nach Charlottes Meinung gerne und rasch ändern konnte. Sie schätzte die Andrea auf eine Spur jünger als sie selbst. Also so circa Mitte zwanzig.

»Weißt du«, fuhr die Andrea fort, »es ist mir aufgefallen, wie du mich ständig angesehen hast.«

»Echt?«, fragte die Charlotte, die sich zu Recht ertappt fühlte. So viel zum Thema hervorragender Cop, unauffällige Beobachterin und was sonst noch.

»Mhm …« Dabei nahm die Andrea einen Schluck von ihrem Kaffee, jedoch ohne die Charlotte aus den Augen zu lassen. Die wurde gleich noch röter im Gesicht.

»Ich bin aus Wien«, raunte die Andrea der Charlotte verschwörerisch zu, ganz so, als ob das sonst niemand wissen durfte. »Normalerweise kellneriere ich im U4, aber im Winter geh ich immer auf Saison. Da verdient man einfach mehr. Die Touristen …«, fügte sie konspirativ hinzu, damit die Charlotte es in ihrem etwas weggetretenen Zustand auch noch mitbekam.

Die Charlotte wiederum kümmerte das überhaupt nicht. Also, das mit den Touristen. Dass die Andrea aus Wien kam, schon eher. Damit wäre immerhin ein mögliches räumliches Problem aus dem Weg geräumt. Ein Fan von Fernbeziehungen war sie noch nie gewesen. Für sie waren das immer Entfernbeziehungen. Steckte ja schon im Namen.

Was sie sich fragte, war, wieso sie sich plötzlich wie ein Teenager fühlte und keinen klaren Gedanken fassen konnte. Es schmerzte ein wenig im Bauch. Aber es war ein angenehmer Schmerz. Ein Kribbeln.

Die Charlotte lächelte in sich hinein. Es war tatsächlich wie in ihrer Jugend. Das Gefühl in ihrem Bauch – es war Verliebtheit. Nicht Liebe. Dafür brauchte es länger. Aber Verliebtheit war am Anfang sowieso viel schöner. Dieser Drang, dieser wohlige Schmerz, dieses Verlangen. Das Herz der Charlotte begann schneller zu schlagen. Da vorne, noch weit, weit entfernt, aber unleugbar vorhanden, war ein kleiner Lichtschimmer. Ein Funkeln, nach dem sie sich strecken konnte, um der Dunkelheit ihres Lebens zu entkommen.

Ein schöner Traum. Aber manche Träume wurden wahr. So wie der Tagtraum vorhin: nämlich, dass sich diese atemberaubende Schönheit zu ihr setzen würde. Und jetzt saß sie da, und die Charlotte wusste noch immer nicht, was sie mit ihr reden sollte. Da war es schon ein Glück, dass die Andrea sowieso für zwei plauderte.

»Ich glaube, ich kenne dich«, quatschte die Andrea auch frisch und fröhlich weiter. »Bist du nicht eh manchmal im U4?«

Tja, und damit hatte sie die Charlotte endgültig ertappt. Warum? Wenn sie »auf Aufriss« unterwegs war, dann im U4. Hatte wohl noch mit ihrer Jugend zu tun, als es dort immer am Donnerstag einen reinen Schwulen- und Lesbenabend gegeben hatte. Den gab es inzwischen zwar nicht mehr, aber … wie würde die Flora sagen? »Old habits die hard.« Und das Publikum im U4 war meistens noch immer schön durchgemischt. Da hatte die Charlotte relativ wenig Probleme, sich ein Mädel für einen One-Night-Stand aufzureißen. Wenn die Andrea sie bei so etwas gesehen hatte …

Und genau deshalb hatte die Charlotte jetzt schon wieder einen hochroten Kopf bekommen. Die Andrea musste sich dabei natürlich ihren Teil denken, dachte die Charlotte. Und da dachte sie sogar richtig. Die Andrea lehnte sich nämlich noch näher zu ihr rüber und flüsterte ihr ganz leise zu: »Keine Sorge, das stört mich nicht ...« Dabei hauchte sie ihr ganz zart ins Ohr und machte die gute Charlotte damit ganz wuschig. Gut, dass sich die Charlotte einen Tisch in einer kleinen Nische ausgesucht hatte, der vom Rest des Lokals nicht so gut einzusehen war.

In diesem Moment hätte die Charlotte gut und gern auf ihr Schmerzmittel verzichten können. Das Adrenalin, das von ihrem Körper jetzt ausgeschüttet wurde, hätte gereicht, um eine ganze Herde Elefanten schmerzresistent zu machen. Und dabei war die Andrea noch gar nicht fertig!

»Weißt du, es ist gar nicht so einfach, da am Land heraußen auch so jemanden zu finden. Ich hab's manchmal auch ganz gern mit einem Burschen, aber die hier sind ja so was von stockkonservativ. Ich sag's dir! Kaum fragst einmal, ob sie dir nicht ein nettes Mädel vermitteln könnten, kriegen sie schon die ärgsten Anfälle. Die ein bisserl weniger konservativen bekommen große Augen, meistens, weil sie halt glauben, dass sie dann mitmachen dürfen. Und dann sagst ihnen, dass du dir das so eigentlich nicht vorgestellt hast. Eher nur zwei Mädels, ganz ohne männliche Begleitung. Und dann wird aus ihrem Rufzeichen in der Hose ganz plötzlich ein Fragezeichen. Bildlich gesprochen halt.«

Die Andrea hatte sich inzwischen wieder etwas kundengerechter hingesetzt. Sprich, nicht mehr ganz so nah an der Charlotte. Ein paar Gäste warfen jetzt doch schon pikierte Blicke in ihre Richtung. Der Eindruck, den sie auf die Charlotte machte, war aber doch, na ja, beeindruckend eben.

»Bist hier schon mit vielen ins Bett gegangen?« Blöde Frage, aber der Charlotte fiel gerade nichts Besseres ein. Für noble Zurückhaltung war jetzt auch keine Zeit.

»Na, spinnst? Vier, fünf vielleicht. Seit Mitte November. Wollen ja alle gleich heiraten. Und so gut's mir da auch gefällt, aber da herheiraten? Nein, danke!«, pudelte sich die Andrea ein wenig auf und ließ ein helles Lachen hören.

»Und Mädels?«

»Keine Einzige. Ist ja niemand da, weit und breit. Wenigstens keine, die sich damit auch raustraut. Aber du gefällst mir. Ich sag's dir lieber gleich geradeheraus, weil, so viele Chancen bekommt man hier ja nicht. Und so, wie du dich anhörst, bist eh auch nicht von hier. Lass mich raten: auch aus Wien?«

Das saß. So direkt hatte die Charlotte schon lange niemand mehr angebraten. Und schon gar nicht so ein ätherisches Wesen wie die Andrea. Mit der hätte der Hugh Hefner, Gott hab ihn selig, seine Freude gehabt. Lange blonde Haare, die über die Schultern bis zu den kleinen Grübchen oberhalb ihres Knackarsches wallten (von den Grübchen konnte die Charlotte natürlich nichts wissen, die stellte sie sich einfach vor), volle Lippen, ein Dekolleté, an dem selbst der gierigste Schönheitschirurg keinen Fehler gefunden hätte, und Beine, an denen man so endlos lang hätte hinaufklettern können wie an der Bohnenstange im Märchen. Natürlich waren sie schöner geschwungen – also die Beine. Der Kopf der Charlotte begann zu schwimmen.

»Fast«, beantwortete sie die Frage der Andrea ausweichend. »Was machst denn heute Abend?«

»Was du willst!« Die Andrea grinste schamlos.

»Zu mir oder zu dir?« Kaum war der Satz heraußen, war er der Charlotte auch schon wieder peinlich. Normalerweise stand sie nämlich nicht auf so abgedroschene Phrasen. Wenn das jemand zu ihr gesagt hätte – und tschüss! Aber entweder war die Andrea wirklich schon so ausgehungert, oder sie merkte einfach nur, wie verwirrt die Charlotte war. Oder ihr gefiel, wenn es so direkt zur Sache ging. Für die Charlotte waren alle drei Varianten okay.

»Wie wär's im Schneeweißchen? Dann können wir ja noch immer entscheiden, zu wem wir gehen.« Mein Gott, dachte die Charlotte, dieser dreckige Grinser. Sie wurde dabei immer noch wuschiger. Am liebsten hätte sie die Andrea gleich mit aufs Zimmer genommen, aber die musste ja leider noch arbeiten.

»So, Charlotte ohne ›e‹! Meine Mittagspause ist vorbei. Ich muss jetzt wieder was hackeln. Um neun im Schneeweißchen. Bleibt's dabei?«

»Natürlich!« Die Charlotte konnte ihr Glück nicht fassen. Den Franzl und die Todesfälle hatte sie da schon ganz vergessen. Aber nur, bis sie sich auf den mühsamen Weg zurück zu ihrer Pension machte. Da erinnerte sie ihr Steißbein nämlich daran, wieso sie überhaupt ihr Zimmer verlassen hatte. Und die Schmerzen veranlassten sie schließlich auch dazu, den Entschluss zu fassen, schon etwas früher als abgemacht im Schneeweißchen vorbeizuschauen. Der Joe wusste sicher wieder alle relevanten Neuigkeiten des Tages. So wie sicher auch den nicht so relevanten Tratsch. Das durfte man sich nicht entgehen lassen. Mit der Andrea hatte sie danach ganz andere Dinge vor. Zuerst die Arbeit, dann der Spaß.

Erst am Zimmer sah sie wieder auf ihr Handy. Der Leo hatte zurückgeschrieben. Sie öffnete die Nachricht und wurde blass. »Finger weg von dem Fall«, hatte der Leo eindringlich geschrieben. »Die Berliner Touristen wurden mit Sarin vergiftet. Keine Ahnung, wieso das nicht an die Öffentlichkeit gegangen ist.«

Natürlich hatte der Leo damit das genaue Gegenteil erreicht. Jetzt war die Charlotte erst recht neugierig.

»Woher weißt du das mit dem Sarin?«, schrieb sie zurück.

Einen Moment später rief der Leo bei ihr an. Seufzend nahm sie das Gespräch an. Sie hatte überhaupt keinen Bock, jetzt mit jemandem zu sprechen.

Nach dem üblichen Begrüßungsgeplänkel wurde der Leo ernst. »Im Ernst, Cousinchen, lass die Finger davon. Der Polizeichef von Schladming, wie heißt er noch mal?«

»Keiffer«, half die Charlotte aus.

»Ja, der Keiffer hat versucht, das geheim zu halten. Nicht nur vor der Öffentlichkeit, sondern auch vorm BKA und dem Staatsschutz.«

»So ein Idiot.«

»Absolut. Und natürlich hat einer geplaudert und die oberen Stellen informiert. Alles andere wäre ja auch fahrlässig gewesen.«

»Und die Öffentlichkeit?«

»Die wird weiterhin nicht informiert. Und ich würde dich bitten, dass du das auch nicht tust. Diese Informationsweitergabe ist rein freundschaftlich, nur zwischen dir und mir.« Eine kurze Pause. »Kann ich mich auf dich verlassen?«

»Ja, klar«, antwortete die Charlotte hastig. Mit einem gut hörbaren Seufzer legte der Leo auf.

Natürlich würde sie nichts verraten. Aber ihr Jagdtrieb war geweckt. Sie würde nachforschen, sie würde jagen, sie würde den Täter zur Strecke bringen.

Aber zuerst würde sie sich hinlegen. Das Steißbein tat schon wieder weh.

Acht

Die Flora kam pünktlich nach der letzten Liftfahrt zurück aufs Zimmer. Aus dem Badezimmer war das Rauschen von Wasser zu hören.

»Wie war's?«, wurde sie von ihrer großen Schwester empfangen. Deren Stimme drang nur gedämpft durch die geschlossene Badezimmertür.

»Eh geil, der Luca kann super fahren. Wir haben den ganzen Tag nur eine Hütte eingelegt.«

»Die dafür aber gleich für drei Stunden.«

»Blödfrau, nur zum Mittagessen! Wir sind ja keine Saufköpfe. Das überlassen wir dir und den Touristen.«

»Und was bist du?«, kam es zurück.

»Was machst du eigentlich um die Uhrzeit im Bad?«, rief die Flora durch die geschlossene Badezimmertür.

»Duschen, hörst das nicht?«

»Wohl hör ich es, allein der Glaube fehlt mir. Bist doch eh den ganzen Tag nur im Bett herumgelegen«, maulte die Flora zurück.

»Glaubst du!«, kam es wieder dumpf aus dem Badezimmer. Im selben Moment hörte das Wasserrauschen auch schon auf, und die Charlotte hängte gut hörbar die Duschbrause in die Halterung.

»Dann erzähl mal, was du den ganzen Tag über gemacht hast.«

»Warte, ich trockne mich noch ab, und dann komme ich zu dir.«

Zwei Minuten später trat die Charlotte auch schon mit einem Badetuch um die Brust geknotet aus dem kleinen Badezimmer. Um den Kopf hatte sie kunstvoll ein Handtuch zu einem Turban gewickelt. Eine Strähne hatte sich aber wieder einmal keck aus der Baumwollumarmung geschwindelt und klebte der Charlotte am feuchten Hals. Sie sah ein wenig wie ein auf den Kopf gestelltes Fragezeichen aus.

»Was hast du denn heute noch vor?«, fragte die Flora erstaunt.

»Ich habe noch ein Date«, antwortete die Charlotte verschmitzt. Ein bisschen durfte man die kleine Schwester ja im Dunklen lassen.

»Mit wem? Mit dem Franzl?« Die Flora sah sie fast erschrocken an. »Nein, sicher nicht mit dem. Eher mit dem Joe. Gell? Gib's zu!«

»Keine Rede! Wann habe ich mich das letzte Mal mit einem Mann verabredet?«

»Na, das war, ähm, im … Ah, war das nicht …? Na gut, ich kann mich nicht erinnern. Sag bloß, du hast dir eine Tussi aufgerissen?«

»Also erstens: Sie ist keine Tussi. Und zweitens: Aufgerissen hat sie mich, wenn du schon unbedingt dieses furchtbare Wort verwenden willst.«

»Jetzt stell dich nicht so an, Schwesterherz. Bist ja sonst auch nicht so feinfühlig in deiner Wortwahl.«

»Aber diesmal ist es was Persönliches. Da darf man ja wohl etwas empfindlicher sein.«

»Na gut, aber jetzt rück endlich raus. Wer ist es?«

»Die Bürgermeistertochter.«

»Geh, schleich dich!«

»Na gut, die Pfarrerstochter.«

»Haha!«

»Willst du's ehrlich wissen?«

»Natürlich! Lass mich nicht so zappeln!«

»Die Kellnerin aus dem Kaffeehaus gleich am Anfang der Fußgängerzone.«

»Kenn ich nicht, aber wie bist denn an die geraten?«

»Dreimal darfst raten.«

»Keine Ahnung!«

Die Charlotte schüttelte verzweifelt den Kopf. »Na, im

Kaffeehaus natürlich, wo sonst? Hast du echt geglaubt, dass ich den ganzen Tag nur im Zimmer herumliege, während du den ganzen Spaß hast?«

»Ehrlich gesagt schon«, kam es wie aus der Pistole geschossen.

»Danke, bist halt eine fürsorgliche kleine Schwester.«

»Jetzt tu nicht so. Wegen der Kellnerin bist nicht in den Ort gegangen. Die hast ja noch gar nicht kennen können.« Eines musste man der Kleinen lassen, clever war sie schon. Und scharfsinnig. Und so unterschiedlich die beiden auch sein mochten, so ähnlich waren sie sich in dieser Hinsicht. Denn das Clevere galt immer nur in Bezug auf andere Personen. Wenn es um sie selbst ging – vor allem, wenn sich dieses Etwas um Burschen drehte –, war die Flora genauso blind und tollpatschig wie ihre große Schwester.

»Ertappt!«, musste die Charlotte zugeben. »Nein, mein Steißbein hat so höllisch wehgetan, deshalb bin ich in die Apotheke und hab mir Schmerzmittel geholt. Und dann bin ich noch ins Kaffeehaus. Ich wollte schauen, was die Zeitungen so über unseren ›Fall‹ schreiben.«

»Sicher noch nichts über die Koks-Planai«, unterbrach sie die Flora.

»Die was?«

»Koks-Planai! So heißt sie jetzt. In dem Schnee war nämlich Kokain, das mit irgendetwas anderem vermengt worden ist. Hat die Polizei festgestellt. Sie haben den Hang jetzt gesperrt und tragen die komplette Schneeschicht ab. Mehr weiß ich auch nicht. Außer eben, dass auf den Hütten nur mehr von der Koks-Planai gesprochen wird und jeder unbedingt einmal runterfahren wollte. Na ja, eher runterrutschen«, besserte sie sich aus.

»Deshalb hat der Franzl gestern so glücklich geschaut, wie er den Schnee gefressen hat!« Jetzt ging der Charlotte auch endlich ein Lichtlein auf. Eigentlich mehr eine Zweihundert-Watt-Glühbirne.

»Genau! Und jetzt ist draußen die Hölle los – überall Polizei und Fernsehen, das glaubst ja gar nicht.«

»Guter Vorgeschmack auf das Rennen, da wird's sicher auch so sein.«

»Ah geh, da ist doch nur der ORF da. Das Rennen interessiert doch die deutschen Privatsender nicht. Aber die Koks-Planai, die ist da schon was anderes …«

»Stimmt auch wieder«, musste die Charlotte ihr recht geben. Von dem Sarin im Schnee am ersten Abend erzählte sie der Flora vorsorglich nichts. Aber nicht aus Angst, dass die Kleine deswegen in Panik verfallen könnte. Eher das Gegenteil. Sie würde dann überhaupt keine Ruhe mehr geben und unbedingt mitermitteln wollen. Und das war eindeutig zu gefährlich.

Auch wenn die Charlotte noch keinen Dunst hatte, wie das Sarin mit dem Kokain zusammenpasste. Das allein gab ihr schon zu denken. Einen Mörder oder Attentäter mit einem klaren Motiv und einer kaltblütigen Berechenbarkeit konnte man eher fangen als einen völlig Verrückten, der rausblies, was ihm gerade in die Finger kam. Und genau nach Letzterem machte es derzeit den Anschein. Nicht gut. Gar nicht gut.

»Mal sehen, was der Joe so alles zu erzählen hat«, wiegelte sie schließlich ab.

»Ich dachte, du triffst dich mit der Tussi?«

»Das ist keine Tussi!«, plusterte sich die Charlotte auf. »Außerdem treffen wir uns im Schneeweißchen – dort ist der Joe ja auch.«

»Fein, dann sehen wir uns vielleicht. Ich treffe mich nämlich auch noch mit dem Luca.«

»Untersteh dich!«, grantelte die Charlotte. Morde, Gift, Koks, ein Date und eine pubertierende Schwester waren ihr jetzt schön langsam zu viel auf einmal. Wer glaubte die Kleine eigentlich, wer sie war? Gerade mal fünfzehn Jahre alt und schon am Abend leischen gehen? Also bitte! Wo waren wir denn?

»Was willst du denn dagegen machen?«, maulte die Flora zurück.

Die Charlotte knickte umgehend ein. »Na gut, aber um Mitternacht bist du wieder da.« Das konnte ja heiter werden, wenn sie jemals eigene Kinder hatte. Wobei ... der Gedanke war momentan wirklich weit, weit weg. Eher würde ein Mensch am Mars landen.

»Klar!« Die Flora bejubelte ihren Erfolg.

»Allein!«

»Spielverderberin!« Damit verschwand die Flora im Badezimmer, sperrte sich ein und drehte die Dusche auf. Die Charlotte atmete einmal tief durch und schmiss sich dann ihre Abendgarderobe. Klingt jetzt total aufregend, waren im Endeffekt aber nur Jeans und eine türkise Tunika. Sie wollte der Andrea ja nicht mit dem Arsch ins Gesicht fahren (obwohl ...) und so wirken, als wäre sie superleicht zu haben (leicht war völlig ausreichend). Ein bisschen leger-sexy durfte es natürlich schon sein.

Die Charlotte nahm sicherheitshalber ein Taxi zum Schneeweißchen. Das Steißbein schmerzte noch immer zu sehr. Was schon sehr dagegen sprach, dass sie heute Nacht noch mit der Kellnerin im Bett landen würde.

Vor dem Ausgehen hatte sie zwar noch eine Schmerztablette eingeworfen, aber sie wollte auf Nummer sicher gehen. Noch einmal aufs Steißbein fallen, und sie hätte sich ins Spital legen müssen, damit es endlich in Ruhe ausheilen konnte.

Die Fahrt ins Schneeweißchen dauerte dafür länger, als sie zu Fuß gebraucht hätte, wäre ihr Steißbein nicht so lädiert gewesen. Das Taxi konnte natürlich nicht den Abschneider durch die Fußgängerzone nehmen, sondern musste um den ganzen Ort herumfahren. Knapp zehn Minuten später drückte die Charlotte dem Fahrer fünfzehn Euro ins offene Prankerl und stieg aus. Ächzend und unter Schmerzen. Aber immerhin: Fast schon ein VIP-Service, genau vor den Eingang hatte sie der zwanzig Jahre alte Mercedes gebracht. Es fehlten eigentlich nur mehr der rote Teppich und die Absperrung für die kreischenden Groupies. Bloß dass die Charlotte alles andere als ein VIP war. Und das Schneeweißchen auch nicht der angesagteste Club des Ortes. Also in Wirklichkeit fehlte es eh an allem. Die Charlotte hatte es einfach drauf, sich genau so was als Stammlokal für den Urlaub auszusuchen.

Egal, die Charlotte ging rein und sofort an die Bar. War gemütlicher, wenn man seine Ruhe hatte. Sie war ja auch nicht auf Aufriss hier. Also, eigentlich schon. Nur dass sie ihr Date ja bereits hatte. Zu viel Publikum rundherum war da nur störend. Also in Wirklichkeit doch alles paletti.

»Wieder erholt?«, fragte der Joe sie gleich und tat dabei so, als würde es ihn überhaupt nicht überraschen, dass die Charlotte wieder da war.

»Geht so, ein Cola bitte.« Der Joe sah sie fragend an. »Hab vorhin eine Schmerztablette eingeworfen«, erklärte sie ihren – vorläufigen – Verzicht auf Alkohol. Außerdem wollte sie bei Sinnen sein, wenn die Andrea anrauschte, aber das musste sie dem Joe ja nicht auf die Nase binden.

Der Joe kam ihrem Wunsch nach und stellte ihr das Glas direkt vor die Nase. Die Charlotte quälte sich mittlerweile aus ihrem Mantel heraus. Dabei dachte sie gepeinigt darüber nach, dass man bei so unglaublich vielen Bewegungen das Steißbein spürte. An ein Hinsetzen war vorerst nicht zu denken, deshalb blieb sie einfach an der Bar stehen und stürzte das Cola in einem großen Schluck hinunter.

»Und jetzt?«, fragte der Joe erheitert. Die Charlotte überlegte kurz und nickte. »Aber nur ein Sechzehnterl. Halt was zum Probieren. Vielleicht hast ja auch was Besseres da als den üblichen Schüttwein.«

»Haha, Schüttwein. Der gefällt mir. Kenn ich noch gar nicht, kann mir aber schon vorstellen, was du meinst. Letztens hat dich dieser Schüttwein auch nicht gestört.«

Die Charlotte winkte desinteressiert ab und wartete, was ihr der Joe kredenzen würde. Ein Glas Wein einfach mal nur so genießen? Wann hatte sie das zuletzt getan? Interessant war auch, wie der Joe auf den »Schüttwein« reagiert hatte. Vielleicht konnte man den Namen ja tatsächlich mal für einen Wein verwenden? Sie stoppte sich sofort wieder. Wozu machte sie sich über so etwas Gedanken? Sie hatte nicht vor, im Gewerbe der Eltern einzusteigen, und auf Zurufe von außen reagierte der Herr Papa meistens äußerst verschnupft. Auch wenn sie von der ältesten Tochter kamen. Oder gerade dann. »Entweder du machst richtig mit, oder du mischst dich nicht ein«, hatte er sie bei den seltenen Gelegenheiten zurechtgewiesen, wenn sie sich dazu verstiegen hatte, ihm gute Tipps zu geben. Und wer würde schon einen Schüttwein kaufen? Ein Grinser stieg in ihr hoch, und sie schüttelte sich. Schüttwein – Schüttelwein. Haha, ein Name dämlicher als der andere, stellte sie amüsiert fest. Nie im Leben würde ein erfolgreicher Wein so heißen.

Schließlich schnupperte sie an dem Glas Wein, das ihr der Joe hingestellt hatte. Nichts Besonderes, ein lieblos abgefüllter Blaufränkischer. Noch relativ jung und mit viel zu wenig Zeit zum Atmen. Trotzdem einer der besseren Weine, die das Schneeweißchen auf der Karte hatte.

Sie schmunzelte. Zehn Jahre Polizistin hin oder her, aber was ihr der Herr Papa in der Kindheit und Jugend beigebracht und was sie in ihrer Zeit auf der Weinbauschule in Klosterneuburg gelernt hatte, war noch immer da. Vielleicht sollte sie ja doch dem Wunsch des Herrn Papa nachkommen und … Nein, auf keinen Fall. Den Teufel würde sie tun und reumütig heim in den Schoß der Familie zurückkehren. Da musste schon viel geschehen, dass das passierte. Trotzdem: So ein Wein käme beim Herrn Papa nicht auf den Tisch. Da mochte er noch so althergebrachte Kellerei-Methoden anwenden, aber Qualität hatte der Nöhrerwein immer schon gehabt. Was nicht hieß, dass man nicht etwas ändern und modernisieren … Wieder bremste sie sich selbst ein. Wieso machte sie sich über etwas

Gedanken, was sie ohnehin nicht interessierte? Sollte doch die Flora mal den Betrieb übernehmen. Sie selbst würde – ja, was würde sie machen? Bis an ihr Lebensende nächtens durch die große Shopping Mall patrouillieren und den Rest ihrer Zeit in irgendwelchen Tschocherln versumpern? Nun, immerhin wäre ihre Restzeit dann relativ kurz bemessen. Ein Gedanke, der ihr in gewissen düsteren Situationen schon durchaus verführerisch vorgekommen war. Sie hatte ja nichts. Nichts zu verlieren und schon gar nichts zu gewinnen. Außer vielleicht ein neues Leben. Aber dafür müsste sie Mut aufbringen. Versöhnung suchen. Eingestehen, dass sie vielleicht selbst auch übertrieben reagiert hatte, als sie von daheim ausgezogen war und die Familie links liegen gelassen hatte. Sie beutelte sich. Nein, die Kraft hatte sie jetzt gerade wirklich nicht.

»Und, hat sich was getan?«, fragte sie den Joe beiläufig, um sich auf andere Gedanken zu bringen. Und bevor sie doch noch zum Handy griff und bei ihren Eltern anrief.

»Eine ganze Menge. Bekommst du überhaupt nichts mit?«

»Na, Entschuldigung«, flog sie ihn an. »Ich bin den ganzen Tag im Bett gelegen, weil mein Steißbein so verdammt wehtut«, log sie. Von der Andrea brauchte er noch nichts zu wissen. Die würde er noch früh genug zu sehen bekommen. Ohne sexuelle Enttäuschung so früh am Abend war er vielleicht etwas gesprächiger. Aufreizend – wie sie meinte – beugte sie sich über die Theke und näher an den Joe heran.

»Schon gut, schon gut«, beschwichtigte der Joe. »Wir sind überall im Fernsehen, wegen dem Franzl-Unfall gestern Abend und weil s' die Planai jetzt gesperrt haben. Wegen dem Koks im Schnee.«

»Hat er's also doch noch geschafft. Jetzt ist er berühmt.«

»Ja, aber so hatte er sich das nicht vorgestellt.«

»Wie geht's ihm denn jetzt so?«

»Ach, der hat's eh gut. Liegt auf privat im Spital und wird den ganzen Tag von seiner Freundin versorgt. Die ist nämlich Ärztin im Schladminger Spital.«

»Ach so?«

»Yep, da schaust, gell?«

»Na ja, so beeindruckend ist das auch wieder nicht.«

»Beeindruckend vielleicht nicht, aber wenn man so denkt, was die zwei jetzt den ganzen Tag so treiben können ...«

»Was meinst du?«

»Na ja, kennst diese Männerphantasien doch. Krankenschwester, Ärztinnen und so ...«

»Das kann der Franzl doch eh jeden Tag haben, wenn seine Freundin Ärztin ist«, warf die Charlotte berechtigterweise ein.

»Das ist aber nicht dasselbe wie im Spital«, antwortete der Joe beleidigt.

»Schon gut, behalt deine dreckigen Männerphantasien mal lieber für dich. Erzähl mir lieber, was sonst noch passiert ist.«

»Ist ja gut, kein Grund, gleich auszuzucken. Weißt du schon, dass die Planai jetzt einen Spitznamen hat?«

»Koks-Planai«, antwortete die Charlotte unbeeindruckt.

»Genau. Und deshalb ist jetzt die Hölle los. Hast du die ganzen Übertragungswägen in der Fußgängerzone gesehen?«

Die Charlotte schüttelte den Kopf. »Bin mit dem Taxi hergefahren. Außen herum, da hat man nichts gemerkt.«

»Hm, na gut. Also es sind so ziemlich alle größeren deutschen Privatsender da und berichten über die toten Berliner und die Koks-Planai. So was kommt ja wirklich nicht alle Tage vor. Super Werbung für die Stadt. Jetzt bekommen wir auch endlich Abenteuer-Urlauber«, meinte der Joe mit einem breiten Grinser. Wenn man genau hinhörte, konnte man in seinem Kopf auch schon die Kassa rattern hören. »Die Polizei hat auf jeden Fall schon mal den Zielhang gesperrt. Jetzt werden alle Schneekanonen genau untersucht.«

»Die haben natürlich noch keine Ahnung, wer das Zeug da reingemischt hat?«

»Nein, mit so was ist unsere Polizei doch hoffnungslos überfordert. Muss aber eine gewaltige Menge gewesen sein.

Keine Ahnung, wer so was macht. Hast du den Keiffer schon kennengelernt?«

Die Charlotte nickte wenig begeistert und nahm einen weiteren Schluck von ihrem Rotwein. Inzwischen hatte er ein wenig atmen können und hatte sich von »runterwürgbar« zur Kategorie »akzeptabel« hochgereift.

»Außerdem haben sie Proben vom Koksschnee genommen. Dabei sind sie draufgekommen, dass da kaum was passieren hat können. Das Zeug war durch den Schnee schon so gestreckt, da hätte sich einer allein durch die halbe Planai fressen müssen, um eine tödliche Dosis abzubekommen. Allerdings war da etwas reingemischt, was das Zeug stärker gemacht hat. Deshalb waren alle high, die den Schnee geschluckt haben. Ohne diesen Zusatz hätte man überhaupt nichts gemerkt.«

»Sag mal«, unterbrach ihn die Charlotte, »woher weißt du das eigentlich alles? Ich meine, das soll jetzt kein Vorwurf sein, aber du bist doch nur ein Kellner!«

»Tjaha, wenn man so seine Kontakte hat.«

Die Charlotte musterte ihn kurz, zog sein verschmitztes Grinsen mit ins Kalkül und meinte trocken: »Du vögelst die Sekretärin vom Kommissariat.« Daraufhin fiel dem Joe die Kinnlade fast bis zu den Knien runter. Das war Antwort genug.

»Mach dir nix draus. Ich war selbst mal Polizistin und weiß, was da so abgeht. Da, schenk dir was ein. Geht auf mich.« Zunächst reagierte der Joe nicht. Erst als ihm die Charlotte mit dem Zeigefinger das Kinn ein Stückchen hinaufgeschoben hatte, bewegte er sich wieder.

»Habt ihr eigentlich hier im Ort schon öfter Probleme mit Kokain gehabt?« Der Gedanke war der Charlotte eben erst gekommen. Bislang hatte sie Skifahren und Drogen nicht wirklich miteinander in Verbindung gebracht. Alkohol, ja – Drogen, wenn, dann maximal ein bisschen Gras. Ja, in den Nobelskiorten war Koks sicher auch ein Thema. Aber hier?

Der Joe antwortete nicht. Er putzte weiter das Glas, das er schon seit einer Minute mit einem Fetzen bearbeitete.

»Joe!«

»Was?«

»Koks? Hier?«

Er schüttelte entschieden den Kopf. »Hier ist mir noch nix untergekommen. Da schau ich schon drauf, keine Sorge.« Wirklich überzeugend klang das nicht. »Gilt das Angebot noch?«

»Welches?«, fragte die Charlotte verwirrt.

»Der Drink?«

»Ja, klar«, winkte sie ab. Sie musterte den Barkeeper, der sich weggedreht hatte und das Sortiment an der Rückwand der Bar studierte. Sie wollte ihm schon glauben, dass es vielleicht hier im Schneeweißchen kein Koksproblem gab. Was aber nicht bedeutete, dass es nicht woanders so sein konnte. Außerdem lag mit Obertauern der nächste Nobelskiort nicht allzu weit weg. Was dort an Partys abging, da konnte sich selbst das auch nicht ganz unschuldige Schladming noch was abschauen.

Kurz später stand der Joe mit einem Southern Comfort Sour wieder bei der Charlotte. »Stimmt.« Er hatte endlich seine Stimme wiedergefunden und zurück zu der Vermutung, welche die Charlotte zuvor geäußert hatte. »Aber bitte nicht so laut, muss ja nicht jeder wissen. Schließlich ist die Sylvia verheiratet.«

»Sylvia heißt die Glückliche also?«

»Pscht«, raunte der Joe und warf dabei einen Blick auf einen Tisch im Eck, an dem eine Handvoll Wiener saßen. Alles gut betuchte Söhne, wie der Joe im Lauf der letzten Abende festgestellt hatte. Waren bereits wegen des Nachtslaloms da. Die Charlotte hatte laut gesprochen, aber die Wiener waren zu sehr mit sich selbst beschäftigt. Sie schenkten den beiden keinerlei Aufmerksamkeit. Der Charlotte machte es einfach Spaß, den sonst so selbstsicheren Joe ein bisschen aus der Fassung zu bringen. Tat seinem Machogehabe sicherlich gut, auch wenn die Charlotte überzeugt war, dass das beim Joe viel Fassade war. Im Kern war er auf jeden Fall ein Guter. Sonst hätte er sie auch schon viel unguter angebraten. So viel Menschenverstand maßte sich die Charlotte schon noch an.

»Was hat die Sylvia sonst noch erzählt?«

»Dass die Berliner an einem ziemlich unguten Gift gestorben sind. Alles Bullshit, was der Keiffer da an die Öffentlichkeit weitergegeben hat. Und dass er jetzt schön in der Scheiße sitzt, weil er versucht hat, die Landeskrimineser da rauszuhalten.«

»Ja, das war wirklich keine blendende Idee von ihm. Dabei bin ich mir sicher, dass er eine reiche Geschichte an idiotischen Ideen hat.«

»Darauf kannst du wetten!« Der Joe grinste hämisch.

»Wieso ist der Keiffer eigentlich so hoch aufgestiegen, wenn er so unfähig ist?«

»So, wie es in Österreich immer geht.«

»Beziehungen?«

»Sogar familiärer Natur.«

»Wie genau?«

»Der Landeshauptmannstellvertreter ist sein Onkel.«

Die Charlotte griff sich an die Stirn.

»Weiß deine Sylvia, wie es damit jetzt weitergeht?«

Der Joe seufzte. »Ist alles unter Verschluss. Sie vermutet, dass auch die Vorgesetzten vom Keiffer die Sache unter den Teppich kehren wollen. Ist ja nicht so, dass man bei uns so viel Erfahrung mit diesen Sachen hat.«

»Glaubst du das wirklich?«

Der Joe zuckte mit den Schultern. »Ich bin nur ein Kellner. Aber, nein, natürlich nicht. Ich finde es auch gut, dass das nicht an die große Glocke gehängt wird. Die Krimineser werden schon ihre Arbeit erledigen.«

»Hältst du mich in der Sache auf dem Laufenden?«, fragte die Charlotte schließlich, während sie verführerisch eine ihrer kastanienroten Locken um den Zeigefinger wickelte. Und zugleich auch den Joe, der eifrig nickte. Wäre doch gelacht, wenn er die enigmatische Lesbe nicht noch bekehren könnte.

»Sonst noch was?«, setzte die Charlotte ihr Verhör fort.

»Die Polizei hat alle Liftwarte und die Fahrer der Pistenbullys einvernommen. Aber es ist nichts dabei rausgekommen.«

»Auch den Franzl?«

»Sicher, aber da war natürlich nichts.«

»Wann war das?«

»Gestern Nachmittag und Abend. Wie das mit dem Franzl passiert ist, waren sie gerade fertig.«

»Hat die Polizei schon einen Verdacht?«

»Nichts! Aber wie gesagt, der Keiffer ist ja völlig unfähig. Das mit dem Koks nehmen sie gar nicht mal so ernst. Der Keiffer meint, das sei nur ein Trittbrettfahrer gewesen, der einen etwas verdrehten Sinn für Humor hat.«

»Damit könnte er sogar ausnahmsweise recht haben«, warf die Charlotte nachdenklich ein. Der Gedanke war ihr selbst auch schon gekommen. »Aber wer ist so lustig und verbläst Kokain für ein paar Hunderttausend Euro oder mehr? Und vor allem: Müsste es nicht irgendwen geben, dem das Koks abgeht? Der Oberchecker selbst wird es ja kaum rausgeblasen haben.«

»Gute Frage«, mischte sich die Andrea ein, bevor der Joe antworten konnte. Sie war auf einmal wie ein Geist neben der Charlotte aufgetaucht und hatte ihr einen unverschämt vertraut wirkenden Kuss auf die Wange gegeben. Zuvor hatte sie gerade noch die letzten Gesprächsfetzen zwischen der Charlotte und dem Joe mitbekommen. Der Charlotte lief so viel Gänsehaut über den Rücken, dass sie zu frösteln begann. Es war ein wohliges Frösteln, wohlgemerkt.

»Servus!«, begrüßte die Charlotte sie, und diesmal wurde sie dabei gar nicht einmal rot im Gesicht. Und bevor sich das Ganze als Fata Morgana entpuppte, zog sie die Andrea fest an sich und umarmte sie.

»Aber hallo!«, reagierte die Andrea überrascht (aber nicht unangenehm berührt) und gab der Charlotte noch mal zwei Küsschen. Nur waren es diesmal schon die Mundwinkel. Ganz so, als würden sie sich schon lange kennen und nicht, als hätten sie sich gerade mal vor ein paar Stunden in der Mittagspause kennengelernt. Andererseits: Die Geheimnisse, die die beiden in der kurzen Zeit ausgetauscht hatten, sagten sich andere, bessere Freunde ja manchmal in Jahren nicht. Insofern waren die Küsschen also schon gerechtfertigt. Außerdem wussten beide ja ganz genau, wie dieser Abend enden würde. Die Frage war nur, wo? Und noch viel wichtiger: Wie würde es das Steißbein der Charlotte aushalten?

»Hallo, Andi, ein Krügerl?«, mischte sich der Joe ein.

Die Andrea schüttelte den Kopf. »Nein, ich nehm das, was diese hübsche Dame hier auch trinkt.« Dabei zwinkerte sie der Charlotte verschwörerisch zu, woraufhin die beinahe ohnmächtig umgefallen wäre. Nicht, dass die Charlotte so zart besaitet gewesen wäre, aber die Schmerztabletten und jetzt auch noch das Adrenalin, das konnte sogar die stärkste Ex-Polizistin umhauen. Der Joe kannte sich mittlerweile überhaupt nicht mehr aus, schenkte aber wie gewünscht den Wein ein.

Die Charlotte entschuldigte sich kurz und verschwand auf der Damentoilette. Am Weg dorthin kam sie auch an der Runde der betuchten Wiener Söhne vorbei, die ihren Lärmpegel mittlerweile drastisch erhöht hatte. Optisch auffällig war keiner der fünf Typen. Wortführer schien ein schmales Bürscherl von vielleicht dreißig Jahren zu sein. Hornbrille, zurückgegelte mittelbraune Haare, die eine angehende Glatze verdecken sollten, dazu noch ein Dreitagesbart, der eher Dreitagesflaum war. Daneben saß noch ein ähnlich alter Bursch (das Wort »Mann« konnte sie bei diesen Typen beim besten Willen nicht verwenden, auch wenn sie beinahe so alt waren wie sie selbst), den sie aus dem Fernsehen zu kennen glaubte. Das Haar weißblond und voller, aber genauso voller

Gel und nach hinten gekämmt. Die Lippen des Blonden waren fast dunkelrot und erinnerten die Charlotte von ihrer Fülle ein wenig an die Lippen der Blasengerln der Renaissance. Die anderen drei Typen fielen nur dadurch auf, dass man sie sofort wieder vergaß.

Zurück an der Bar fragte die Charlotte den Joe, ob er die Typen kannte. Worauf sie eine der abgedrehtesten Geschichten überhaupt zu hören bekam.

»Ja, klar«, sagte der Joe stolz. »Das sind ein paar Wiener Promi-Söhne. Die sind hier, um den Frust ihres Rädelsführers zu ersäufen. Normalerweise sind die nämlich nur im schicken Kitzbühel anzutreffen. Aber nach *der* Geschichte traut sich das Söhnchen dort nicht mehr hin. Ist ihm zu peinlich. Soweit ich das mitbekommen habe, ist er der Sohn von irgendeinem wichtigen Medienmenschen und hat von seiner Frau solche Hörner aufgesetzt bekommen, da wäre der größte Hirsch in unserer Gegend noch eifersüchtig drauf. Der Typ hat erst vor einem Jahr geheiratet, im Herbst ist dann das erste Kind gekommen. Und vor ein paar Wochen hat ihn seine Frau verlassen. Angeblich, weil der Typ nicht von den Drogen lassen konnte. Mittlerweile hat sich aber herausgestellt, dass das Kind gar nicht von ihm war. Sondern – und jetzt kommt's – vom Nachbarn, der mit ihm gemeinsam im Ausland studiert hat. Blöd halt, dass der Verlegersohn so wenig zu Hause war. Da hat sich seine nunmehrige Ex halt eine Tür weiter vergnügt. Sein alter Mann soll von der ganzen Geschichte sowieso nie so richtig begeistert gewesen sein. Und am Ende stand dann schwarz auf weiß fest, dass der Sohnemann gar nicht der Kindsvater ist. Tja, und jetzt sitzt die Oide mit dem Gschroppn allein und ohne Unterhalt da.«

»Eigentlich eh super für ihn«, meinte die Charlotte.

»Nicht wirklich. Was ich so gehört habe, ist der Vater ein ziemlich unguter Typ. Manisch-depressiv und von der ganz ekelhaften Sorte. Hat sich auch erst vor Kurzem scheiden lassen, nachdem er selbst alles gevögelt hatte, was nicht bei drei am Baum war. Für so einen ist es natürlich eine totale Katastrophe, wenn der Sohn betrogen wird. Wenn schon, dann bitte umgekehrt. So steht der Sohn jetzt als unfähig und impotent da. Tra-gö-di-e!«

»Danke, hab genug gehört«, meinte die Charlotte angewidert. »Woher weißt du überhaupt das alles schon wieder?«

»Hat mir ein Gast gestern Abend brühwarm erzählt. Dürfte für den Typ arbeiten oder gearbeitet haben. Die Szene war irgendwie skurril. Spaziert herein, erkennt seinen Chef und grüßt ihn nicht mal. Dem Junior ist er überhaupt nicht aufgefallen.«

»Es gibt übrigens schon wieder zwei Tote.« Mit ihrer Wortmeldung lenkte die Andrea das Gespräch jetzt wieder in andere Bahnen. Der Joe hatte ihr inzwischen das gewünschte Achtel Rot serviert und der Charlotte nachgeschenkt. Auf jeden Fall hatte sie jetzt die ungeteilte Aufmerksamkeit der beiden.

»Echt? Wen hat's diesmal erwischt?« Die Charlotte hätte beinahe ihren Schluck Wein wieder ausgeprustet, so überrascht war sie von Andreas Ansage.

»Zwei Burschen. Kugel, genau zwischen die Augen. Oben bei der Reiteralm-Hütte«, berichtete die Andrea im Telegramm-Stil.

»Weiß man schon, wer's war?«, mischte sich der Joe ein.

Die Andrea konnte nur verneinen. »Man weiß ja noch nicht mal, wer die beiden Toten sind. Aus dem Ort jedenfalls nicht.«

»Und was sagt die Frau Hobbydetektivin dazu?«, meinte der Joe mit einem sarkastischen Unterton. Die überraschende Vertrautheit zwischen der Andrea und der Charlotte kam ihm nicht ganz geheuer vor. Außerdem schlich sich ein wenig Eifersucht ein.

»Hobbydetektivin?«, fragte die Andrea und zog dabei die rechte Augenbraue hoch. Der Joe grinste zufrieden.

»Joe, gib mir bitte noch ein Mineral«, antwortete die

Charlotte, räusperte sich und sagte dann zur Andrea: »Der Joe übertreibt schon wieder. Ich glaube, ich werde euch die Geschichte jetzt mal aus meiner Perspektive erzählen. Dann könnt ihr ja entscheiden, ob ich wirklich eine Hobbydetektivin bin oder ob der Joe nur einfach schon zu viel getrunken hat. Aber in einem hat er schon recht. Ich bin«, sie unterbrach sich selbst, »ich war Polizistin. In Wien. Und ja, die ganze Sache hat natürlich mein Interesse geweckt. Alte Angewohnheiten wird man schwer los.« Dabei schenkte sie der Andrea ein eindeutiges Grinsen.

Der Joe stellte ihr das gewünschte Getränk hin und lehnte sich gespannt an die Theke. Das wollte er sich um nichts in der Welt entgehen lassen.

Die Charlotte nahm einen Schluck von ihrem Wasser. Dann erzählte sie eine Stunde lang ihre Geschichte. Weil der Joe dabei war, ließ sie das peinliche Erlebnis mit der Gitti am Kommissariat aber aus. Das würde die Andrea vielleicht ein anderes Mal unter vier Augen zu hören bekommen. Dafür erzählte sie den beiden auch, welchen Verdacht sie hatte.

Neun

Als sie mit ihrer Geschichte endlich fertig war, ging es auf zweiundzwanzig Uhr zu.

»Eindeutig Hobbydetektivin«, meinte der Joe, und die Andrea nickte zustimmend. Mit jeder Minute und jedem Schicksalsschlag, den die Charlotte erzählte, war sie ihr näher gerückt und zutraulicher geworden. Nach der Stunde klebte sie praktisch auf der Charlotte. Und das, musste die Charlotte zugeben, fühlte sich verdammt gut an. Richtig. Vertraut.

»Und was sagt ihr jetzt dazu?«

»Na ja, den Verdacht mit dem Franzl find ich, ehrlich gesagt, ein bisschen lächerlich«, meldete sich der Joe als Erster zu Wort.

»Find ich nicht«, widersprach ihm die Andrea sofort. »Gebrochenes Ego und so, da haben die Menschen schon die ärgsten Sachen gemacht.«

»Schon möglich, aber der Franzl?«, redete der Joe skeptisch zurück. »Den kenn ich seit der Volksschule. Der ist viel, aber kein Verrückter.«

»Was hast du nur mit dem Franzl, ist der ein Heiliger? Na eben! Ein enttäuschter Leider-nein-Skistar ist er, und da kann ich die Charlotte schon gut verstehen, wenn sie ihn im Verdacht hat. Oder zumindest gehabt hat. Das heißt ja nicht, dass er es wirklich war.« Das beruhigte den Joe dann wieder ein bisschen. So wie viele andere im Ort hatte auch der Joe sein eigenes Verlangen nach Ruhm und Erfolg auf den Franzl projiziert und war nun stellvertretend für den Franzl vom Leben ein bisschen enttäuscht.

»Und die toten Burschen heute? Wie passen die da rein?«, fragte er schließlich. »Der Franzl liegt im Spital, wie soll er die beiden umgebracht haben?«

Die Andrea und die Charlotte schauten sich kurz an und

zuckten dann zugleich mit den Schultern. »Keine Ahnung, bin ich der Sherlock Holmes?«, sagte die Charlotte.

»Nein, dir fehlen der Hut und die Pfeife!«, antwortete der Joe und lachte dabei schallend, als ob er gerade den besten Witz des Jahres gemacht hätte.

»Trottel!«, sagte die Charlotte. Aber es war dem Joe gelungen, die leicht angespannte Situation wieder ein wenig aufzulockern.

»Schon gut, willst noch was trinken?«, bot der Joe bereitwillig an.

»Danke, ich glaube, ich bin schon genug abgefüllt.« Während ihrer Geschichte hatte die Charlotte noch zwei weitere Gläser Mineralwasser getrunken. Jetzt schwappte das viele Wasser in ihrem Bauch herum.

»Glaubst? Ich könnte dich auch noch anders abfüllen«, wagte der Joe eine alles andere als zweideutige Anspielung. Direkter und peinlicher ging es kaum mehr. Die Charlotte und die Andrea blickten ihn amüsiert-erstaunt an und lachten dann lauthals los. Der Joe wurde knallrot im Gesicht. »Was? Darf man keine Scherze mehr machen?«

»Wohl«, prustete die Charlotte, »aber das war jetzt schon ein ganz starkes Stück. Und das mit dem Scherz glaubst du ja selbst nicht. Wennst mich nicht schon auf so viele Getränke eingeladen hättest, hätt ich dir jetzt ziemlich sicher eine Watschn geben müssen. Und wenn du noch nicht gecheckt hast, dass ich nicht auf Männer stehe, ist dir sowieso nicht mehr zu helfen.«

»Da bin ich aber froh, dass du mir keine gegeben hast«, giftete der Joe spitzzüngig zurück. »Und nein, ich bin ja nicht ganz blöd, aber probieren wird man es ja dürfen. Außerdem geht's bei der Andi ja auch in beide Richtungen.«

Womit der Joe ja grundsätzlich nicht unrecht hatte. Aber bei der Charlotte hatte er damit eben die falschen Tasten gedrückt.

»Pass auf, noch eine blöde Meldung und du hast wirklich

eine!« Die Charlotte war jetzt auf einmal todernst, und endlich bekam es auch der Joe mit. Sie sahen sich kurz in die Augen, und das war dann der Augenblick, in dem der Joe endgültig checkte, dass da nichts laufen würde. Tote Hose sozusagen.

Zum Glück fielen jetzt ein paar neue Gäste ins Schneeweißchen ein, und der Joe konnte sich anderen Aufgaben widmen. Neue Haserln und so. Endlich waren die Charlotte und die Andrea allein, und das war ihnen nur recht. Erst wusste die Charlotte aber nicht, wie sie jetzt beginnen beziehungsweise weitermachen sollte. Die Andrea allerdings auch nicht. Praktisch Teenager. Schließlich gab sich die Charlotte doch einen Ruck und übernahm die Initiative. Obwohl sie sich heute mit dem Alkohol einigermaßen zurückgehalten hatte, fuhr er ganz gut. In ihrer jetzigen Situation war eine gewisse Enthemmung auch nichts Schlechtes. Trotzdem hielt sie sich zurück, denn sie wollte nicht komplett die Herrschaft über sich verlieren.

Nicht, dass das die Charlotte in diesem Moment gestört hätte, aber am nächsten Morgen fragte sie sich dann schon, was da in sie gefahren war (worauf die Andrea die Antwort wusste). Da wurde ihr Kopf dann rot wie eine überreife Tomate. Und das im Badezimmer von der Andrea. Und obwohl sie eigentlich ganz allein vor dem Spiegel stand.

Aber so weit sind wir ja noch nicht. Im Moment sind wir ja noch im Schneeweißchen, und da wollen wir jetzt auch einmal weitermachen.

Die Charlotte sagte also mit leicht angetrunkenem Todesmut: »Du, das heute Mittag, das hat mich ganz deppert gemacht.«

»Was meinst du?«

»Na, wie du mir ins Ohr gehaucht hast.«

»Wie, so?«, fragte die Andrea mit einem dreckigen Grinser und wiederholte dabei genau das, was die Charlotte schon zu Mittag ganz verrückt gemacht hatte. Sie hielt ihre Lippen ganz nah an Charlottes Ohr und hauchte ihr ein paar zärtliche, wenngleich unheimlich schmutzige Worte ins Ohr. Sofort standen der Charlotte die feinen Haare im Nacken stramm, dagegen war eine Militärparade ein Flashmob von Buckligen, ehrlich.

»Zu mir oder zu dir?«, setzte die Andrea grinsend nach, worauf die Charlotte ganz verloren »zu dir« hauchte. »Ich bin mit meiner kleinen Schwester hier, die muss uns ja nicht unbedingt erwischen.« Die Andrea nickte verständnisvoll, packte die Charlotte bei der Hand, knallte einen Zwanziger auf die Theke und dann nichts wie raus aus dem Schneeweißchen. Es gab nicht einmal mehr eine Verabschiedung vom Joe, aber der war eh schon wieder schwer mit ein paar anderen Touristinnen beschäftigt.

So viel sei gesagt: Eine Engländerin mit rotblonden Haaren und Sommersprossen ist seinem Skilehrer-Charme noch verfallen. Quasi als Ersatz für die ebenfalls rothaarige Charlotte, die er aber nicht haben konnte. Der Prototyp einer Engländerin sozusagen, fast eine Kopie der »Fördschi«, wie man in den ruraleren Gebieten des Alpenlandes zur Lady Sarah gerne mal sagte. Oder gesagt hatte. So richtig aktuell war die Gute ja schon längst nicht mehr.

Es hatte damit angefangen, dass ihr der Joe erlaubt hatte, sich hinter der Bar an der Stereoanlage zu schaffen zu machen. Es war Montag und kein eigener DJ da, weil es ja auch kaum Gäste gab, die tanzen wollten. Deshalb nur »Los Kassettos«. Der Joe füllte die Tammy, so hieß der Fördschi-Verschnitt eigentlich, mit den wildesten Cocktails auf Kosten des Hauses ab. Ganz ehrlich, das Schneeweißchen schrieb an diesem Abend ein gewaltiges Minus, was den Joe unter anderen Umständen den Job gekostet hätte. Im Endeffekt war das aber sowohl dem Joe als auch dem Besitzer egal, denn für Letzteren war das Schneeweißchen nur ein Abschreibposten. Er besaß außerhalb von Schladming noch ein gut gehendes Puff und machte damit genug Kohle. Und nicht nur damit. Daher war das Schneeweißchen nicht nur ein Abschreibposten, sondern auch eine Waschmaschine. Für Geldscheine. Und der Joe hatte der Charlotte nicht nur in dieser Hinsicht nicht die ganze Wahrheit erzählt.

Die Tammy fand sich zunächst also hinter und kurz darauf auch schon unter der Bar wieder. Blies dem Joe einen, während der für ihre Freundinnen weiter Cocktails mixte. Und da konnte man erkennen, dass der Joe ein richtiger Profi war. Der ließ sich nichts anmerken. Die Musik war laut genug, um die Geräusche von unterhalb zu übertönen, und der Joe verzog keine Miene. Nicht einmal, als er kam. Er schüttelte lediglich den Cocktailmixer ein bisschen heftiger als sonst. Dafür waren die Cocktails dann auch echt spritzig. Zugegeben, ein bisschen komisch schauten die Engländerinnen dann schon drein, als die Tammy plötzlich von unterhalb der Bar auftauchte und sich genüsslich den Rest von Joes Sperma aus dem Mundwinkel wischte. Aber die Cocktails waren wirklich Weltklasse.

Und weil die Engländerinnen eine Stunde später so voll waren, dass sie kaum mehr stehen konnten, und sich auch alle anderen Gäste bereits getrollt hatten, sperrte der Joe die Hütte einfach zu, dimmte das ohnehin schon schwache Licht und besorgte es der Tammy auf der Bar noch einmal so richtig. Dass eine von Tammys Freundinnen auch mitmachte, ist hingegen nur eine böse Unterstellung – es waren nämlich zwei: Emily und Phoebe. An die Charlotte und die Andrea verschwendete der Joe da schon längst keinen Gedanken mehr.

Die beiden waren etwa zu dem Zeitpunkt selbst zur Sache gekommen, als die Tammy den Joe unter der Bar entsaftet hatte. Bei der Charlotte und der Andrea ging es zwar auch recht heftig zu, aber ganz so öffentlich trieben sie es dann doch nicht. Was genau die beiden getrieben haben? Nur so viel: Zwischen ihnen hat es in dieser Nacht auf jeden Fall ordentlich gefunkt. Wobei »gefunkt« noch ein Hilfsausdruck ist. »Flächenbrand« würde besser beschreiben, was sich in dieser Nacht zwischen den beiden entzündete.

Und mit einem Mal war das Licht am Ende des Tunnels von der Charlotte mehr als nur ein kaum wahrnehmbares Aufblitzen. Nach dieser Nacht sah es bereits wie der Lichtkegel einer kleinen Taschenlampe aus. Noch immer weit entfernt vom Ende des Tunnels, aber in manchen Situationen freute man sich schon über jeden Hoffnungsschimmer. Umso mehr, wenn man diesen Hoffnungsschimmer nicht einer alkoholinduzierten Halluzination zu verdanken hatte. Sondern weil man endlich einmal das Glück in vollen und vor allem nüchternen Zügen genossen hatte ...

Zehn

»Was machst du denn um die Zeit schon im Bad, Charly?«, rief die Andrea noch im Bett liegend. Dass die Andrea »Charly« zu ihr sagen durfte, zeigte auch, wie heftig es zwischen den beiden gefunkt hatte. In dieser Hinsicht war die Charlotte nämlich extrem penibel. Wie bei dem Charlotte ohne »e«. Da gab es genau eine Person, die das in Ausnahmefällen anhängen durfte. Das war die Omama. Und auch nur dann, wenn sie die Charlotte rügen musste.

»Komme gleich!«, krächzte die Charlotte zurück. Aber erst, wenn ich nicht mehr wie ein lackiertes Hutschpferd grinse, fügte sie in Gedanken dazu.

Sie wusste gerade gar nicht, wie sie mit der Situation umgehen sollte. Sie hatte einen unglaublichen Abend und eine noch unglaublichere Nacht hinter sich. Und das alles bei vollem Bewusstsein miterlebt. Das Krächzen in ihrer Stimme war auf ihr Geschrei und Gestöhne in der Nacht zurückzuführen. Rückblickend betrachtet war es ein Wunder, dass keiner der Nachbarn von der Andrea an ihre Tür geklopft und sich beschwert hatte.

Als die Charlotte nach zehn Minuten wieder zur Andrea ins Bett stieg, war sie zwar noch immer nicht putzmunter, dafür aber klar im Kopf und noch immer völlig beseelt von dem wunderbaren Wesen, das unter den Laken auf sie wartete. Einen Becher Mundwasser hatte sie auch noch gegurgelt, um ihre neue Flamme ganz ohne schlechtes Gewissen am frühen Morgen ordentlich abknutschen zu können. Sie fühlte sich ein klein wenig wieder in ihre Teenagerzeiten versetzt. Trotzdem ließ ihr etwas keine Ruhe.

»Wann fängst du denn zu arbeiten an?«

Die Andrea warf einen Blick auf den Wecker. »Um zehn, also in circa drei Stunden. Noch genug Zeit. Oder war ich für dich nur ein Abenteuer für eine Nacht?«, fragte sie mit gespielter Unschuld.

Die Charlotte schüttelte überraschend ernsthaft den Kopf. »Natürlich nicht, Andi. Ich mach mir nur Gedanken wegen der Morde. Ich kann einfach nicht aus meiner Haut. Das musst du verstehen.«

»Kein Problem. Glaubst du, dass sie zusammenhängen?«

»Keine Ahnung, ich weiß ja noch nicht einmal die genauen Umstände, wie die Burschen gestern umgekommen sind. Und wer sie überhaupt waren. Aber ich kann mir nicht vorstellen, dass eine solche Anhäufung von Verbrechen in einem Ort wie Schladming nicht irgendwas miteinander zu tun hat.«

»Frag doch den Joe, der ist gewöhnlich immer gut informiert. Weißt schon, der vögelt ja mit der Sekretärin vom Kommissariat.«

»Hat er mir eh auch erzählt. Aber ich habe keine Ahnung, wo der Joe privat wohnt oder wo ich ihn tagsüber treffen kann.«

»Das ist ganz leicht. Man sollte es ihm nicht zutrauen, aber der Joe ist ein richtiges Arbeitstier. Wenn er nicht im Schneeweißchen arbeitet, findest du ihn tagsüber normalerweise in der Tennishalle. Dort macht er einen auf Tennislehrer. Wie er das alles körperlich durchhält, weiß ich auch nicht.«

»Ist er gut?«

»Wie meinst du das jetzt?«, fragte die Andrea unschuldig. Und der Blick dabei! Zum Kunstschneepistenschmelzen!

Am liebsten hätte sich die Charlotte sofort wieder auf sie geworfen und sie im wahrsten Sinne des Wortes aufgefressen. Ihr Näschen ganz tief in diese wunderbaren blonden Haare vergraben und … Die Charlotte verzichtete darauf, ihrem Wunsch nachzugeben – wenigstens ein bisschen noch –, und tat so, als ob sie die Zweideutigkeit in Andreas Frage nicht bemerkt hätte. »Na, als Tennisspieler natürlich!«

»Ah so, und ich dachte schon … Na, angeblich soll er ganz gut sein, obwohl die meisten Kundinnen tatsächlich eher vom Après-Tennis schwärmen.«

»So was gibt's auch?«

»In einem Skiort gibt's lauter Après-irgendwas. Darum geht's vielen doch. Das Skifahren ist da reine Nebensache. Bewegungstherapie und so. Irgendwie müssen die Touristen ja den Alkohol vom Vorabend aus den Knochen schütteln.«

»Na gut, also im Tenniscenter?«

»Auf jeden Fall! Und wenn nicht, können sie dir dort ganz sicher sagen, wo du ihn finden kannst. Ich weiß wirklich nicht, wie er das macht. Aber der Joe hat noch ein paar andere Nebenjobs. Frag mich bitte nicht, wann der Typ mal schläft.«

Die Charlotte nickte, überlegte kurz und kuschelte sich dann wieder an die Andrea. Sekunden später fuhr sie wie vom Blitz getroffen wieder auf. »Ich muss kurz telefonieren.«

»Klar, kein Problem. Ich laufe dir nicht davon.«

»Du musst mir deines borgen, ich habe meines auf meinem Zimmer vergessen.«

Die Andrea kramte im Gewandhaufen neben dem Bett herum, bis sie schließlich triumphierend mit dem Handy in der Hand wieder aus dem Tohuwabohu auftauchte. Einen kurzen Moment hatte die Charlotte Angst gehabt, dass ihre neue Freundin aus dem Gewandhaufen nicht mehr herausfände, so gigantisch war der. Ordnung war offenbar nicht die Stärke von der Andrea. Kein Problem, die Charlotte war selbst nicht die Ordentlichste.

»Du hast fünf Anrufe in Abwesenheit«, meinte die Charlotte erstaunt, nachdem ihr die Andrea das Handy gegeben hatte. So viele Anrufe hatte die Charlotte normalerweise an zwei Tagen nicht.

»Schau ich mir nachher an, erledige du einmal deinen Anruf.«

Die Charlotte wählte die Handynummer ihrer Schwester. Zum Glück war sie noch von der alten Schule und wusste Telefonnummern auswendig. Nicht so wie die jungen Dinger, die ohne ihre Handy-Kontakte völlig aufgeschmissen waren.

Doch es meldete sich nur die Mailbox. »Hallo? Hallo! Halloooooo! Wer ist da? Hallo?« Haha, sehr lustig, aber das war eben der Humor einer Pubertierenden. Dann versuchte es die Charlotte am Zimmertelefon, und schließlich hob die Flora ab. Nach dem circa zehnten Klingeln.

»Was?«, maulte die Flora in den Hörer. Das konnte sie momentan eindeutig am besten. Herummaulen, natürlich. Da hatte sie es mittlerweile wirklich zu einer beunruhigenden Routine gebracht. War sie selbst in dem Alter auch so gewesen?, fragte sich die Charlotte. Nein, ganz bestimmt nicht!

»Ich bin's!«, meldete sich die Charlotte.

»Fein, du hättest mir aber ruhig sagen können, dass du nicht nach Hause kommst!« Das Maulen in Floras Stimme wurde noch ärger. Die Charlotte bekam berechtigterweise sogar ein wenig Schuldgefühle.

»Tut mir leid, es ist …«, die Charlotte schaute rüber zur Andrea, die sich verführerisch im Bett rekelte, »… es ist gestern später geworden, und ich habe noch jemand getroffen.« Jetzt konnte sie das Grinsen in ihrer Stimme nicht mehr verbergen. »Ich wollte nur wissen, ob es dir gut geht.«

»Klar, ich war pünktlich um Mitternacht am Zimmer. Weil du nicht da warst, hab ich den Luca doch noch reingelassen. Der hat mich entjungfert und dabei auch gleich geschwängert. Dann ist das Schwein abgehauen.«

Der Charlotte fiel beinahe das Handy aus der Hand. Gut hörbar musste sie einmal schlucken, dann holte sie tief Luft – und ließ sich schließlich doch das Wort von der Flora abschneiden, bevor sie richtig anfangen konnte.

»War nur ein Scherz. Ich hoffe nur, dass du in Zukunft etwas besser auf deine kleine Schwester aufpasst!«, flötete die Flora zuckersüß ins Telefon. Der Unterton war dafür scharf wie Chili.

»Danke für die Standpauke, Schwesterherz. Ich werde mir Mühe geben, versprochen. Also, geht's dir gut?«

»Natürlich, alles paletti. Und bei dir?«

Die Charlotte warf einen Blick auf die Andrea, die noch immer splitterfasernackt neben ihr im Bett lag. Die Decke hatte sie zwischen die Beine geschoben und einzelne Strähnen der blonden Haare waren verlockend auf ihre Brust gefallen. Die Charlotte war drauf und dran zu vergessen, dass am anderen Ende der Leitung ihre kleine, unschuldige (?) Schwester war. Aber eben nur fast.

Die Flora brüllte vom anderen Ende des Ortes nämlich »Hallooooo! Bist du noch dran?« ins Telefon.

»Äh, ja«, stotterte die Charlotte verwirrt.

»Weißt du, manchmal frage ich mich schon, wer von uns beiden die kleine und wer die große Schwester ist.«

»Fein, aber ich glaube, die Frage kannst du dir sparen. Und überhaupt, darum geht es nicht. Ich wollte dir eigentlich nur sagen, dass das mit dem Skifahren bei mir heute noch nichts wird.«

»Noch immer das Steißbein?«

»Ja«, flunkerte die Charlotte, weil das eigentlich nur die halbe Wahrheit war. Die andere Hälfte, nämlich die Andrea, wollte sie ihrer kleinen Schwester jetzt nicht so unpersönlich übers Telefon unter die Nase reiben. Ach ja, eine dritte Hälfte (schon klar, aber das hier ist keine mathematische Abhandlung) gab es auch noch. Die Charlotte wollte die Flora nämlich nicht noch tiefer in die Mordgeschichten hineinziehen. Deshalb verlor sie jetzt auch kein Wort darüber, dass sie den Joe im Tenniscenter besuchen wollte.

»Ist in Ordnung«, sagte die Flora, und das machte die Charlotte dann schon ein bisschen grantig. In Floras Stimme war nämlich nicht ein Funke von Enttäuschung zu hören. Das sind die Hormone, versuchte sich die Charlotte einzureden und hatte damit auch zum Teil recht. Die Flora hatte derzeit nämlich nur Gedanken für ihren Luca. Aber die Kleine hatte auch ihren Stolz und sah partout nicht ein, wieso sie die Charlotte jetzt anbetteln sollte, Zeit mit ihr zu verbringen. Wenn die große Schwester das von selbst nicht auf die Reihe brachte, würde sie sich davon sicher nicht den Skiurlaub ruinieren lassen. »Sonst noch was?«

»Nein …«, antwortete die Charlotte lang gezogen.

»Gut, schönen Tag noch, Schwesterherz.« Tüt-tüt-tüt. Aufgelegt!

»Ich glaub's ja nicht!«, stotterte die Charlotte konsterniert, während sie der Andrea das Handy zurückgab.

»Probleme?«, fragte ihre neue Liebhaberin.

»Teenager!« Und damit war die Diskussion für die Charlotte auch beendet. Ohne große Umschweife ging es dann nochmals richtig rund. Und was soll man sagen? Nach all den Enttäuschungen hatte sich die Charlotte das redlich verdient.

Gegen halb zehn verließen sie gemeinsam die Wohnung der Andrea. Die Charlotte begleitete ihre neue Freundin – bei dem Gedanken musste sie kichern, wie sich das schon anhörte! – noch bis zum Kaffeehaus. Praktischerweise lag dieses genau am Weg zum Tenniscenter, und das wiederum war nur einen Katzensprung von Charlottes Pension entfernt. Das Café Mozart, in dem die Andrea arbeitete, befand sich auf halber Strecke. Wieso ein Café in einem steirischen Skiort Mozart hieß? Weil das bei den ausländischen Touristen natürlich spitzenmäßig ankam. Und heikel ist man mit solchen Namen weltweit nicht. Sogar in den USA, also in Vail und dort in der Gegend, war man ja auch ganz deppert nach allem, was nach Wiege des Skisports klang. Bräuchte man nur den Pepi Gramshammer fragen. Der war vor zig Jahren da rübergefahren, hatte in Colorado ein Skihotel der Spitzenklasse aus dem Boden beziehungsweise aus dem Berg gestampft und den Amis dann den österreichischen Wedelschwung bilderbuchmäßig beigebracht.

Vor dem Mozart gab es noch einen kurzen Abschiedskuss. Eh nur ganz keusch, weil solche Sachen war man in diesen Gegenden nach wie vor nicht so richtig gewöhnt. Ein kurzes

»War toll!« auf der einen Seite, ein genauso kurzes, völlig selbstverständliches »Bis heute Abend?« auf der anderen Seite, zart ins Ohr gehaucht. Beiderseits übereinstimmendes Kopfnicken, leichtes Erröten im Gesicht, und dann ging jede ihres Weges. Der von der Andrea führte natürlich gleich ins angenehm warme Kaffeehaus, die Charlotte musste noch etwas länger durch die Kälte stapfen. Aber kein Problem. Super Tag, echt, der Himmel strahlend blau, keine Wolke am Himmel und die Temperaturen um den Gefrierpunkt. Eigentlich hätte man sich jetzt auf einer Skihütte in die Sonne setzen müssen. Mit Punsch oder Glühwein oder so. Aber natürlich hörte die Charlotte die Pflicht rufen. Auch wenn sie nichts dafür bezahlt bekam.

Vor dem Zielstadion war ein richtiger Auflauf an Bauarbeitern und schwerer Gerätschaft – die kosmetischen und infrastrukturellen Verschönerungen für den Nachtslalom waren ja seit Tagen voll im Gange. Jetzt ging es um den Endspurt. Aber die Charlotte hatte dafür im Moment überhaupt keinen Kopf. Sie dachte nur an die Morde. Und ihre Pflicht war jetzt ganz klar der Joe.

Die Charlotte spazierte also weiter durch die Fußgängerzone, ihrem Ziel entgegen. Voll frohen Mutes, wie es so schön heißt. Das Wetter war toll, die vergangene Nacht noch besser gewesen, und ihr Steißbein schmerzte auch nicht mehr so sehr. Kein Wunder, bei dem Adrenalin, das der Körper in so einer Situation ausschüttete, war einfach kein Platz mehr für Schmerzen. Einen Muskelkater hatte sie in den Beinen. So eine Nacht war ihr in letzter Zeit in dieser Hinsicht viel zu selten geschundener Körper einfach nicht mehr gewöhnt. Ein Schmerz, der … nun ja, leicht zu verschmerzen war.

Muskelkater hin oder her, sie war heute richtig gut drauf. Fast hätte sie sogar laut zu pfeifen begonnen. Aber eben nur fast. Sie bekam sich wieder unter Kontrolle, indem sie über ihren Fall brütete. Irgendwie kam ihr das alles spanisch vor. Zwei tote Berliner, ein unfreiwillig zugekokster Franzl und dann noch zwei tote Jugendliche. Alles innerhalb von nicht einmal achtundvierzig Stunden. Sie konnte es drehen und wenden, wie sie wollte, das Ganze passte vorne und hinten nicht zusammen. Je zwei der Fälle ließen sich vielleicht noch kombinieren, aber selbst da gab es einige Haken. Alle drei auf einmal? Keine Chance.

Und doch musste es da irgendwo einen Zusammenhang geben. Sie glaubte nicht an Zufälle. Hatte nie daran geglaubt. Schon als Polizistin nicht. Natürlich könnte sie jetzt recherchieren, wann es in Schladming zuletzt einen Mord gegeben hatte. Aber auch ohne Recherche war sie sich sicher, dass sie für so eine Anhäufung lange zurückblättern musste. Also nein, das hier hing alles zusammen. Irgendwie halt.

Hier zwei tote Berliner, da zwei tote Schladminger. Die einen vergiftet, die anderen erschossen. Aber wenigstens stimmte die Anzahl.

Oder: Touristen, durch präparierte Schneekanonen ermordet. Der Franzl durch präparierte Schneekanonen vergiftet. Aber einmal Sarin, einmal Kokain.

Oder: Da zwei erschossene Schladminger und auf der anderen Seite zwei tote Berliner.

In solche Gedanken vertieft, erreichte die Charlotte ihre Pension, die sie erst einmal links liegen ließ, während sie weiterschlurfte zum Tenniscenter. Das war ja zum Glück nur einen Katzensprung entfernt. Hätte sie das Auto genommen, hätte sie länger gebraucht als zu Fuß.

Von der Andrea vorgewarnt, nahm sie den Fußweg, der unter der Schnellstraße durchführte, welche von Liezen ausgehend bis nach Salzburg, dem nächsten Bundesland, das Ennstal durchschnitt. Die schmale Nebenstraße, in der auch ihre Pension lag, führte hier einen kleinen Hügel hinunter. Dank der leichten Plusgrade war das Eis aufgegangen und die Rutsch- und Sturzgefahr dadurch minimiert. Was der Charlotte ihr Steißbein auf jeden Fall dankte. Sie bog in eine weitere kleine Gasse – das ganze Grätzel schien nur aus Seitengassen

zu bestehen – ab, und – bumm – plötzlich tat sich vor ihr eine
für alpine Verhältnisse riesige ebene Fläche auf. Dort befand
sich nicht nur das Tenniscenter, sondern auch das Schladminger Hallen- und Freibad. Richtig beeindruckend, mit großer
Wasserrutsche. Nicht so ein lahmes Ding, wie man sie in den
Wiener Freibädern serviert bekam, sondern eine mit allem
Pipapo. Wirklich ausgeklügelt. Die Rutsche hatte den Einstieg
nämlich im Hallenbad, führte dann ins Freie hinaus, machte
dort ein paar Kurven und endete schließlich wieder in einem
Auffangbecken im Hallenbad. Klar, in Amerika gab es noch
ganz andere Wasserrutschen. Gegen die war die Schladminger
Rutsche ein pannonischer Hügel. Aber für österreichische
Verhältnisse war das schon ganz großes Kino.

Der Charlotte war das momentan aber so was von wurscht,
sie hätte solche Vergleiche noch nicht mal angestellt. Allein
schon deshalb, weil sie noch nie in Amerika gewesen war.

Dementsprechend unbeeindruckt von der Schladminger
Wasserrutsche marschierte sie schnurstracks am Freizeitzen-
trum vorbei und direkt rein ins Tenniscenter. Beim Eingang
drohte es sie gleich einmal umzuhauen. Aber nicht vor Überraschung, sondern wegen der Heizung. In der Tennishalle
hatte es nämlich im Vergleich zu draußen echte Saunatem-
peraturen. Die Charlotte schlüpfte deswegen flugs raus aus
ihrem Mantel und marschierte zum Empfang.

»Guten Morgen. Ich suche Joe, den Tennislehrer.«

»Mhm.« Die Tussi am Empfang hob dabei nicht einmal
den Kopf. Stattdessen war sie ganz in die faszinierende Kunst
des Nägellackierens vertieft. Peinlich genau verfuhr sie dabei,
das bekam die Charlotte sofort mit. Die aufgeklebten Krallen
wurden in den verschiedensten knallbunten Farben lackiert.
Via Bluetooth-Hörer war sie zudem mit ihrem Handy verbunden, und zum Drüberstreuen schien auch noch eine Tasse
dampfenden Kaffees wichtiger zu sein als die Charlotte.

»Ich müsste mit ihm sprechen.«

Keine Reaktion der Rezeptionistin. Die widmete sich voller

Hingabe weiterhin ihren Fingernägeln. Und dem Kaffee. Und der Gesprächspartnerin am anderen Ende der Telefonleitung.

»Hallooo! Ich muss den Joe sprechen. Sofort!«, herrschte die Charlotte sie an. Und, Wunder über Wunder, die Tussi reagierte endlich. Ganz langsam und so präpotent, dass ihr die Charlotte beinahe eine angerieben hätte.

»Warte kurz, Melli, Kundschaft«, sagte sie gut hörbar in ihr Bluetooth-Headset und wandte sich dann aufreizend gelangweilt der Charlotte zu.

»Sie wünschen?«, flötete die Tussi und wachelte dabei mit den Händen, um den Nagellack schneller trocknen zu lassen. Der Charlotte stieg der Geruch des Lacks unangenehm scharf in die Nase. Unaufgefordert machte sie einen kleinen Schritt zurück. Der grausig stechende Geruch, für die Charlotte praktisch kurz nach dem Aufstehen, war eine echte Herausforderung. Sie versuchte dennoch, ihre Fassung zu behalten.

»Nochmals: Ich muss mit dem Joe sprechen!«, sagte sie so ruhig wie möglich. So ganz nebenbei fiel ihr auf, dass die Schmetterlinge im Bauch wieder weg waren. Einfach verpufft wegen dieser Tussi. Das ärgerte die Charlotte gewaltig.

»Fein, lassen Sie mich nachschauen, wann er die nächste Stunde frei hat«, flötete die Tussi mit bitterbösem Blick zurück. Die war auch stinksauer. Weil die Charlotte nämlich ihr ur-superwichtiges Tratscherl mit der »Melli« gestört hatte. Und da wurde der Charlotte klar: Von dieser Person durfte sie sich keine Hilfe erwarten. Keine, nada, niente, nix da.

»Danke, ich glaube, ich kann verzichten«, sagte sie. Die Empfangstussi verdrehte die Augen, klimperte mit ihren elendslangen Wimpern und behielt ihr eingefrorenes, zuckersüßes Lächeln. Kaum hatte sich die Charlotte weggedreht, ließ sie die Maske fallen, und es hieß back to business. In diesem Fall: Nägel lackieren, telefonieren und Kaffee trinken.

Die Charlotte versuchte es jetzt auf eigene Faust. So eine Tennishalle war ja schließlich kein Labyrinth. Allerdings war das hier ja nicht einfach nur eine Tennishalle, sondern ein richtiges Center. Zehn Tennisplätze, Padel, Badminton, Sauna, Restaurant und so weiter. Das alles noch dazu auf zwei Stockwerke verteilt. Der Joe konnte praktisch überall sein. Ein Panoramafenster im kleinen, ebenerdigen Buffet-Stüberl bot einen Blick auf die Tennisplätze. Dort wuselte es vor Tennisspielern, allerdings nur auf den hintersten zwei Plätzen. Offenbar ein Kinderkurs, und der Trainer war eindeutig nicht der Joe. Außer er hatte sich über Nacht die Haare wachsen und blond färben lassen. Auf den vorderen Plätzen herrschte gähnende Leere. Nur ein Platz war mit einem Seniorendoppel besetzt. Scheiße, dachte die Charlotte und stürmte hinein. Vorbei an den Senioren, die sich gegenseitig den Ball mit wenig Tempo, aber überraschender Sicherheit zuschupften, und hin zum letzten Platz. Dort herrschte lautes Geschrei, weil so ein Kinderkurs schon ein großes Hallo war. Auch bei näherem Hinsehen war der Trainer nicht der Joe. Noch nicht mal ein Joe mit Perücke. Außer er hätte sich für seine Tennistrainer-Identität auch noch eine Hakennase aufgeklebt.

Macht nix, dachte sich die Charlotte, stapfte mit den dreckigen Straßenschuhen rein auf den Platz und quatschte den Herrn Trainer an.

»Ah, kommen Sie schon Ihr Kind abholen?«, kam ihr der zuvor.

»Nicht direkt«, antwortete die Charlotte verdutzt.

»Kann ich dir irgendwie anders helfen?« Kaum hatte man sich als Nicht-Mutter zu erkennen gegeben, hatte der Trainer auch schon das flotte Du-Wort auf den Lippen.

»Klar«, antwortete die Charlotte. Inzwischen war sie ja schon einiges an Anbrat-Versuchen gewöhnt. »Ich suche den Joe.«

»Schlecht!«

»Wieso?«

»Der ist heute nicht da.«

»Weißt du, wo ich ihn finden kann?«

»Ja.«

»Sagst du's mir auch?«

»Was bekomm ich dafür?« Die beiden hatten sich inzwischen an den Rand des Platzes verzogen. Daneben prügelten die Nachwuchs-Hoffnungen auf die Filzbälle ein, dass es eine Freude war.

»Was willst?«, fragte die Charlotte vorsichtig.

»Gehst mit mir was trinken am Abend?«, fragte der Tennislehrer ohne Genierer und mit einer Bestimmtheit, die an eine Feststellung statt einer Frage erinnerte.

»Weißt was?«

»Geh scheißen?«

»Genau. Du kannst mir jetzt sagen, wo ich den Joe finde, oder ich trete dir so in die Eier, dass du deinen Kinderkurs als Tennislehrerin weiterleiten kannst. Ich bin von der Polizei!«, log die Charlotte mit einem giftigen Grinser, dass sich die Balken bogen. Sie hatte echt genug von diesen Machos. Tennislehrer, Skilehrer, Barkeeper – alles derselbe Schlag Männer. Dieser Schlag verstand scheinbar nur eine Sprache.

Die gute Stimmung des Trainers war mit einem Schlag verflogen. Sein selbstsicheres Lächeln wie weggeblasen (allerdings anders, als er es sich vorgestellt hatte). Stotternd fuhr er fort: »Hat er Probleme? Wieder mal einer Touristin ein Kind angehängt?«

Soso, interessant. So einer ist er also, dachte die Charlotte, sagte aber: »Kann ich dir nicht sagen, geheime Ermittlungssache. Also, wo ist er?« Insgeheim tat der Charlotte der Trainer ein klein wenig leid. Sie hätte gerne das Gesicht von dem Typen gesehen, wenn ihm der Joe erzählte, von wem er da tatsächlich Besuch erhalten hatte.

»Im ›Cherie‹ ist er!«

»Was ist das?«

»Ein Puff, außerhalb von Schladming. Sein Chef hat ihn hinzitiert, weil ihm zwei Kellner ausgefallen sind.«

»Na bitte, geht doch«, lobte die Charlotte ihn wie einen kleinen Schulbuben. Und tatsächlich sah der Trainer glücklich drein, ganz so, als ob er auf seine Belohnung gewartet hätte. Bei der Charlotte hatte er da natürlich keine weiteren Chancen.

»Aber wenn du von der Polizei bist, wieso kennst du das Cherie nicht?«, begann es dem Trainer plötzlich zu dämmern.

»Bin neu hier«, antwortete die Charlotte hastig und vertschüsste sich im Eiltempo. Es war ihr hier drin sowieso schon viel zu warm geworden.

Eine Viertelstunde später war die Charlotte endlich wieder auf ihrem Zimmer. Die Flora war da natürlich längst eine Staubwolke.

Die Charlotte kramte hektisch in ihrem Mantel herum und fand den Zettel, auf dem sie sich die Handynummer von der Andrea notiert hatte. Ihr Handy lag, wieso auch immer, im Badezimmer, und da dachte sie sich, dass eine Dusche keine schlechte Idee wäre. Weitere zehn Minuten später rief sie endlich die Andrea an. Natürlich, und Gott sei Dank, hatte sie sofort wieder dieses herrliche Gefühl im Bauch, Schmetterlinge, Herzpumpern und trockenen Mund. Kurz gesagt: voll verliebt.

»Ja?«, meldete sich die Andrea nach dem fünften Läuten.

»Ugh …« Ein kurzes, lautstarkes Räuspern, und dann: »Ich bin's, die Charlotte.«

»Die ohne ›e‹?«, kicherte die Andrea ins Telefon.

»Gibt's außer mir noch andere?«, fragte die Charlotte empört.

»Hältst du es ohne mich nicht mehr aus?«, sagte die Andrea zärtlich in den Hörer, und da merkte man schon, dass ihr auch einiges an der Charlotte liegen musste. »Bist schon fertig mit dem Joe?«

»Nein, mit dem habe ich noch nicht mal angefangen. Der ist nämlich gar nicht im Tenniscenter. Und ja, ein bisschen fehlst du mir schon.«

Die Andrea gluckste verlegen am anderen Ende der Leitung und sagte dann: »Ist er nicht?«

»Nö, der ist im Puff hackeln, seinem Chef sind Kellner ausgefallen.«

»Shit happens.«

»Kann man so sagen. Weißt du, wo das Cherie ist?«

Wusste sie. Die Andrea gab der Charlotte eine kurze Wegbeschreibung. Danach gab es noch ein kurzes verliebtes Herumgesäusle, und schließlich die fordernde Stimme von Andreas Chef im Hintergrund.

»Du, ich muss jetzt aufhören. Sehen wir uns heute Abend?«

»Auf jeden Fall!«, antwortete die Charlotte. »Ich halt's ja jetzt schon nicht mehr aus.«

»Gut, ich ruf dich an, wenn ich hier Schluss habe.«

»Passt!«

Ganz leise flüsterte die Charlotte noch »Ich glaube, ich habe mich ganz schrecklich in dich verliebt« ins Handy, aber da hatte die Andrea schon lange den »Auflegen«-Knopf gedrückt. Am anderen Ende der Leitung hauchte die Andrea einen kurzen Kuss ins Handy, aber dort natürlich dasselbe: Verbindung bereits unterbrochen.

Elf

Die Charlotte fand das Cherie ohne Probleme. Es war natürlich so auffällig, wie man sich ein Bordell am Straßenrand nur vorstellen kann. Mit dem Auto brauchte die Charlotte gerade mal fünf Minuten. Der Anblick war … gewaltig. Das Cherie sah so aus, wie man die Häuser aus einem noblen US-Skiort im TV kannte. Weiß, viel Holz, ausladende Balkone, ein fröhlich vor sich hin rauchender Schornstein und ganz, ganz viel rote Beleuchtung. Über dem Eingang ein natürlich ebenfalls rotes Leuchtschild mit der Aufschrift »Cherie«. Darunter, etwas kleiner, »Gentlemen Nightclub & Dayspa«. Vor dem Puff ein Parkplatz, auf den sogar der Ikea neidisch hätte werden können. Zu Mittag war jetzt nicht viel los. Fünf, sechs Autos standen in der Gegend herum. Nur Luxuskarossen: Mercedes, Audi, BMW. Und ein alter Mazda. Das musste wohl der vom Joe sein, da war sich die Charlotte ganz sicher. Weil ihr Auto genauso alt war, parkte sie den alten Volvo gleich neben dem Mazda vom Joe.

Reinkommen war um die Uhrzeit als Single-Frau noch überhaupt kein Problem. Kaum was los, daher auch noch kein Türsteher. Da konnte der Besitzer auch gleich was sparen. Allerdings sah es nicht so aus, als würde er am Hungertuch nagen. Eher am Seidentuch. Aber reinkommen – kein Thema. Um die Mittagszeit frequentierten das Cherie nämlich fast ausschließlich Geschäftsleute mit ihren Sekretärinnen. Aber nicht weil das Mittagsmenü im Cherie so gut und billig gewesen wäre. Um die Kapazitäten perfekt auszulasten, wurden die Zimmer im Cherie tagsüber auch für Privatzwecke vermietet, stundenweise. Das Leben im horizontalen Gewerbe war hart. Da nahm man jeden Cent. Oder besser: jeden Hundert-Euro-Schein.

In Wirklichkeit gab's hier auch gar kein Mittagsmenü.

Frühstück wurde aber tatsächlich serviert. Mit Sekt. Bis drei am Nachmittag. Der Begriff »Frühstück« war eben dehnbar.

Dafür gab es gleich nebenan ein Chinarestaurant, das sicher nicht schlecht am Cherie verdiente. Von irgendwas mussten die Damen hier ja auch leben und ihren eigenen fleischlichen Gelüsten nachgehen. Da war so ein Chinese gleich nebenan schon super. Der brachte die knusprige Ente diskret, billig und im Familienpack vorbei.

Die Charlotte rauschte also in das Etablissement hinein und dann: Hut ab, meine Damen und Herren. Da drin protzte und prunkte es, so was hatte die Charlotte in keinem einzigen Wiener Puff gesehen. Und in ihrer Zeit als Polizistin hatte sie einige dieser Schuppen von innen kennengelernt.

An der Decke hingen ausladende Kristalllüster, am Boden lagen feinste Perserteppiche, die Bar war aus Mahagoni, wofür im Amazonas der eine oder andere Baum sein Leben hatte lassen müssen. Hinter der ausladenden Bar: der Joe. Fein, im weißen Hemd und mit schwarzer Hose, das Haar nach hinten gegelt und gerade dabei, einen giftgrünen Cocktail zu mixen. Für wen, das konnte die Charlotte nicht erkennen, weil an der ganzen Bar im wahrsten Sinne des Wortes kein Schwanz saß.

»Hey, Joe!«

Dem Joe fiel fast der Cocktailmixer aus der Hand, als er so plötzlich von der Charlotte mit einem Jimmy-Hendrix-Zitat überrascht wurde. Er fing sich beeindruckend schnell und schenkte der Charlotte ungefragt ein Glas Sekt ein. Die Champagnerflasche rührte er nicht an. Da kostete das Glas dann doch zu viel, und im Vergleich zum billigen Sprudel wurde beim Nobel-Sprudel ganz genau Buch über den Verbrauch geführt. Der Charlotte fiel auf, dass ihm dabei ein wenig die Hände zitterten.

»Geht das aufs Haus? Ich hab nämlich keine Kreditkarte mit«, versuchte die Charlotte, die Situation etwas zu entspannen und gleich einmal klarzumachen, dass sie überhaupt keinen Bock hatte, für den Sekt zu bezahlen.

»Passt schon«, antwortete der Joe nervös.

»Was ist denn mit dir los?«

»Nix, was soll sein?«, sagte der Joe.

Bei jedem Wort sprang der Charlotte groß das Wort »Lüge« entgegen. Fast so, als hätte der Joe eine Leuchtreklame auf der Stirn kleben.

»Und überhaupt, was machst du da?«, ging der Joe in die Offensive.

»Ich wollte mich nur mit dir unterhalten, Herr Allwissende Müllhalde.«

»Wie ist denn das jetzt wieder gemeint?«

»Na, wer von uns beiden vögelt die Sekretärin vom Kommissariat?«

»Schon gut, um was geht's denn?«

»Na, um die zwei toten Burschen von gestern.«

»Ach die.«

»Ja, genau. Die beiden. Kennst du sie?«

Der Joe fand urplötzlich zwei schmutzige Gläser und machte sich damit am Geschirrspüler zu schaffen.

»Was ist? Wieso drehst mir jetzt den Rücken zu?«, fragte die Charlotte belustigt. Sie hatte ihn am Haken. Noch auffälliger unauffällig konnte sich der Joe eigentlich gar nicht verhalten.

»Nix.«

»Komm schon, sonst erzählst mir auch immer gleich alles.«

Der Joe hantierte nach wie vor am Geschirrspüler herum. In der Zeit, die er für die zwei Gläser brauchte, hätte man eigentlich das Geschirr für eine ganze Kompanie einräumen können.

»Ah, ist das die Neue?« Ein Bär von einem Mann kam in die Bar. Die Charlotte erkannte auf den ersten Blick: Das musste der Besitzer sein, weil, Puffbesitzer sahen überall gleich aus. Oder wenigstens ähnlich. Und dieser war keine Ausnahme. Ein Körper wie ein Kasten, eine Frisur zum Speiben und ein Gesichtsausdruck wie ein Pitbull. Aber eins nach dem anderen. Der Typ war locker zwei Meter groß und ziemlich

fest gebaut. Also nicht dick, aber halt so ein bisschen Wohl-
standsbäuchlein. Aber darunter, kein Zweifel, jede Menge
Muskeln. Die Haare waren schwarz gefärbt, dauergewellt
und hinten locker zwanzig Zentimeter länger als vorne. Und
das ganze Kunstwerk war mit einem Kilo Wetgel nach hinten
geklatscht. Unter der Nase klebte auch noch was, ein Kipferl
nämlich. Aber so eines aus Haaren, nicht aus Teig. Noch de-
spektierlicher hätte man auch einfach »Rotzbremse« dazu
sagen können. Die Augen waren fast schwarz und so klein
wie bei einem Schweinchen. Alles in allem machte der Mann
keinen wahnsinnig vertrauenswürdigen Eindruck. Das musste
bei diesem Schlag Mensch wohl so sein.

Die Charlotte war grundsätzlich immer vorsichtig mit
Vorurteilen. In Wien hatte sie solche Typen kennengelernt,
und die waren manchmal fromm wie ein Lamm. Zugegeben,
der Großteil der Typen hatte zuvor ein paar Jährchen im Ge-
fängnis sein Leben überdenken können. Und das »fromm
wie ein Lamm« betraf dann auch oft nur den Umgang mit
Polizistinnen. Weil, das Landesgericht oder Stein oder welche
Häfen auch immer musste man nicht unbedingt ein zweites,
drittes oder viertes Mal besuchen.

»Nein, nur eine Freundin von mir«, druckste der Joe
herum.

»Schade, eine hübsche Rothaarige fehlt uns eh noch. Kann
ich Sie nicht dazu überreden?«, wandte er sich direkt an die
Charlotte. »Ich weiß, normalerweise arbeiten bei uns jüngere
Damen, aber die Nachfrage nach – wie soll ich sagen – Milfs
wird immer größer.« Die Charlotte sah, dass praktisch der gesamte vordere Teil des Gebisses aus Gold bestand. Das wenig
charmante Angebot lehnte sie ab.

»Ich glaube nicht. Nöhrer, freut mich.« Damit streckte sie
ihm die Hand entgegen.

Der Bär nahm sie verdutzt und stellte sich ebenfalls vor:
»Kratochvil, auch angenehm.« Dabei starrte er gebannt in
die grünen Augen der Charlotte. Die ließ sich nicht beirren

und lächelte weiter freundlich zurück. Sie hatte in ihrer Polizeizeit gelernt, dass man im Umgang mit diesen Typen am besten offensiv-freundlich verfuhr. Das brachte sie meistens aus der Bahn. Nur nicht duckmäuserisch. Sonst wurde gerne die Raubkatze im Macho geweckt. Es dauerte, aber schließlich konnte sich der Kratochvil von ihr losreißen.

»War schon jemand da?«, bellte er stattdessen den Joe an. Kein Vergleich zu der sanften Stimme, mit der er sich der Charlotte vorgestellt hatte.

»Kundschaft oder Bewerber?«

»Bewerber!«

»Nein.«

»Kann man nichts machen. Ich bin oben im Büro.«

»Klar, Chef.«

»Und schick mir die Svetlana rauf, wenn sie sich endlich dazu herablässt, aufzutauchen.«

»Was für Bewerber?«, fragte die Charlotte, nachdem der Kratochvil die Stufen in den ersten Stock hinauf verschwunden war.

»Kellner«, sagte der Joe mit versteinerter Miene.

»Gefährlicher Job, Kellner im Puff.«

»Wie meinst das jetzt?«

»Na, die zwei Kellner, die euch ausgefallen sind. Sind das nicht die beiden Toten von gestern?«

»Woher weißt denn das jetzt schon wieder?«

»Geraten!« Die Charlotte grinste ihn breit an. »Und du bist reingefallen.«

»Scheiße!«

»Geh, halb so schlimm. Komm schon, willst deiner Hobbydetektivin nicht erzählen, was passiert ist?«

Der Joe sah die Charlotte lange an, fast so, als würde er sie gerade zum ersten Mal sehen. Dann schenkte er sich einen kleinen Martini ein, und die Charlotte fragte sich einmal mehr, wie das als Kellner eigentlich so war: Bekam man da die Trinkfestigkeit gleich mitgeliefert? Gab's eine Gratisleber extra?

Glaubte der Körper tatsächlich, dass er nur Orangensaft zugeführt bekam, wenn sich der Kellner einen Wodka-Orange reinstellte? Fragen über Fragen, und wahrscheinlich hatten nicht einmal die Kellner eine Antwort darauf. Sie nahm sich vor, die Andrea zu diesem Thema mal etwas ausführlicher auszuquetschen.

»Ich weiß ja selber nicht viel. Nur dass es den Hubsi und den Michi erwischt hat.«

»Und was hat dein Gspuserl bei der Polizei dazu zu sagen?« Die Charlotte bohrte nach, da wäre jeder Zahnarzt rot geworden.

»Bei der Polizei meinen sie, dass es sich um einen Dealer-Krieg handelt, weil sie bei den beiden noch ein paar Gramm Koks gefunden haben.«

»Könnten ja auch einfach für den Eigengebrauch gewesen sein.«

»Schon, nur ich kenn die beiden ja. Die haben sich maximal einen Joint reingezogen. Von den harten Drogen haben sie die Finger gelassen.«

»Wirklich?«

Der Joe entdeckte jetzt wieder seine Vorliebe für schmutzige Gläser, um dem bohrenden Blick der Charlotte auszuweichen. Nützte aber natürlich nichts, weil die Charlotte fleißig weiterbohrte. Eigentlich hätte sie bald auf Öl stoßen müssen, so tief hatte sie ihn schon angebohrt.

»Komm, zier dich nicht so. Kannst mir doch vertrauen. Ich zieh dich da schon nicht hinein.«

»Du nicht«, antwortete der Joe leise und warf der Charlotte einen flüchtigen Blick zu, der ihr zu denken gab. In Joes Augen sah sie nämlich Angst. Todesangst.

»Sie haben die Drogen zumindest nicht selbst genommen«, nuschelte der Joe fast unverständlich.

»Also doch gedealt!«

»Hey, was willst du denn? Das hier ist ein Puff, da gibt's halt nicht nur Titten und Ärsche.«

»Dealst du auch für den Kratochvil?«, zischte die Charlotte scharf. In diesem Fall müsste sie ihr mittlerweile durchaus freundschaftliches Verhältnis zum Joe ernsthaft überdenken. Kiffen war ja okay, aber harte Drogen gingen gar nicht. Verkaufen schon überhaupt nicht.

Der Joe riss erschrocken die Hände hoch und hielt sie in einer abwehrenden Geste vor sich. »Bist deppert? Ich bin da wirklich nur der Kellner. Im Planai-Stadion und im Schneeweißchen. Hier helfe ich nur alle heiligen Zeiten mal aus. Öfter als zwei Mal im Monat bin ich nicht im Cherie. Damit hat sich's schon. Ist eh genug«, fügte der Joe entrüstet hinzu.

»Schon gut, komm wieder runter«, beschwichtigte ihn die Charlotte. »Hat die Polizei schon einen Verdacht, wer es war?«

»Hab ich dir gestern Abend schon gesagt. Die haben keine Ahnung. Im ganzen Ort gibt's nur einen ernst zu nehmenden Dealer, und das ist mein Chef. Aber der bringt ja nicht seine eigenen Leute um. Die Polizei steigt ihm nicht auf die Füße, solange alles im Rahmen bleibt. Eine Hand wäscht die andere, und seine Steuern zahlt er auch brav.«

»Und wenn die beiden doch in ihre eigene Tasche gearbeitet hätten?«

»Aber geh, woher denn? Denen fehlt doch der finanzielle Background. Haben ja nix gespart gehabt. Womit sollten sie also eine Lieferung aus eigener Tasche bezahlen? Und überhaupt: Der Kratochvil ist ja kein unguter Mensch. Selbst wenn sie da ein eigenes Ding gedreht hätten, hätte er ihnen wahrscheinlich ein paar Watschen gegeben, vielleicht die Nasen gebrochen, und damit wär's erledigt gewesen.« Beim Joe schwang etwas wie Bewunderung mit. »Da wäre es ihnen sogar ganz gut gegangen, nach ein paar Watschen. Wären vielleicht im Spital gelandet und hätten sich von der Susi pflegen lassen.«

»Die Freundin vom Franzl? Habt's ihr alle einen Stand auf die?«

»Na ja, sie war immer schon ein bisschen ausgeflippt. Bunte Haare, eine Goschn, die man mal extra erschlagen muss. Sie hat sich nix gepfiffen und gemacht, was sie wollte. Hat auf alle Gepflogenheiten g'schissn. Irgendwie war ihr die Welt hier in Schladming wohl immer zu klein. Aber sie hat halt kein Geld gehabt. Der Vater ist früh gestorben, und die Mutter hat sich als Putzfrau durchgekämpft, bis es sie auch erwischt hat. Das wollte sich die Susi wohl nicht antun. Sie wollte einmal Karriere machen. Aber dafür hat ihr das Geld gefehlt. Böse Zungen behaupten, dass sie sich als Edel-Escort quer durch die Steiermark gevögelt hat, um sich das Medizinstudium zu finanzieren.« Der Joe lächelte dreckig. Der Charlotte wurde übel. Ungerührt fuhr der Joe fort: »Bis sie dann beim Franzl gelandet ist. Es weiß zwar keiner, wieso, aber bei ihm ist sie dann geblieben. Vielleicht war sie ja traumatisiert.«

»Traumatisiert?«, fragte die Charlotte interessiert nach.

»Na ja, vor ein paar Jahren ist sie für ein paar Monate nach Syrien gegangen. Für ›Ärzte ohne Grenzen‹. Weiß der Teufel, was sie dazu getrieben hat.«

Das konnte die Charlotte schon eher nachvollziehen. Warum nicht auch mal was Gutes tun? Und die Menschen in Kriegsregionen hatten es sich verdient, wenigstens eine einigermaßen akzeptable medizinische Behandlung zu erhalten. Ein Wesenszug, der ihr die Susi wenigstens nicht auf Anhieb unsympathisch machte. Außerdem hatte es der Franzl ja zuvor selbst angeschnitten: Sie wollte unbedingt raus aus dem beengenden Ennstal und was von der Welt sehen. Dabei auch noch Gutes zu tun, war per se kein schlechter Wesenszug.

»Wahrscheinlich war es Mitleid, weil, schön ist er ja nicht, der Franzl«, erzählte der Joe weiter. »Und die Susi. Die ist zwar schon ein paar Jahre älter, sicher so um die dreißig, aber ich sag's dir, ein feuchter Traum auf zwei Beinen.«

»Hearst!«, fuhr ihn die Charlotte an. »Kannst du mal deine feuchten Träume für dich behalten? Und red nicht so abfällig über Dreißigjährige. Wir sind ja noch keine Pensionisten.«

Der Joe hob beschwichtigend die Arme, das verschmitzte Lächeln in seinem Gesicht wich aber trotzdem nicht. »Am Franzl hat sie auf jeden Fall einen echten Narren gefressen. Vielleicht ist es ein mütterlicher Instinkt? Sie verteidigt ihn, wann und wo es nur geht, und redet ihm immer noch ein, dass er der Beste ist und es sich verdient hätte, im Weltcup zu fahren.«

»Das macht ihn aber nicht wirklich glücklicher, oder?« Die Charlotte hatte beschlossen, seine sexistischen Zwischenbemerkungen einfach auszublenden. Sie konnte ihn nicht jedes Mal unterbrechen, wenn sie noch etwas aus ihm herausbekommen wollte. Sonst würden sie am nächsten Morgen noch immer hier im Cherie sitzen.

»Aber geh. Wieso auch? Sitzt in seinem Lifthütterl oben am Gletscher oder da herunten in Schladming und sinniert den ganzen Tag darüber, was er alles verpasst hat. Aber er ist ihr halt hörig. Außerdem hat er an ihr wenigstens zwei Lichtblicke, wenn er zu ihr ins Bett steigt.«

Die Charlotte schaute den Joe fragend an, die letzte Meldung hatte sie nicht so richtig verstanden beziehungsweise nicht verstehen wollen. Statt einer Antwort hielt der Joe nur seine Hände in angemessenem Abstand vor seine Brust und zwinkerte ihr verschwörerisch zu. Nein, er wollte es einfach nicht lernen. Hätte sie sich eigentlich denken können, dass der Joe mal wieder nur an so etwas gedacht hatte. Vielleicht hätten ihm ein, zwei Watschen auch nicht geschadet. Nur um ihm das sexistische Gequatsche abzustellen.

Sie hatte auch schon tatsächlich mit der Hand ausgeholt, als die Eingangstür aufgeworfen wurde und die Svetlana hereinstolperte. Sie hatte sich mit einem ihrer Fünfzehn-Zentimeter-Absätze im Teppich verhakt, beinahe hätte es sie der Länge nach hingeschmissen. Kein damenhafter Auftritt. Die Charlotte konnte sich ein leises Grinsen nicht verkneifen, und der Joe – eh klar – brüllte gleich lautstark los.

»Auf mit dir, Sveti, der Chef verlangt nach dir. Oben kannst dich eh gleich wieder hinlegen«, rief er ihr zu. Die Svetlana, Hut ab, hatte sich voll unter Kontrolle, zeigte keine Reaktion auf das Missgeschick oder den rüpelhaften Kommentar vom Joe. Sie wurde noch nicht mal rot im Gesicht. Dafür warf sie dem Joe einen vernichtenden Blick zu. Dann tippelte sie mit gewaltigem Arschgewackel die Treppen hinauf. Da bekam die Charlotte zum ersten Mal Leck-mich-am-Arsch pantomimisch vorgeführt. Auch nicht schlecht. Sie mochte die Svetlana sofort.

»Chefe?«, hörte man von oben noch gedämpft, dann fiel die Tür zum Chefbüro ins Schloss.

»Tantiemen abliefern?«

»Nein, in Naturalien auszahlen«, meinte der Joe nonchalant. Aus dem Schneider war er damit aber noch nicht.

Die Charlotte wechselte das Thema. »Und wie schaut's mit dem Nachtslalom aus? Lang ist's ja nicht mehr.«

»Den drücken sie durch. Ist eine perfekte Werbekampagne. Außerdem meint der Keiffer, dass er alles unter Kontrolle hat«, sagte der Joe. »Und ehrlich: Ich glaub's sogar. Nachdem er von oben eine auf den Deckel bekommen hat und man ihm die heikle Ermittlungsarbeit abgenommen hat, sind für ihn und seine Leute eh nur mehr die einfacheren Sachen übrig geblieben. Die Schneekanonen am Rennhang bewachen sie rund um die Uhr. Scheiß Hacke!« Dabei musste der Joe wieder süffisant grinsen. Den präpotenten Polizeichef vom Ort hatte er noch nie leiden können. Nach außen supersauber und dann am Abend ab ins Cherie und Spaß mit der Svetlana. Oder der Mary oder der Xandi oder wie sie auch immer hießen. Das war ein Kommen und Gehen da im Cherie, das glaubte man gar nicht, wenn man es nicht selbst gesehen hatte.

Der Kratochvil dealte nämlich nicht nur mit Koks und anderen Drogen, er unterhielt auch einen netten »Studentinnenaustausch« mit einem Puffbesitzer in Kärnten. Damit es den Stammkunden nicht fad wurde. Und so gab's einmal im Monat den großen Umzug zwischen Steiermark und Kärnten.

Nur die Svetlana musste immer dableiben, weil der Kratochvil auf sie ganz besonders stand. Manchmal war die am Abend gar nicht zu den Kunden rausgekommen, weil der Kratochvil sie im Chefbüro ganz für sich beanspruchte. Der Joe und die restlichen Angestellten vermuteten ja, dass der Kratochvil sie am liebsten gar nicht teilen würde, wenn sie nicht die meiste Kohle einbrächte.

Das eine oder andere Mal hatte man beim Kratochvil sogar Herzerl in den Augen sehen können, wenn er der Svetlana nachschaute. Selbst unter der härtesten Schale steckte eben ein weicher Kern.

Meistens halt.

Das war aber ausgerechnet jetzt einmal nicht der Fall. Die Svetlana war noch keine fünf Minuten beim »Chefe«, da kam sie auch schon wieder aus dem Büro gestürmt. In ihren Stilettos sprintete sie die Stiegen hinunter, dagegen war der Usain Bolt eine Weinbergschnecke. Wild schnaufend rannte sie an der Bar vorbei und würdigte weder den Joe noch die Charlotte dabei eines Blickes.

»Billige Schlampe!«, rief ihr der Kratochvil von oben nach. Eine wahrlich gewagte Beschimpfung in diesem Zusammenhang. Weil, eines wusste der Joe ganz genau: Billig war die Svetlana nicht.

»Schlappschwanz!«, erwiderte die Svetlana verbittert in überraschend akzentfreiem Deutsch. Diese Beschimpfung war weniger gewagt als vielmehr gründlich fundiert. Dann war sie auch schon bei der Tür draußen. Die knallte sie zu, dass der riesige Kristalllüster klirrte.

»Du wirst heute Abend zum Dienst antreten, sonst gnade dir Gott!«, brüllte der Kratochvil und stürmte dabei die Stiegen runter. Fast so schnell wie die Svetlana, aber bei Weitem nicht so grazil wie seine Lieblingsnutte. Das hörte die Svetlana klarerweise durch die geschlossene Tür nicht mehr. Sie hatte zudem bereits die Tür ihres BMW-SUV zugeknallt, den Motor gestartet und die Reifen im matschigen Schnee ordentlich durchdrehen lassen. Das wiederum konnte man bis an die Bar hören.

Die Charlotte und der Joe schauten sich erstaunt an, aber nur kurz. Weil, dann hatte sich der Kratochvil schon neben der Charlotte an die Bar geschmissen und streckte dem Joe den ausgestreckten Finger entgegen. Nein, nicht den Mittelfinger. Den Zeigefinger zeigte er ihm, und das war für den Joe das Zeichen, ihm möglichst schnell einen Southern Comfort Sour einzuschenken. Und weil der Joe vielleicht ein bisschen ein Aufschneider, mitunter ein ordentlicher Macho, aber ganz sicher kein Vollidiot war, verstand er den Fingerzeig und führte den unausgesprochenen Befehl auch umgehend aus.

»Sind Sie sicher, dass ich Sie nicht überreden kann, für mich zu arbeiten?«, versuchte es der Kratochvil nochmals bei der Charlotte. Wie auf Knopfdruck war er wieder extrem freundlich und zuvorkommend, die ganze Wut schien verraucht.

Die Charlotte schenkte ihm ihr charmantestes Lächeln und sagte: »Nein, danke.«

»Verstehe schon, mhm«, meinte der Kratochvil nicht sonderlich enttäuscht, wirkliche Chancen hatte er sich eh nicht ausgerechnet gehabt. »Auf das Personal ist heute einfach kein Verlass mehr.«

»Darf man fragen, was passiert ist?«

Jetzt war es der Kratochvil, der ihr lange in die Augen schaute, sein Schnauzer zuckte dabei nervös auf und ab, bis er sich schließlich einen Ruck gab und sich entschloss, ihr sein Herz auszuschütten.

»Was soll's? Sie schauen mir nicht wie eine aus, die es nachher gleich im ganzen Ort herumerzählt.« Dabei machte er mit seiner Rechten eine wegwerfende Handbewegung.

Und weil die Charlotte genauso wenig ein Vollidiot war wie der Joe, half sie gleich etwas nach. »Ich bin übrigens die Charlotte, ohne ›e‹«, bot sie dem Kratochvil quasi das Du-Wort an.

»Und ich bin der Ernstl«, stellte sich der Kratochvil vor.

Danach nahm er noch einen Schluck von seinem Southern Comfort Sour, strich sich fahrig durch die zurückgegelten Haare und rückte dann endlich mit seiner Geschichte raus.

»Die Schlampe ist schwanger und will nicht abtreiben lassen. Dabei bringt sie die meisten Kunden ins Cherie. Ich bin ja kein Unmensch, aber so geht's wirklich nicht. Wir sind ja nicht die Fürsorge, und wenn sie zu deppert ist, einen Gummi richtig zu verwenden, hat sie halt ein Problem. Ich würde ihr sogar die Abtreibung zahlen, aber einen Karenzurlaub gibt's bei mir sicher nicht!«, echauffierte sich der Kratochvil.

Mit so viel Offenheit hatte die Charlotte nicht gerechnet. »Weiß sie, von wem sie schwanger ist?«, versuchte die Charlotte so einfühlsam wie möglich nachzuhaken. Innerlich stand sie zwar natürlich voll auf der Seite von der Svetlana, aber sie wollte dem Kratochvil schon noch ein paar Informationen entlocken. Der schüttelte nur den Kopf: »Woher denn? Wenn sie jeden Tag mit drei, vier Typen pudert?« Als wäre das ihre Schuld oder ihr Vergnügen …

Zaghaft fragte die Charlotte weiter: »Na ja, aber ein gerissenes Kondom sollte doch auffallen?« Sie hatte schon einen Verdacht, von wem das Kind wirklich war.

»Was weiß ich!«, regte sich der Kratochvil auf. »Ist mir, ehrlich gesagt, auch scheißegal. War ja auch nicht der erste Streit deswegen. Und überhaupt weiß ich gar nicht, wieso ich dir den ganzen Scheiß erzähl!« Zum ersten Mal wurde er in Richtung der Charlotte ungehalten.

In diesem Moment flog die Tür zum Cherie auf, und im Türrahmen machte sich schon wieder eine Frau breit.

»Habts ihr da herinnen eigentlich mehr Männer oder Frauen als Kundschaft?«, raunte die Charlotte dem Joe im Spaß zu.

»Ja, bitte?«, sagte der Kratochvil. Er musste seine Augen mit einer Hand abschirmen, um die Frau im Türrahmen besser zu erkennen. Draußen war nämlich noch immer super Sonnenschein, und der Kontrast zum gedämpften Licht im Cherie machte es nahezu unmöglich, Details der Frau zu erkennen. Der Kratochvil sah aber genug. Nämlich die tolle Figur, die sich im Gegenlicht abzeichnete. Die war eins a! Außerdem konnte man noch einen breitkrempigen Hut und eine große schwarze Sonnenbrille erkennen. Eine teure Marke, wie der Kratochvil mit Kennerblick feststellte. Umrahmt wurde das Ganze von langen blonden Haaren, die der Frau ins Gesicht fielen und es unmöglich machten, ihre Gesichtszüge zu erkennen.

»Ich suche einen Job.« Keine Spur von Unsicherheit in der Stimme. Ganz im Gegenteil. Die Bewerberin zündete sich eine Zigarette an und stöckelte langsam zur Bar herüber.

»Irgendwelche Referenzen?«

»Sicher«, hauchte die Frau dem Kratochvil zu. Sie standen sich gegenüber, als wäre der Kratochvil eigentlich der Bittsteller. Die enigmatische Schönheit hatte den linken Arm vor der Brust und stützte damit ihren rechten Ellbogen ab. In der rechten Hand hielt sie die Zigarette kokett ein paar Zentimeter von ihren schmalen Lippen weg. Die Charlotte hätte diesen Auftritt für atemberaubend gehalten, wenn er nicht gar so kitschig an alte Hollywood-Detektivfilme erinnert hätte. So machte das Ganze nur einen gestellten Eindruck auf sie. In Wien hatte sie genug Nutten kennengelernt, und keine kam jemals so hereingestöckelt, um ihre Dienste anzubieten. Also, nicht beim Chef halt. Bei den Kunden dann schon. Wenn es gewünscht war.

»Und die wären?« Dem Kratochvil sprühte die Gier bei den Augen heraus. So viel zum Thema, dass er sich tief in seinem Inneren was um die Svetlana scherte. Die war noch keine zehn Minuten draußen, und schon gierte er der nächsten nach. Die Charlotte fühlte sich wieder einmal bestätigt. Die Neue musste dem Kratochvil lediglich schöne Augen machen und ihm ihre ordentlich hochgeschnallten Titten ins Gesicht hängen, und schon mutierte der knallharte Puffbesitzer zum sabbernden Teenager. Witzig, eigentlich müsste er in seiner

Profession ja an Brüste und andere Feinheiten des weiblichen Körpers ausreichend gewöhnt sein. Vielleicht war er aber einfach auch noch immer notgeil, weil ihn die Svetlana nach dem Streit vorhin ja unbefriedigt zurückgelassen hatte.

Die Neue sah kurz zum Joe und der Charlotte und dann wieder ganz schnell zurück zum Kratochvil. Der übernahm den Pass volley.

»Joe, Mittagspause! Geh zum Chinesen oder mach irgendwas. Von mir aus geh deine Freundin vögeln. Die Bar ist jetzt geschlossen.«

Der Joe nickte, zauberte seinen Anorak unter der Bar hervor, packte die Charlotte am Arm und ging mit ihr hinaus.

Zwölf

»Welcher Teufel hat dich denn jetzt geritten?«, wollte die Charlotte wissen, als der Joe sie über den matschigen Parkplatz schleppte.

»Was weiß ich? Dem Chef widerspricht man halt nicht, wenn der so eine Laune hat. Hast ja gesehen, wie der die Schlampe angegafft hat.«

»Und? Dein Blick war nicht viel besser.«

»Mag schon sein, aber ich hab sie wegen was anderem angegafft.«

»Und das wäre?«

»Ich kenne sie!«

»Na toll, du legst also nicht nur Sekretärinnen und Touristinnen flach, sondern staubst auch Nutten ab? Wahrscheinlich die, die gerade nix zu tun haben. Gell? Bube, Bube – vielleicht sollt ich's mir mal überlegen und doch wieder mit einem Mann ins Bett gehen. Du hörst dich ja nach arger Überpotenz an.«

»Schwachsinn«, antwortete der Joe aufbrausend. »Ich kenn sie aus dem Ort. Sie kommt mir zumindest bekannt vor. Aber ich kann ihr Gesicht nicht genau einordnen.«

»Kein Wunder, sie hat ja bis zum Schluss ihre Sonnenbrille aufgelassen.«

»Ja, und die Haare! Ich kenne bei uns im Ort niemanden, der so ein Pornoblond trägt.«

»Pornoblond?«

»Ja, du weißt schon.«

»Tu ich nicht!«

»Dieses extra, super Wasserstoffblond, das man sonst nur in den Pornofilmen zu sehen bekommt.«

»Bin ich zugegebenermaßen keine Spezialistin.«

»Ist doch auch wurscht. Das Blond halt, das die Tussi gerade hatte. Kennt man im echten Leben nur von den billigen Straßennutten. Oder, ganz hardcore, aus den ganz tiefen Landdiscos.«

»Die hat mir aber nicht nach billig ausgesehen, Joe, und ich kenn mich da ein bisschen aus.«

»Schon möglich, aber trotzdem – ich kenn sie von irgendwoher.«

Die Charlotte klopfte dem Joe amikal auf die Schultern. »Weißt was? Du lädst mich jetzt zum Mittagessen beim Chinesen ein, wie dein Chef vorgeschlagen hat, und dabei kannst in aller Ruhe darüber nachdenken, woher du sie kennst. Auch wenn's meistens nichts bringt. Wirst sehen, heute Nacht, wenn du grad mit der Polizeisekretärin herumferkelst, wird's dir wieder einfallen. Je weniger man darüber nachdenkt, desto eher kommst du drauf.«

Mürrisch stieg der Joe auf Charlottes Vorschlag ein. Wie ihm die Charlotte prophezeit hatte, war ihm der Name der Tussi auch noch nach Menü 23 (gebratenes Hühnerfleisch mit Sojasoße auf Jasminreis) nicht eingefallen. Auch beim Pflaumenschnaps danach nicht, nur um das klarzustellen.

Nach dem Mittagessen ging man wieder getrennte Wege. Die Charlotte hatte ihr Auto noch nicht mal vor der Pension abgestellt, da läutete bereits ihr Handy. Es meldete sich der Joe – ziemlich verwirrt und total aufgeregt.

»Der Kratochvil ist tot!«, brüllte er ins Telefon.

»Was?«, brüllte die Charlotte zurück.

»Tot! Aufgeschlitzt! Vom Bauch bis zum Hals. Eine echte Sauerei ist das. Hab ihn in seinem Büro gefunden.«

»Hast du schon die Polizei verständigt?«

»Nein, ich wollte zuerst mit dir reden. Du kannst dir nicht vorstellen, wie's hier aussieht. Alles voller Blut, und dem Kratochvil seine Eingeweide, na, ich kann's dir gar nicht beschreiben. Sogar über dem Bildschirm hängen Teile seiner Innereien. Ich glaub, ich muss gleich speiben ...« Geräuschvoll und dementsprechend ungustiös ließ er seiner Ankündigung auch gleich den Vollzug folgen.

Die Charlotte hörte den Joe am anderen Ende der Leitung kotzen und hielt den Hörer automatisch weg vom Ohr. Sie beendete das Gespräch, stieg in ihren alten Volvo, reversierte vor der Einfahrt und fuhr zurück zum Cherie. Fünf Minuten später stolperte sie auch schon durch die Eingangstür. Im Hintergrund konnte sie bereits die Sirenen der Einsatzfahrzeuge hören.

Es war gar nicht so einfach, in den ersten Stock raufzukommen. Sie war zwar die Einzige, die raufwollte, aber gut zehn Leute vom Personal wollten zugleich in die andere Richtung. Am oberen Ende der Stiegen sah sie den Joe. Kreidebleich und noch immer Teile des Erbrochenen auf seinem weißen Hemd. Unter dem Orangebraun der Kotze konnte sie deutlich einige kleine Blutflecken erkennen. Das sonst penibel zurückgegelte Haar war zerzaust, und zwei Strähnen hingen ihm in die Stirn. Vom Schladminger Gigolo war nicht mehr viel übrig geblieben. Mehr Schladminger Psycho oder so.

Nachdem der erste Ansturm die Stiegen hinunter vorbei war, schaffte es die Charlotte endlich rauf in den ersten Stock. Ein wenig kam sie sich dabei vor wie ein Lachs zur Laichzeit. Vereinzelt kam noch immer Personal die Stiegen runtergestürzt, und da war es für die Charlotte tatsächlich ein wenig so wie für einen Lachs, der sich stromaufwärts quält. Nur dass sie nicht gegen Stromschnellen, sondern gegen andere Lachse ankämpfen musste. Die waren aber alle viel gescheiter, wollten sich möglichst schnell aus dem Staub machen und waren genau in der entgegengesetzten Richtung unterwegs. Nur die Charlotte wollte es natürlich genau wissen und sich den Kratochvil aus der Nähe anschauen. Endlich oben angekommen, konnte sie dem Joe in die erschreckend kleinen und blutunterlaufenen Augen schauen.

»Wo?«, fragte sie ihn kurz.

Statt einer Antwort zeigte der Joe lediglich mit dem Daumen hinter sich. Dort sah die Charlotte eine schwere Eichentür, auf der eine protzige Goldplatte auf Augenhöhe hing.

»Chef« stand da ganz banal drauf. Kopfschüttelnd über so viel Ideenreichtum stieß die Charlotte die Tür auf. Innen war die Tür mit grünem Leder ausgelegt, das mit goldenen Nieten an der Tür angeschossen war. Das bekam die Charlotte aber nur am Rande mit, denn das Bild, das der ausgeweidete Kratochvil bot, war schon sehr grausig. Der Joe hatte mit seinem hastigen Gestammel am Handy nicht übertrieben gehabt.

»Wollte die Neue wohl austesten«, stellte die Charlotte mit Kennerblick fest. Der Joe nickte nur, aber es war tatsächlich nicht zu übersehen, dass sie den Kratochvil ziemlich aufgegeilt haben musste, bevor sie ihm den Todesstoß versetzt hatte. Der Tote lag mit ausgespreizten Beinen und heruntergelassenen Hosen auf dem sauteuren und völlig versauten Perserteppich. Die Leiche war bleicher als gewöhnlich. Die Neue hatte den Kratochvil nämlich ausgenommen wie Wildbret. Vom Muster des Perserteppichs war nicht mehr viel zu erkennen, so viel Blut hatte der Kratochvil verloren. Die Charlotte fragte sich, ob die Polizei überhaupt noch Blut in der Leiche finden würde. Aber immerhin, das musste ihm die Charlotte lassen, sein Gemächt war selbst im erschlafften Zustand noch beeindruckend. »Totschläger« hätte die Gitti wohl dazu gesagt, aber das war in diesem Zusammenhang ein wirklich unpassendes Wortspiel. Außerdem hätte selbst so ein Gerät die Charlotte nicht beeindrucken können. So viel hatte sie bei ihren wenigen Versuchen an männlichen Testkaninchen herausgefunden: Auf die Technik kam's an, nicht auf die Länge. Stimmt nicht, besserte sie sich selbst aus. Hauptsache er war dick, dann war alles andere wurscht. Hatte sie sich von Freundinnen erzählen lassen. Nachvollziehen konnte sie weder das eine noch das andere. Es hatte ihr einfach nie Spaß gemacht.

Dem Joe fiel beim Anblick von Kratochvils Schwanz auch halb die Kinnlade runter. Dort hatte er im ersten Moment gar nicht so richtig hingeschaut gehabt. Aber jetzt: einerseits männlicher Penisneid, auf der anderen Seite große Bewunderung, weil, so ein Gerät bekam man nicht jeden Tag zu sehen. Schon gar nicht als Mann. Die Svetlana hatte es schon oft genug zu sehen bekommen, aber ... und da hat's bei der Charlotte Klick gemacht. Sofort wusste sie, was sie als Nächstes tun würde.

»Hast du eine Adresse von der Svetlana?«

»Müsst ich nachschauen.« Er tippte auf seinem Handy herum und fand schließlich den Kontakt von der Svetlana, welchen er sofort an die Charlotte weiterleitete.

»Wieso eigentlich?«, fragte er.

»Sie war doch die Letzte, die den Kratochvil lebend gesehen hat.«

»Das war die Neue.«

»Idiot! Ich meinte, vor der Neuen. Außerdem weißt du ja wahrscheinlich noch immer nicht, wer die war.«

Der Joe schüttelte den Kopf. »Was ist bloß los? Ich mein, so geht's ja bei uns sonst auch nicht zu.«

»Eben, irgendwo muss da ein Zusammenhang sein. Auch wenn ich noch nicht weiß, wo. Giftige Schneekanonen, tote Drogendealer, ein toter Puffbesitzer ... und morgen wird's hier nur so wimmeln vor Schaulustigen, die sich den Nachtslalom geben wollen.«

»Der wird übrigens definitiv stattfinden. In der Fußgängerzone sind sie schon fast mit den Aufbauarbeiten für die Standln der Weltcupmeile fertig.«

»Was ist das denn schon wieder?«

»Saufstandln und Live-Bühne, damit den Fans auch rundherum was geboten wird. Außerdem wird dort das wirklich große Geld gemacht. Die Eintrittskarten für das Rennen sind ja vergleichsweise spottbillig«, antwortete der Joe nicht ganz ohne Stolz.

»Interessant, das habe ich gar nicht gewusst.« Um ehrlich zu sein, hatte sich die Charlotte damit überhaupt nicht beschäftigt. Sie hatte gedacht, dass es da ein Skirennen gab und fertig. Aber klar, von dem Event zehrte Schladming das ganze Jahr über. Da musste irgendwie auch ordentlich Geld umgesetzt werden.

»Wenn's so wie im letzten Jahr ist, dann treiben sich dort mehr Leute herum als im Zielraum und neben der Strecke. Und am nächsten Morgen kannst die halb erfrorenen Alk-Leichen von der Straße aufklauben. Im Spital sind für den Tag der Veranstaltung und den Tag danach bereits Extraschichten eingeteilt.«

»Fein fürs Spital, haben sie wenigstens auch was von dem Event. Aber vergiss das jetzt mal. Danke für den Kontakt von der Svetlana.«

Vorm Cherie quietschten sich in diesem Moment drei Polizeiautos ein und hätten beinahe einen gewaltigen Parkschaden angerichtet. Es ist nämlich nicht so wahnsinnig ratsam, auf einem eisigen Parkplatz eine Vollbremsung hinzulegen. Es war echt ein Glück, dass um diese Uhrzeit kaum Kundschaft im Cherie zugange gewesen und der Parkplatz beinahe leer war. Sonst hätte es wahrscheinlich wirklich mächtig gekracht.

Die Polizisten sprangen wie von der Tarantel gebissen aus ihren kreuz und quer stehenden Dienstwägen und stürmten ins Cherie. Natürlich ausgerechnet, als die Charlotte mit dem Joe die Stiegen herunterkam.

»Stehen bleiben!«, wurden sie von einem der Polizisten angeherrscht.

»Schon gut, nur keine Aufregung, die Leiche liegt oben im Büro. Wir würden dann gerne unsere Zeugenaussage machen«, antwortete die Charlotte möglichst ruhig, um die Situation etwas zu deeskalieren. Dabei deutete sie wie zuvor der Joe mit dem Daumen auf die sperrangelweit offene Tür vom Kratochvil. Die Polizisten stürmten an der Charlotte und dem Joe vorbei. Nicht einmal vom Keiffer wurden sie eines weiteren Blickes gewürdigt. Da konnte man wieder gut sehen, dass der Keiffer nix, aber wirklich gar nix am Kasten hatte. An seiner Stelle hätte die Charlotte alles und jeden, was sich noch im Cherie befand, auch dort festgehalten.

»Kommst du mit denen zurecht?«, fragte sie den Joe.

»Kein Problem, die kennen mich ja. Und wir haben ein Alibi vom Chinesen gegenüber«, sagte der Joe mit einem bemüht aufmunternden Lächeln. Aber das gelang ihm nicht sehr überzeugend.

»Ich werde der Svetlana mal einen Besuch abstatten, danke nochmals für die Adresse.«

»De rien, Mademoiselle.«

»Alter Faserschmeichler.« Sie drückte dem Joe einen feuchten Schmatzer auf die Wange. Als kleine Belohnung und zugleich als Aufmunterung für den sicher unangenehmen Nachmittag, der ihm mit der Polizeieinvernahme bevorstand.

Kopfschüttelnd startete die Charlotte ihren alten Volvo. Unglaublich, dachte sie, dass man sie nicht festgehalten hatte. Die Polizisten waren einfach blindlings hinaufgestürmt. Hoffentlich hatten sie wenigstens so viel Professionalität, dass sie den Tatort nicht völlig verwüsteten, bevor die Spurensicherung vor Ort war.

»Amateure!«, schnaufte sie in die eiskalte Luft im Auto.

Der arme Joe, den würde der Keiffer jetzt sicher ordentlich in die Mangel nehmen. Chef tot, die zwei Kellner tot, nur noch der Joe am Leben. Und überhaupt: Wer würde das Puff jetzt erben? Die Bürgermeisterin oder der Keiffer konnten es ja schlecht übernehmen. Zweifellos würde sich keiner der beiden dagegen wehren, würde man es ihnen aufzwingen. Das Cherie war neben der neuen Großraumdisco beim Zielstadion eines der bestgehenden Lokale in Schladming.

Die Charlotte riskierte einen Blick auf die Uhr: Es war mittlerweile drei Uhr nachmittags. Viel zu früh, um schon aufs Zimmer zu gehen, die Flora würde auch noch nicht da sein. Müde fühlte sich die Charlotte ebenfalls nicht, zu viel Adrenalin. Also beschloss sie, erst mal noch einen Blick ins Kaffeehaus ihrer Liebsten zu werfen. Vielleicht hatte die Andrea ja Lust, sie zur Svetlana zu begleiten. Allein wollte sie der Edelnutte nämlich keinen Besuch abstatten.

Den Volvo stellte sie vor ihrer Pension ab und ging den restlichen Weg zu Fuß. Dem Steißbein ging's schon viel besser, da lief sich auch der Fußweg gleich viel geschmeidiger. Ihr Weg führte die Charlotte natürlich wieder am Zielstadion vorbei, und das war – Hut ab – fast nicht mehr wiederzuerkennen. Wo vor wenigen Tagen noch Hundertschaften von Autos geparkt hatten, war jetzt mit tonnenweise Kunstschnee der Zieleinlauf aufgeschüttet worden, damit die Skistars nicht mitten im Steilen abschwingen mussten. Auf der rechten Seite stand eine große Stahlkonstruktion errichtet, in die kleine Kabinen eingepasst wurden – die Reporterkabinen für das Skirennen. Der ganze Zielhang sah aus wie ein emsiger Ameisenhügel, so viele Pistenarbeiter tummelten sich da. Bei jeder Schneelanze sah die Charlotte zudem einen uniformierten Polizisten. Wie der Joe schon gesagt hatte, die Schneekanonen wurden jetzt Tag und Nacht bewacht. Um die Sportler musste sie sich also keine Sorgen mehr machen.

Als sie die bewachten Schneekanonen sah, musste sie aber wieder an die toten Deutschen denken. Schließlich hatte damit ja das ganze Chaos angefangen. Dann waren noch zwei junge tote Drogendealer/Kellner dazugekommen und jetzt auch noch der Puffkönig von Schladming. Der Joe hatte ihr zuvor beim Mittagessen noch erzählt, dass der letzte Mord in Schladming gute fünf oder sechs Jahre zurücklag. Und nun gab's auf einmal fünf Tote innerhalb von nur ein paar Tagen. Der Charlotte war schon klar, dass es da irgendwo einen Zusammenhang geben musste, normalerweise starben die Leute in einem friedlichen Skiort ja nicht wie die Fliegen.

Die Charlotte rief sich noch mal das Bild des toten Kratochvil ins Gedächtnis. Also wirklich, das war kein schöner Anblick gewesen. Mochte ja sein, dass der Zorn einer Frau grenzenlos sein konnte, aber was diese Dame mit dem Puffkönig aufgeführt hatte … Ich hätte mich sicher auch übergeben müssen, wenn ich den Kratochvil so ohne Vorwarnung gefunden hätte, dachte sich die Charlotte und war stolz darauf, so eine Schwäche vor dem Joe nicht gezeigt zu haben.

Die Charlotte schlenderte an den Bauarbeiten im Zielstadion und der Gondel vorbei. Überall hektisches Treiben, so hatte sie den ruhigen Ort in den letzten Tagen gar nicht kennengelernt. Auf der Piste war natürlich tagsüber immer etwas los, aber der Ort selbst lag während dieser Stunden mehr oder weniger im Winterschlaf. Es machte sie etwas nervös. Die Polizisten hier waren ihr auch zu lax. Wer wusste, was passieren würde, wenn sich hier fünfzigtausend Leute herumtrieben – und mittendrin ein wahnsinniger Serienmörder? »Der Mörder Wurm, den krieg ma nie …«, fiel ihr ein alter Georg-Danzer-Hadern ein. Wirklich aufheitern konnte sie der Gedanke nicht.

In Gedanken versunken erreichte die Charlotte schließlich nach kurzer Zeit die Fußgängerzone. Die kleinen Holzstandln, an denen rechts und links der Straße fleißig gehämmert wurde, hatte sie am Vormittag nicht gesehen. Jetzt nahm sie sich die Zeit, alles gründlich auf sich wirken zu lassen. Gegen diese Ansammlung von Punsch-, Glühwein- und Ramschhütten wirkte der Christkindlmarkt am Wiener Rathausplatz wie Minimundus, mochte man meinen. Die Charlotte konnte sich gut vorstellen, wie es hier am Tag X zugehen würde. So gesehen war es auch kein Wunder, dass etliche Fans beim abendlichen Rennen selbst kaum mehr gerade stehen konnten. Sie schüttelte, ganz die rational denkende Erwachsene, den Kopf und drang weiter in die Fußgängerzone vor. Weit musste sie ja nicht gehen, schließlich lag das Mozart ziemlich am Anfang. Sie wäre aber dennoch beinahe daran vorbeimarschiert, weil auch vor dem Eingang zum Kaffeehaus eine Holzhütte stand. Überall, links und rechts, verdeckten die Saufstandln die schmucken Häuser der Fußgängerzone. Hinter den Holzhütten lagen kilometerlang Stromkabel und ließen nur wenig Platz, um zu den Geschäften zu kommen.

Fluchend zwängte sich die Charlotte zwischen zwei Holzhütten (»Gerry's Superpunsch« – man beachte den Idioten-Apostroph – und »Hinterbergers Schnapskuchl«) durch und stieß die Tür zum Mozart auf.

Obwohl der Charlotte durch ihren Zorn schon warm geworden war, war der warme Luftstoß, der ihr aus dem Kaffeehaus ohrfeigenartig entgegenschlug, nicht unangenehm, sondern durchaus willkommen. In der Luft schwang auch der herrliche Duft von frischem Kaffee, obstigem Tee und schokoladigen Torten mit.

Die Charlotte verdrängte die Gedanken an den grausig zugerichteten Kratochvil ganz, ganz schnell und suchte sich einen freien Platz im hintersten Eck. Am Tisch lagen noch ein paar Tageszeitungen, und gierig machte sie sich darüber her. Die rätselhaften Morde in Schladming waren den Tageszeitungen aber nach wie vor keine großen Schlagzeilen wert. Lieblose Zweispalter im Chronikteil, das war's. Interessanterweise fanden sich im Sportteil etwas ausführlichere Berichte, aber die beschäftigten sich mit der unnötigen Frage, ob das Skirennen unter Umständen abgesagt werden musste. Schön langsam beschlich die Charlotte das Gefühl, dass die Morde mit voller Absicht totgeschwiegen wurden, nur um den verdammten Nachtslalom nicht zu gefährden. Sie wollte gar nicht wissen, wer alles bei dieser Vertuschungsaktion seine Hände im Spiel hatte. Falsch, eigentlich wollte sie es schon wissen. Tatsächlich war es aber wahrscheinlich der ganze Ort. Denn auch hier wusste man: The show must go on. Oder auf Österreichisch: Geld hat kein Mascherl.

»Hallo, Hübsche, was treibt dich denn jetzt schon hierher? Ich kann erst in zwei Stunden Schluss machen.«

Die Charlotte schaute ihre Andrea ganz furchtbar verliebt an. Es war schon erstaunlich, wie schnell einem ein anderer Mensch vertraut werden konnte, wenn die Chemie nur passte. Einen Verliebtheitsflash wie mit der Andrea hatte die Charlotte nicht einmal als Teenager gehabt. War schon gut, wenn man so eine Abwechslung parat hatte. Der Flora konnte und wollte sie die Sache mit dem aufgeschlitzten Kratochvil naturgemäß nicht anvertrauen, die hatte ohnehin schon genug zu verdauen.

Womit die Charlotte nicht rechnete, war, dass die Flora die Morde schon längst verdrängt hatte. Die Kleine bekam im Moment nämlich ihren glutäugigen italienischen Gigolo nicht aus dem Kopf. Vielleicht auch als Ablenkung für die fehlende große Schwester. Trotzdem muss angemerkt werden, dass die Flora in Wirklichkeit eine ganz Brave war. Andere kleine Schwestern hätten die ungewohnte unbeaufsichtigte Freiheit vielleicht ausgenützt und sich mit dem kleinen Italiener die Nächte um die Ohren geschlagen. Aber die Flora, ja die Flora schlug sich mit ihrem Luca nur die halben Nächte um die Ohren. Und ran ließ sie ihn auch nicht. Nur ein bisschen schmusen, aber eben nix, worüber man sich hätte Sorgen machen müssen. Und das war gut so. Nicht nur für die Flora, sondern auch für die Charlotte. Weil die ja als Aufpasserin für ihre Schwester fungieren sollte. Da käme es bei den Eltern daheim nicht so gut an, wenn das kleine Schwesterlein frisch defloriert nach Hause kam. Nur weil die große Schwester sich ungefragt einen Mordfall und eine Liebhaberin aufgerissen hatte.

Die Andrea sah der Charlotte sofort an, dass etwas nicht stimmte. »Ich mach eine kurze Rauchpause«, rief sie zum Chef nach vorne und ging mit der Charlotte vor die Tür. »Was ist los?«

»Der Kratochvil ist tot, ziemlich bös hingerichtet.«

»Der Puffbesitzer?«

»Ja, genau der.«

»Weiß man, wer's war?«

»Gute Frage, darum geht's ja. Der Joe und ich haben sie sogar gesehen, aber er hat sie nicht erkannt.«

»Was ist da bitte los?«, hakte die Andrea nach, weil sie genau Bahnhof verstanden hatte.

Die Charlotte begann also von vorne. Wie sie den Joe besucht hatte, wie die Svetlana aus dem Cherie gestürmt und schließlich die Neue aufgetaucht war.

»Pornoblond heißt das also«, stellte die Andrea schließlich trocken fest.

»Wie auch immer. Ich will heute noch die Svetlana besuchen. Vielleicht hat sie etwas mitbekommen, wie sie auf den Parkplatz rausgestürmt ist.«

»Soll ich mitkommen?«

»Hast was Verferkeltes vor?«, fragte die Charlotte mit einem dreckigen Grinser.

»Na, wenn der Kratochvil schon in der Svetlana drinnen war, muss ich das nicht unbedingt haben. Obwohl die Sveti selbst eine ganz Liebe ist, wirklich. An ihren freien Tagen ist sie eh manchmal hier im Café. Da würdest du gar nicht erkennen, dass sie eine vom horizontalen Gewerbe ist. Die alten Knacker gaffen sich natürlich schon ihre Augen aus den Köpfen. Aber kein Wunder, die Svetlana ist schon ein richtiger Hingucker.«

»Du brauchst was sagen«, giftete die Charlotte nicht unfreundlich zurück.

»Danke, eifersüchtig?«

»Ich wüsste nicht, wieso«, konterte die Charlotte.

»Vielleicht, weil ich bei den männlichen Gästen ganz gut ankomme? Vor allem im Dirndl. Wirkt sich schon gut aufs Trinkgeld aus.« Dabei wickelte die Andrea unschuldig eine ihrer blonden Locken um einen Finger. Und die Charlotte gleich dazu. Sie drängte die Andrea an die Hauswand und gab ihr einen langen, innigen Kuss. Gut, dass die Sicht von der Fußgängerzone her durch die vielen Saufstandln verdeckt war.

Nach einer Minute stieß die Andrea die Charlotte sanft von sich. »Ich muss jetzt wieder rein, sonst macht der Chef Trouble«, erklärte sie unglücklich.

»Ist gut, ich mach es mir einfach im Café gemütlich. Zeitung lesen und warten, bis du fertig bist. Für heute hab ich eh schon Aufregung genug gehabt. – Also natürlich nur, wenn es dir recht ist«, fügte die Charlotte im Frageton an. Ganz konnte sie ihr neu gefundenes Glück noch immer nicht glauben. Und sie wollte der Andrea nicht jetzt schon auf die Nerven gehen.

»Und ob mir das recht ist«, zerstreute die Andrea ihre Bedenken mit einem breiten Grinsen und fügte, mit Blick auf ihr Rendezvous mit der Svetlana, hinzu: »Und außerdem haben wir nachher sogar noch etwas vor.«

»Erinner mich nicht! Ich hoffe nur, dass es da ein bisschen ruhiger zugehen wird.« Ganz untypisch für die Charlotte schwang da etwas Stoßgebethaftes mit.

Und genau deshalb sagte die Andrea: »Dein Wort in Gottes Ohr.«

Dreizehn

Knapp zwei Stunden später standen die Charlotte und die Andrea vor der Wohnungstür der Svetlana. Die Lieblingsnutte des entleibten Kratochvil wohnte ganz in der Nähe vom Mozart, in einem relativ frischen Neubau in einer schmalen Gasse, die, für die Charlotte ganz unverständlich, keine Einbahn war. Wenn da links oder rechts Autos parkten, war es schon für ein einzelnes Auto schwierig, durchzukommen. Die Anrainer waren das gewohnt; sie hatten dafür eine rechte Hetz, wenn zwei Touristenschüsseln auf Frontalkurs unterwegs waren und keiner der beiden Platz machen wollte. Die Hauswände zeugten vom Tod des einen oder anderen Seitenspiegels. Für die Hausbesitzer war das natürlich auch immer eine große Freude. Schließlich zahlte dann die Versicherung den neuen Anstrich.

Vor dem Haus mit der Nummer 11 stand ein mächtiger BMW-SUV. Was hatte die Svetlana schon groß zu verheimlichen? Die Nachbarn nahmen ihren Beruf überraschenderweise recht gelassen hin. Erstens, weil die Svetlana tatsächlich eine ganz Nette war, zweitens, weil sie daheim keine Kunden empfing, und drittens dachten sich viele Frauen: Was soll's? Mein Mann geht zu ihr hin, kann man auch gleich nett zu ihr sein. Erspar ich mir im Bett wenigstens das Theater.

Ganz so war's natürlich nicht, aber so ähnlich halt. Außerdem war in den alpinen Gebieten Österreichs ein Allradantrieb schon wichtig. Hatten ohnehin die meisten. Wenn's hier mal ordentlich schneite (was in den letzten Jahren immer seltener vorkam), war man ohne Allradantrieb aufgeschmissen. Heuer war es ziemlich egal, weil es kaum geschneit hatte. Erst in den letzten zwei Wochen hatte sich der liebe Gott erbarmt und die Landschaft im Ennstal wenigstens ein wenig angezuckert. Genug für spektakuläre TV-Bilder, zu wenig, um ohne Kunstschnee einen Liftbetrieb zu gewährleisten.

Die Andrea läutete an der Klingel mit dem Namen »Kratochvil«. Die Charlotte sah sie fragend an.

»Ist eine Dienstwohnung«, erklärte die Andrea. »Der Kratochvil hat halt einen wirklichen Stand auf die Sveti gehabt.«

»So familiär geht's bei den Gürteltieren in Wien nicht zu.«

»Wir sind ja auch nicht in Wien.«

»Stimmt auch wieder.«

Ohne Meldung aus der Gegensprechanlage brummte der Türsummer. Erst da fiel der Charlotte auf, dass die Gegensprechanlage auch über eine Videokamera verfügte. Die Svetlana schien die Andrea tatsächlich zu kennen und ihr zu vertrauen.

Die Andrea drückte die schwere, eisengerahmte Glastür mit der Schulter auf. Rechts gingen Stiegen in die oberen Stockwerke, links Stiegen in den Keller. Die Andrea nahm zielstrebig die rechte Treppenflucht, die Charlotte hechelte hinter ihr her. Im zweiten Stock begann die Charlotte bereits mit dem Raunzen. »Ist's noch weit, Mama?«

»Wir sind gleich da«, antwortete die Andrea. Weniger aus Wissen als aus Überzeugung, weil das Haus nur drei Stockwerke hatte.

»Eh klar, Penthouse«, raunzte die Charlotte weiter, als sie endlich vor der Tür mit der Aufschrift »Kratochvil« standen. Die Andrea klopfte, und sofort hörten sie schwere Schritte durch die Wohnung trampeln. Irgendetwas, dem Geräusch nach zu schließen, eine Vase, fiel zu Boden, ein leiser Fluch, und dann konnte man endlich das Rasseln eines Schlüsselbundes hören. Nach mehreren Fehlversuchen wurde der passende Schlüssel auch endlich ins Türschloss gestoßen, gedreht, und die Tür sprang auf.

»Ja?« Die Svetlana hatte die Tür nur einen Spalt aufgemacht und riskierte mit einem Auge einen Blick vor die Tür. Die Charlotte konnte trotzdem sofort erkennen, dass es ihr nicht gut ging. Das Make-up war zerronnen und verwischt. Unter dem einen sichtbaren Auge zeichneten sich dunkle Ringe ab, die nicht vom zerstörten Make-up kamen.

»Dürfen wir reinkommen? Ich würde gerne mit dir über den Kratochvil sprechen.«

»Über den Ernstl? Da gibt's nix mehr zu besprechen, der ist ja tot.«

»Wie sich das alles herumspricht!«, merkte die Charlotte an.

Die Svetlana klärte sie auf: »Die Polizei war vor einer Stunde hier und hat mich befragt.«

»Darum geht's uns auch, bitte gib uns ein paar Minuten«, drängte die Andrea.

»Meinetwegen …«, stöhnte die Svetlana und öffnete langsam die Tür.

Die Charlotte war ganz schön überrascht, als sie die Einrichtung der Wohnung sah. Insgeheim hatte sie ja mit einer Art Privat-Separee gerechnet. Weit gefehlt! Die Wohnung war sehr geschmackvoll eingerichtet. Dunkles Walnussparkett, schwere Holzkästen und -tische verliehen ihr eine gewisse Würde. Auf dem gläsernen Couchtisch thronte ein kompliziert anmutender Teelichthalter aus Drahtgewirr. Platz nehmen durften sie schließlich auf einer karminroten Stoffcouch. Neben dem Teelichthalter stand eine geöffnete Flasche Rotwein, daneben lag eine Familienbox Taschentücher.

»Schnupfen?«, fragte die Charlotte und schimpfte sich im selben Moment für die blöde Frage.

Die Svetlana sah sie mit großen, verheulten Augen an, und beinahe hätte sie über so viel Schusseligkeit sogar zu lachen begonnen. Fast, aber ihre Situation war alles andere als lustig, und so begann sie von Neuem, draufloszuflennen.

»Nein«, antwortete sie schluchzend, »aber kalte Füße habe ich mir schon geholt.« Akzentfreies Deutsch, stellte die Charlotte wieder fest.

»Wollen Sie uns nicht erzählen, was passiert ist?«

Wieder warf ihr die Svetlana einen leeren Blick zu. »Seid ihr von der Polizei?«

»Nein«, mischte sich die Andrea ein. »Mich kennst du ja, ich bin Kellnerin im Mozart. Außerdem hast du uns ja ohne nachzufragen reingelassen.«

»Ich hab doch gar nicht richtig geschaut, wer da überhaupt angeläutet hat. Dachte, es wäre vielleicht noch mal die Polizei«, schniefte die Svetlana. Dann musterte sie die Andrea eingehender. »Aber stimmt schon. Dich hab ich schon ein paarmal gesehen. Der Ernstl hatte eh ein Auge auf dich geworfen. Wollte dich abwerben.«

»Wirklich?«

Die Charlotte glaubte, ein bisschen Stolz in Andreas Stimme zu hören, und rammte ihr, ein bisschen fester als geplant, den Ellbogen in die Seite.

»Autsch!«, rief die Andrea empört auf.

»Ist schon gut«, meinte die Svetlana, »das war ein Kompliment. Der Ernstl, also der Kratochvil, hat sich immer nur die hübschesten Mädels rausgepickt.«

»Oder die brauchbaren Milfs«, flüsterte die Charlotte leise. Laut sagte sie: »Und wie sind Sie zu dem Job gekommen?« Bumm, wieder so eine blöde Frage, die man jetzt ganz falsch verstehen konnte. Und die Svetlana sah auch dementsprechend empört zu ihr rüber. Entrüstet und mit verächtlich hochgezogener Augenbraue musterte sie die Charlotte.

»Ich habe nicht im Kaffeehaus gearbeitet, mich hat er direkt aus Rumänien importiert. Der Ernstl war früher öfter unten auf ›Sommerfrische‹ und hat sich passende Mädchen rausgepickt. Ich war damals Miss Rumänien, und er hat mich vom Fleck weg engagiert. Der übliche Schmäh: Tänzerin, Sängerin, er bringt mich im Film groß raus. Nullachtfünfzehn halt. Aber was soll's? Wir wollten alle nur weg von dort und haben ihm gern geglaubt. Hier hat's dann natürlich ganz anders ausgeschaut. Aber er hat mich immer gut behandelt. Da hab ich mich nie beschweren können. Er hat mich vergöttert. Bloß Kinder wollte er nie haben. Und heiraten wollte er mich auch nicht. Aber ist ja jetzt auch egal.« Die Svetlana vergrub das Gesicht in den Händen und schluchzte leise vor sich hin. Die glänzenden schwarzen Haare fielen nach vorne und verdeckten Hände und Gesicht komplett. Die Andrea rückte der Svetlana ein bisschen näher und legte ihr einen Arm um die Schultern. Die Charlotte schenkte ihr Wein nach.

»Da, mach einen Schluck«, bot ihr die Andrea das Glas an. Langsam tauchte aus dem Haargewirr wieder das Gesicht der Svetlana auf. Sie nahm das Glas und leerte es mit einem kräftigen Schluck zur Hälfte. »Wollt ihr auch was?«

Die Svetlana stand auf und holte zwei langstielige Gläser aus einer Stahlvitrine mit Glaseinsätzen. Dann verschwand sie in der Küche und kam mit einer neuen Flasche Rotwein wieder zurück. Als alle drei Gläser angefüllt waren, erzählte die Svetlana weiter.

»Hab ich dich heute nicht im Cherie gesehen?«, fragte sie schließlich.

»Mhm«, murmelte die Charlotte, den Mund voller Rotwein. Zur Unterstreichung nickte sie auch noch. »Ich hab den Joe besucht.«

Die Svetlana nahm ihr Glas in beide Hände, als wäre ihr der Inhalt zu kalt, und fixierte die rubinrote Flüssigkeit mit starrem Blick. »Der Joe ist schon ganz in Ordnung. Traut man ihm gar nicht zu, wenn man ihn nur oberflächlich kennt.«

»Wieso bist du denn so entrüstet aus dem Cherie rausgestürmt?«, hakte die Charlotte nach, auf alle Höflichkeiten verzichtend. Nachdem die Svetlana sie geduzt hatte, waren auch bei ihr alle Hemmungen gefallen. Klar, sie kannte die Geschichte schon vom Kratochvil, aber sie wollte sie doch ganz gern nochmals von der Svetlana selbst hören.

»Streit mit dem Ernstl, aber umgebracht habe ich ihn nicht. Bin ja nicht blöd und schlachte die Henne, die goldene Eier legt.«

»Eher den Hahn …«

»Ja, egal. Es ist wieder mal ums Baby gegangen.«

»Er hat uns erzählt, dass er keines wollte.«

»Eben, aber ich bin vor Kurzem trotzdem schwanger geworden.«

»Vom Kratochvil?«

»Ja, von einem Kunden ganz sicher nicht. Da spielt's nur was mit Gummi. Ohne können sie gleich brausen gehen. Und ich kontrollier nachher immer, ob eh nix danebengegangen ist. Beim Ernstl war das halt was anderes.«

»Nimmst du die Pille?«

Die Svetlana stockte. Verschämt sah sie zur Seite. Schließlich sagte sie: »Nein, in letzter Zeit nicht mehr. Ich wollte unbedingt ein Kind.«

»Vom Kratochvil?«

»Warum denn nicht? Er war meistens gut zu mir. Auf jeden Fall besser als die Männer, mit denen ich daheim zu tun hatte. Mit einem Kind hätte ich den Job vielleicht sogar hinschmeißen und das Cherie als Managerin leiten können. Dann hätte der Ernstl mehr Zeit für seine anderen Geschäfte gehabt.«

Die Charlotte wusste schon, worauf die Svetlana anspielte. »Aus dem Plan wird jetzt wohl nix mehr.«

Die Svetlana lächelte gequält. »Nein, ganz sicher nicht.« Sie schluchzte wieder.

»Was passiert jetzt mit deinem Baby?«, wollte die Charlotte wissen. Ihr Blick hing neugierig am flachen Bauch der Svetlana.

»Nix, ich bin ja gar nicht schwanger.«

»Interessant«, meinte die Charlotte. »Mir hat er erzählt, dass du schwanger bist und dich weigerst, abzutreiben.«

»Das ist meine Schuld«, gestand die Svetlana. »Ich habe ihm heute erzählt, dass ich wieder schwanger bin. War wohl mehr Wunschdenken, aber ich wollte austesten, wie er reagiert, wenn es wieder mal passieren würde.«

»Wieder mal?«

Die Svetlana nickte. »Der Ernstl hat das überhaupt nicht verstanden, wie es sein konnte, dass ich schwanger bin. Er hat ja geglaubt, dass ich die Pille nehme. Ich habe ihm eingeredet, dass seine Männlichkeit selbst für ein Medikament zu groß sei.«

»Das hat er geglaubt?«, fragte die Charlotte verwundert.

»Wieso denn nicht? Ich wäre nicht die erste Frau, die trotz der Pille schwanger wird. Und wenn man dem Ernstl schmeichelte, hat er eh fast alles geglaubt. Man musste nur wissen, wie man mit seinem Ego umgeht.« Sie machte eine kurze Pause, nahm einen Schluck aus ihrem Glas und brach in Tränen aus. »Jetzt ist er tot, und ich bin schuld! Wenn wir uns nicht gestritten hätten und ich länger geblieben wäre ...«

»Dann wäre er halt später gestorben. Die Neue, die ihn umgebracht hat, hätte einfach einen anderen Moment abgewartet. Mach dir deswegen bitte keine Vorwürfe. Erzähl lieber weiter«, versuchte die Charlotte sie zu beruhigen.

»Na gut. Der Ernstl war damals natürlich auch nicht glücklich, dass ich schwanger bin. Er hat darauf bestanden, dass ich abtreiben lasse.«

»Und?«

»Und schließlich bin ich seinem Wunsch auch nachgekommen. Ich wollte nicht, dass das Kind mit einem Vater aufwächst, der es nicht akzeptiert.« Wieder eine Pause, wieder ein Schluck. Tränen liefen über die Wangen der Rumänin. »Ich bin damals also ins Spital gegangen und hab abtreiben lassen. Da war ich schon in der zehnten Woche. Die Susi war empört und hat gemeint, dass sie dem Ernstl ordentlich die Leviten lesen wird, wenn sie ihn mal erwischt.«

Die Charlotte wurde hellhörig. »Welche Susi?«

»Na, die Freundin vom Franzl. Die hat früher während ihres Medizinstudiums auch für den Ernstl angeschafft. Hat erst als Kellnerin auf einer der Skihütten gearbeitet und wurde dann vom Ernstl abgeworben. Für das tägliche Geschäft wollte sie sich aber nicht hergeben. Hat geglaubt, sie kann damit die große Kohle verdienen, ohne sich schmutzig zu machen. Und das in dem Job!« Die Svetlana war jetzt außer sich und zündete sich eine lange Cartier an. »Wollte immer nur die besseren Kunden haben, vor allem die Alten, die eh keinen mehr hochkriegen. Also hat der Ernstl mit ihr ein VIP-Escortservice für die Steiermark aufgezogen. Irgendwann war das der Susi aber zu wenig, und sie hat angefangen, in die eigene Tasche zu arbeiten. Das hat dem Ernstl natürlich nicht gefallen.«

»Wie hat sie das angestellt?«

»Die Susi hat die Kunden betäubt und dann ausgeraubt. Das ist lange gut gelaufen. Wer traut sich hier schon, zur Polizei zu gehen und zu sagen, dass er im Puff ausgeraubt wurde? Sie hatte einen ganz schönen Vorrat an diversen Schmerz- und Betäubungsmitteln. Das hättet ihr sehen müssen, wie eine mobile Apotheke. Damit hat sie auch die anderen Mädchen im Cherie versorgt. Da ein Kopfwehpulverl, dort ein Beruhigungsmittel, das Rezept für die Pille vergessen? Kein Problem, die Susi hat schon was aufgestellt. Die Sachen sind aus Graz gekommen. Dort hatte sie einen Apotheker in der Hand. Mit dem hatte sie neben dem Studium eine Affäre angefangen, und das hätte seiner Frau nicht gefallen, wenn es rausgekommen wäre.«

»Das hat sie dir alles auf die Nase gebunden?«, fragte die Charlotte erstaunt.

»Oft war sie ja nicht im Cherie, vielleicht ein, zwei Mal im Monat. Da hat sie dann die Bestellungen für die Medikamente aufgenommen und die vom letzten Mal vorbeigebracht. Ich weiß auch nicht, wieso, aber mit mir hat sie sich ganz gut verstanden. Die anderen Mädels im Cherie waren ihr zu minder. Aber mir hat sie immer wieder mal ein paar Brocken erzählt, daraus habe ich mir die Sache dann zusammenreimen können. Ich wurde auch gratis von ihr versorgt. Von den anderen hat sie immer Kohle für ihre Apothekerdienste verlangt. War aber wohl nichts Persönliches, sie glaubte wohl nur, dass sie es sich mit der Stute vom Chef richten wollte.«

»Und irgendwann ist ihr der Kratochvil dann draufgekommen?«

»Ja, da ist sie ein bisschen zu weit gegangen. Hat dem damaligen Bürgermeister K.o.-Tropfen verpasst. Der wäre fast nicht mehr aufgewacht, den mussten sie ins Spital einliefern. Offiziell hat's geheißen, er hätte einen Nervenzusammenbruch gehabt. Wegen der Anschaffung neuer Schneekanonen. Aber in Wirklichkeit wusste der ganze Ort, dass er im Cherie schnackseln war. Der Kratochvil hat die Susi dann rausgeschmissen. Hat sie scheinbar nicht sonderlich gestört. Da war sie gerade am Fertigwerden mit ihrem Medizinstudium und wollte im Ort ohnehin eine eigene Praxis aufmachen. Daraus ist nix geworden, dafür hat der Ernstl gesorgt. Das mit dem Bürgermeister hat er ihr nicht verziehen. Diese Geschichte hätte ihn beinahe sein Geschäft gekostet. Die Susi ist dann was weiß ich wohin gegangen und vor einem halben Jahr auf einmal als Ärztin hier im Spital wiederaufgetaucht.«

»Da war der Kratochvil sicher hocherfreut?«, fragte die Charlotte.

»Ach, dem war das inzwischen schon wieder egal. Wie gesagt, der Ernstl war ja kein Unmensch. Er hatte mich einmal für einen Monat nach Wien ausgeliehen. Da habe ich Sachen erlebt … Nein, danke, nie wieder. Da bin ich lieber hiergeblieben. Andererseits, jetzt, ohne den Ernstl …«

»Wird schon irgendwie weitergehen«, tröstete die Andrea die Svetlana. »Irgendwer wird das Cherie schon übernehmen. Und derjenige kann auf seine Nummer eins ja wohl schlecht verzichten.«

Die Svetlana warf der Andrea einen dankbaren Blick zu und prostete ihr mit dem halb leeren Glas zu.

»Was ist denn jetzt mit der Susi?«, wollte die Charlotte wissen.

»Die arbeitet noch immer im Spital und dealt von dort aus weiter mit Medikamenten. Das hat dem Ernstl zwar nicht so getaugt, aber richtig viel Geschäft hat sie ihm auch nicht weggenommen. Bei der Susi bekommst halt schnell einmal ein Packerl Parkemed ohne Rezept. Oder kannst dir unauffällig Antibiotika für deine Chlamydien-Infektion holen. Viel härter ist's aber nie geworden. Solange sie nicht mit echten Drogen gedealt hat, hat der Ernstl bei ihr ein Auge zugedrückt. Das war das Einzige, wo er wirklich ungut werden konnte. Das war sein Revier, und da hat er keine anderen Dealer geduldet.«

»Was weißt du über die zwei toten Burschen?«

»Hat euch doch sicher schon der Joe erzählt. Aber gut. Die zwei haben für den Ernstl gehackelt. Haben ihm die Drecksarbeit abgenommen und das Zeug auf der Straße und in den Lokalen verkauft. Offiziell waren sie als Kellner im Cherie angestellt.«

»Keine Ahnung, wer die beiden umgebracht haben könnte?«, fragte die Charlotte möglichst sanft. »Oder wieso sie überhaupt sterben mussten?«

Die Svetlana stand auf und verschwand in der Küche. Kurz darauf kam sie wieder zurück. In der rechten Hand hielt sie eine frische Flasche Rotwein, in der linken ein Plastiksäckchen mit weißem Inhalt.

»Das ist doch …«, setzte die Charlotte mehr erstaunt als schockiert an.

»… Koks«, führte die Svetlana den Satz zu Ende.

»Offensichtlich«, bestätigte die Charlotte. Klar, als ehemalige Polizistin hatte sie den Engelsstaub auch des Öfteren zu sehen bekommen. Da erkennt man so ein verschweißtes Sackerl sofort.

»Das ist das Privatzeug vom Ernstl. Er hatte immer einen kleinen Notvorrat bei mir eingelagert. Er hat gewusst, dass mich die Kieberer in Ruhe lassen oder zumindest leicht abzulenken und zu vertrösten sind«, erzählte die Svetlana mit einem verlorenen Schmunzeln auf den Lippen.

Die Charlotte konnte sich ihre Gott-sei-Dank-nicht-Kollegen von der Schladminger Polizei schon vorstellen, wie sie bei der Svetlana eine völlig unmotivierte Hausdurchsuchung nach der anderen machten.

»Schwer beschäftigt an den freien Tagen?«, fragte sie deshalb. Die Svetlana nickte und lächelte gequält.

»Du musst den Ernstl wirklich geliebt haben«, merkte die Charlotte teils anerkennend, teils verständnislos an.

»Ja, und dass er jetzt tot ist, taugt mir so was von gar nicht ...«

Darauf die Charlotte und die Andrea unisono: »Das kann ich mir vorstellen.«

Wenn die Charlotte und die Andrea darauf gewartet hatten, dass sich die Svetlana jetzt vor ihren Augen eine Trost-Straße in die Nase ziehen würde, hatten sie sich aber gewaltig geschnitten. Die Svetlana nahm das Plastiksackerl, deutete den beiden, mitzukommen, und ging zur Toilette. Dort riss sie das Säckchen auf und streute das Koks in die Kloschüssel. Mit Tränen in den Augen betätigte sie die Spülung, und futsch war das Gift. Okay, auch eine Möglichkeit, um Trauerarbeit zu leisten.

»Ich brauch das Zeug nicht«, erklärte die Svetlana schließlich. »Hab es nie gebraucht. Macht furchtbare Dinge mit den Leuten.«

Nach ihrem Besuch bei der Svetlana beutelte es die Charlotte und die Andrea ordentlich durch. Als sie ins Freie kamen, sagte ihnen ihr inneres Thermometer, dass es mindestens minus zehn Grad haben musste. Die Erzählungen der Svetlana hatten sie auch nicht aufgewärmt, schon eher der Rotwein und die Heizung in der Wohnung der Nutte. So einen Temperatursturz von gut fünfunddreißig Grad musste man erst mal verkraften.

»Was jetzt?«, fragte die Andrea.

»Ich glaub, ich möchte noch mal mit dem Joe reden. Lass uns ins Schneeweißchen gehen.«

»Gute Idee.«

»Vorher muss ich die Flora anrufen. Ich habe sie ja schon wieder den ganzen Tag alleine gelassen.«

Die Flora hatte auch tatsächlich ihr Handy eingeschaltet und ließ prompt eine Beschwerdeflut auf ihre große Schwester einprasseln. Dass sie sie wieder den ganzen Tag alleine ließ, dass sie alleine essen musste und überhaupt. Die Charlotte konterte kühl, die Flora habe doch eh ihren italienischen Gigolo und müsse ganz sicher nicht den ganzen Tag alleine herumhängen. Das Argument von der Flora, dass sie Geld brauche, ließ die Charlotte dann aber doch gelten. Sie machten sich aus, dass die Flora kurz im Schneeweißchen vorbeischauen sollte, wo die Charlotte sie mit frischem Barem ausstatten würde.

»Scheiße!«, fluchte die Charlotte, nachdem sie bereits aufgelegt hatte.

»Was denn?«, fragte die Andrea erschrocken.

»Na, jetzt brauch ich noch einen Bankomat. Die Flora hat kein Geld mehr, und ganz ohne kann ich sie auch nicht herumlaufen lassen.«

»Ums Eck ist gleich einer, liegt auf unserem Weg.«

Zehn Minuten später fielen die beiden schließlich im Schneeweißchen ein. Der Joe stand wieder hinter der Bar, als wäre nichts, aber auch rein gar nichts passiert. An den kleinen Tischen saßen drei Pärchen und die Wiener Edelsöhnchen-Partie. An der Bar stand ein einsamer Trinker. Dass dieser einsame Trinker ausgerechnet der von ihnen gesuchte Franzl war, fiel der Charlotte und der Andrea zuerst gar nicht auf.

»Ihr zwei seid ja schon richtig unzertrennlich«, wurden sie vom Joe grinsend empfangen.

»Dick und Doof«, erwiderte die Andrea ungerührt.

Darauf der Joe: »Geh, eher Siegfried und Roy, aber andersrum halt.« Und darauf musste er sich von den beiden einen Trottel heißen lassen.

»Mach mir lieber einen heißen Tee, ich muss mich erst mal aufwärmen«, forderte ihn die Charlotte auf.

»Für mich noch ein Achtel Rot«, sagte der einsame Trinker daneben. Und jetzt erst merkte die Charlotte, dass es der Franzl war.

»Komm schon, Franzl«, meinte der Joe beruhigend zu ihm, »das mit der Susi wird schon wieder.«

»Geh, was soll da noch werden? Weg ist die Oide!«

»Na, gleich so ausfällig, Franzl?«, mischte sich die Charlotte interessiert in das Gespräch ein.

»Dich kenn ich doch«, stellte der Franzl der Charlotte gegenüber fest.

»Klar, wir haben uns ja vor ein paar Tagen hier schon mal getroffen und kurz unterhalten.«

»Richtig!«, lallte der Franzl mit schwerer Zunge. »Was geht dich meine Susi überhaupt an?«

»Im Grunde genommen nix«, sagte die Charlotte, »aber erzähl doch mal, was mit ihr los ist. Ich hab schon so viel von ihr gehört. Nur gesehen hab ich sie noch nie.«

»Geht mir nicht anders«, erwiderte der Franzl. »Ich hab sie schon seit gestern nicht mehr gesehen. Am Telefon hebt sie auch nicht ab. Aber was soll's? Haben mich ja gerade erst aus dem Spital entlassen. Jetzt bin ich schon so besoffen, da kann ich's dir auch gleich erzählen.«

»Schieß los!«

»Peng!«, sagte der Franzl, zog mit dem Zeigefinger einen imaginären Pistolenabzug und amüsierte sich ganz herrlich über seinen Schmäh.

»Joe, sein Achtel geht auf mich«, rief die Charlotte dem Barkeeper zu und zwinkerte dem Franzl aufmunternd zu.

»Also gut. Ihr habts ja inzwischen sicher schon mitbekommen, dass ich so was wie ein bunter Hund in Schladming bin. Großes Skitalent und so. Blöd halt nur, dass ich vom Skiverband nie eine faire Chance bekommen habe. Meine Verwandten und Freunde sind natürlich immer davon ausgegangen, dass das alles eine große Verschwörung gegen mich ist. Und ein bisschen stimmt das auch. Der Hinterholzer, der Chef unseres Landesverbands, hat mich immer runtergedrückt und in keinen Kader reingelassen. Was soll's? Bin ja nicht das einzige Talent in Österreich, dem es so gegangen ist. Für die Susi war das aber ein Riesenproblem. Und seitdem es der Maier vom Maurer zur Nummer eins beim Skifahren gebracht hat, ist die Susi von dem Gedanken besessen, dass ich das genauso schaffen könnte.«

»Und, könntest du?«

»Aber geh, der Maier war der Maier. Ich bin nur der Franzl – und Maurer bin ich auch keiner. Aber wurscht. Die Susi hat nicht lockergelassen und den Hinterholzer erpresst, dass er mich beim Slalom als Vorläufer unterbringt. Du weißt schon, mit geheimer Zeitnehmung und so. Die Susi hat halt den wahnsinnigen Traum, dass ich als Vorläufer für Furore sorge und der ÖSV dann nicht mehr an mir vorbeikann. Hätte ich die Susi nicht davon abgehalten, wäre sie in den nächsten Copyshop gelaufen und hätte schon die ersten Fan-Shirts anfertigen lassen.«

»Die hätten wir sicher gut verkaufen können«, meldete sich der Joe ungefragt zu Wort.

Die Charlotte hingegen war hellhörig geworden. Erpressung … Und schon wieder war die Susi in eine nicht astreine Geschichte verwickelt. »Womit hat sie den Hinterholzer erpresst?«

»Mit Fotos aus dem Cherie. Der Hinterholzer war dort Stammgast. Und die Susi …«

»Die Susi hat doch gar nicht direkt im Cherie gearbeitet«, warf die Charlotte ein.

»Woher weißt du das denn?«, fragte der Franzl erstaunt, redete dann aber brav weiter: »Nein, hat sie nicht. Wenigstens nicht die ganze Zeit. Aber sie hat die Damen dort mit Medikamenten versorgt. Und als Gegenleistung ist nicht immer Geld geflossen. Manchmal hat sich die Susi die Medikamente auch mit Fotos der Kunden im Cherie bezahlen lassen. Das war dann einer der Gründe, warum sie sich letztlich mit dem Kratochvil zerkracht hat. Wie er ihr auf das auch noch draufgekommen ist …«

»Na ja, nicht nur wegen der Fotos …«, meinte die Andrea.

War aber schon interessant. Von den heimlich gemachten Fotos hatte die Svetlana nichts erzählt. Hatte sie es nur vergessen? Verschwiegen? Oder selbst nichts davon gewusst? Oder war das gar gängige Praxis im Cherie? Das würde immerhin erklären, wieso der Kratochvil bei seinen schmutzigen Geschäften gar so freie Hand gehabt hatte. Wer wusste schon, von wem alles heimlich Fotos angefertigt worden waren?

»Ich weiß eh, aber was soll's? Auf jeden Fall werde ich morgen als Vorläufer antreten, und die Susi wird's nicht erleben, weil sie gar nicht da ist.«

»Da wäre ich mir nicht so sicher«, murmelte die Charlotte nachdenklich. Auf ihren neuen Verdacht hinauf bestellte sie sich gleich noch ein Mineralwasser. Sie wollte jetzt einen möglichst klaren Kopf behalten. Ausnahmsweise.

Zehn Minuten später verabschiedete sich der Franzl. »Muss ins Bett, morgen ist ja mein großer Tag«, lallte er mit einer großen Portion Sarkasmus.

»Viel Glück!«, riefen ihm die Charlotte und die Andrea nach.

Im selben Moment rauschte die Flora mit ihrem italienischen Nachwuchs-Gigolo im Schlepptau in die Disco. Bonsai-Eros, dachte die Charlotte hämisch, weil der Luca kleiner als die Flora war. Ganz rote Backen hatte die kleine Schwester. Kein Wunder, weil im Freien hatte es Temperaturen, dass man glauben konnte, die Antarktis läge mitten in der Steiermark.

»Tust du eigentlich noch was anderes, außer dich täglich hier zu besaufen?«, fragte die Flora.

»Klar, ich ermittle in einem mehrfachen Mordfall«, schnappte die Charlotte zurück. Theatralisch deutete sie auf ihr Mineral und meinte: »Schaut das außerdem wie Alkohol aus?«

Die Flora ließ das kalt. »Was tut sich?«

»Das wirst du morgen sehen.«

»Morgen ist doch schon der Slalom!«

»Eben! Und jetzt kümmer dich lieber um deinen Bonsai-

Gigolo, der hängt der Andrea schon mit der Nase im Dekolleté.«

Die Flora drehte sich um und zog ihren kleinen Italiener am Krawattl zurück.

»Sicherheitsabstand!«, fauchte sie ihm ins Ohr und warf dabei einen eindeutigen Blick auf Andreas Oberweite.

Der Kleine wurde rot wie eine Tomate und flüsterte der Flora etwas wie »Amore mio« zu.

Die Flora schnaubte und warf ihm ein »Hat sich was mit Amore – typisch Mann!« entgegen. Manchmal benahm sich die Kleine schon erstaunlich erwachsen.

Nach ein bisschen Small Talk mit ihrer großen Schwester zog die Flora halbwegs beruhigt und dank der finanziellen Zuwendung vollauf zufriedengestellt mit ihrem Luca wieder davon.

Die Charlotte machte sich derweil schon Gedanken, wie sie das alles ihren Eltern erklären sollte. Die ganze Woche nicht um die Schwester gekümmert, stattdessen eine neue Freundin und jede Menge Morde aufgerissen. Bumm, das roch jetzt schon mächtig nach einer Standpauke. Wie gut, dass sie nicht am Weingut der Eltern lebte. Sie würde die Flora einfach daheim rauswerfen und sich von dannen machen. Ganz ohne der Frau Mama oder dem Papa auch nur Hallo zu sagen. Das konnte sie ein paar Tage später auch noch machen. Ja, so ein eigenständiges Leben ganz ohne Familienanhang war schon etwas Wunderbares. Keine Verantwortung. Keine Rechtfertigungen. Kein gar nix.

Wieso machte sie dieser Gedanke jetzt trotzdem so depressiv?

Vierzehn

»Wie geht's jetzt weiter?«, fragte die Andrea die Charlotte nach einem Cola. Die Charlotte schaute ganz tief in ihr fast leeres Glas Wasser und meinte: »Jetzt gehen wir die Susi auch noch besuchen. Weil's schon egal ist. Nur weil sie nie abhebt, wenn der Franzl anruft, muss das ja nicht heißen, dass sie wirklich nicht daheim ist. Weil, ganz ehrlich: Die hellste Kerze auf der Torte ist der Franzl nicht. Außerdem zerfließt er mir ein bisschen zu sehr im Selbstmitleid. Manchmal muss man die Dinge einfach selbst in die Hand nehmen.«

»Schlaue Idee«, meinte die Andrea, »aber hast du eine Ahnung, wo sie überhaupt wohnt?«

Die Charlotte schüttelte den Kopf. »Aber ich bin mir sicher, dass uns der Joe da weiterhelfen kann.«

Bei der Erwähnung seines Namens im Zusammenhang mit der Susi wäre dem Joe fast das Glas aus der Hand gefallen, an dem er eben wild herumputzte. »Seids ihr zwei jetzt komplett ang'rennt? Nein, nein, meine Süßen. Irgendwann ist einmal Schluss«, meinte er ein klein wenig hysterisch. Schön langsam setzten ihm auch der Stress und die Aufregung der letzten Tage merkbar zu, und er wollte sich nicht noch tiefer in die Geschichte hineinziehen lassen. Reichte schon, dass sein Boss und zwei Kollegen tot waren. Er wollte nicht der Nächste auf der Liste sein.

»Ach, komm schon«, flötete die Andrea und wuchtete dabei ihr Dekolleté auf die Theke. Da konnte der Joe gar nicht mehr anders, als nachzugeben.

»Ich weiß doch selbst nicht, wo die Susi wohnt«, stotterte er angesichts der drallen Weiblichkeit, die ihm da ins Gesicht sprang.

»Du eh nicht, aber vielleicht deine kleine Sekretärin, hm?«, drängte die Charlotte weiter. »Was meinst? Ruf doch mal an.«

Der Joe verschwand in einem kleinen Kammerl hinter der Bar und tauchte zehn Minuten später wieder auf.

»Ihr habt Glück, sie war noch im Büro und hat im Melderegister nachgeschaut. Im Telefonbuch steht sie natürlich nicht.«

»Wer tut das heute schon noch?«, feixte die Charlotte. Sie hatte ja selbst ihren Eintrag löschen lassen. Ein klein wenig Anonymität war im digitalen Zeitalter schon ein gewisser Luxus.

»Der Gefallen kostet mich übrigens ein schönes Abendessen«, maulte der Joe.

»Schadet dir eh nix, kleiner Charmeur. Kümmerst dich halt auch einmal um deine Freundin, nicht immer nur um die Touristinnen«, meinte die Charlotte schnippisch und riss dem Joe den Zettel mit der Adresse von der Susi aus den Fingern.

Zwanzig Minuten später standen sie und die Andrea zum zweiten Mal innerhalb kurzer Zeit nicht nur in der Kälte, sondern auch vor der Tür eines fremden Wohnhauses. Sie hatten aus Schladming raus und rauf in Richtung Rohrmoos fahren müssen, um zur Susi zu kommen.

»Zum Glück hat uns der Joe den vollen Namen der Susi aufgeschrieben. Sonst würden wir jetzt schön blöd aus der Wäsche schauen«, sagte die Andrea angesichts der zehn Namen an den Türschildern – jedoch ohne eine einzige Türnummer. Die Charlotte nickte, machte aber keine Anstalten, auf die Klingel mit dem Namen »Schaumaier« zu drücken.

»Au! Heb dir das für später auf!«, fauchte die Andrea, nachdem ihr die Charlotte auf die Finger geklopft hatte. »Wieso lässt du mich nicht klingeln?«

»Es ist besser, wenn wir uns nicht großartig ankündigen. Und bei den Temperaturen kann es leicht passieren …«, die Charlotte drückte gegen die Eingangstür, die prompt aufsprang, »… dass die Türen nicht richtig schließen«, vollendete sie ihren Gedanken.

»Kieberer«, meinte die Andrea verächtlich.

»Na ja, für irgendwas im Leben muss die Ausbildung ja gut sein. Und jetzt Schluss – rein mit uns.«

Die Charlotte und die Andrea betraten das Stiegenhaus, das einen eigenen, recht rustikalen Geruch hatte. Rustikal nicht im Sinn von stinkend, sondern von altem Holz. Ansonsten unterschied es sich nicht sonderlich von dem Haus, in dem die Svetlana lebte. Auf der einen Seite ein Abgang in den Keller, auf der anderen der Aufgang zu den Wohnungen. Im Gegensatz zum Kratochvil-Schatzi wohnte die Susi aber nicht im letzten, sondern gleich im ersten Stock. Die Charlotte musste also nur ein paar Stufen hinaufgehen. Das war ihr nicht unrecht, sie hatte die Nase vom vielen Herumrennen heute schon gestrichen voll.

»Was jetzt?«, flüsterte die Andrea, als sie vor Susis Wohnungstür standen.

»Frontalangriff!«, antwortete die Charlotte und klopfte so laut wie möglich an die Tür. Zuerst rührte sich drinnen nichts, deshalb klopfte die Charlotte nochmals und sagte laut: »Du kannst uns ruhig aufmachen, Susi. Wir wissen, dass du da bist. Du hättest im Vorzimmer kein Licht brennen lassen sollen!«

Die Andrea sah die Charlotte fragend an. Die deutete nur auf den Boden, und dort konnte jetzt auch die Andrea einen schmalen Lichtstreifen zwischen Tür und Boden erkennen.

Aus der Wohnung waren langsame, schlurfende Schritte zu hören. Der Schlüssel drehte sich zweimal, dann wurde die Tür einen Spalt geöffnet. Sofort hatte die Charlotte ihren Fuß in der Tür und jaulte vor Schmerz auch gleich laut auf. Die Susi wollte im ersten Schreck nämlich die Tür wieder zuknallen. Da nützten der Charlotte auch die dicken Winterstiefel nichts. Ihr lautes Geschrei bewirkte aber wiederum, dass einen Stock höher ebenfalls eine Tür geöffnet wurde.

Rasch öffnete die Susi ihre Tür ganz, zog die Charlotte rein (die Andrea folgte von allein) und warf die Tür wieder zu. Scheinbar wollte sie nicht, dass irgendjemand im Haus Notiz von ihr beziehungsweise ihrem Besuch nahm.

Beim Anblick der Wohnung blieb den beiden der Atem weg – vor Schreck. Aus ländlichen Gebieten war man ja so einiges an Wandschmuck gewöhnt. Häkeldecken, Marienbildchen und vor allem jede Menge ausgestopfter Jagdtrophäen. Die Wandausstattung in Susis Wohnung aber war ein besonderes Schmankerl. Die Charlotte musste zwei Mal hinschauen und sich die Augen reiben, um zu glauben, was sie da sah: An die Wände waren nämlich Dutzende menschliche Kiefer genagelt. Manchmal auch nur einzelne Zähne, dann wieder eine Ansammlung von zwei, drei zusammengehörenden Backenzähnen und als Höhepunkt die Frontpartie eines ziemlich echt aussehenden Vampirgebisses.

»Ein bisschen pervers?«, fragte die Charlotte, der bei diesem Anblick die Gänsehaut über den Rücken lief.

Die Susi verneinte. »Das ist eine Mietwohnung, der Besitzer ist ein pensionierter Zahnarzt. Er hat sich die Überreste seiner Patienten als Trophäen oder Erinnerungsstücke oder was weiß ich aufgehoben. Das hier war früher seine Ordination.«

»Kann man diesen Menschen einmal kennenlernen?«

Wieder ein Kopfschütteln. »Kaum, der Dr. Haberzettel macht sich jetzt ein leiwandes Leben, ist nur ein paar Wochen im Jahr in Schladming. Den Rest der Zeit ist er irgendwo in der Weltgeschichte unterwegs. Wenn er nicht da ist, hab ich die ganze Wohnung zur Verfügung. Wenn er einmal da ist, begnügt er sich mit einem kleinen Zimmer dahinten.« Die Susi deutete mit dem Daumen über ihre Schulter auf eine Tür neben dem Eingang zur Küche. »Ist sehr gemütlich. Obwohl ich eigentlich die Untermieterin bin, hab ich hier vollkommen das Sagen. Aber jetzt sagts erst mal: Wer seid ihr überhaupt, und was wollt ihr?«

»Wer wir sind, ist eigentlich egal. Was wir wollen? Ich würde gerne wissen, wieso du die Deutschen, die Kellner aus dem Cherie und den Kratochvil umgebracht hast.«

Die Andrea fiel vor Schreck fast um. Sie hatte zwar mit viel gerechnet, aber nicht damit, dass die Charlotte der Susi die Anschuldigungen einfach so ins Gesicht warf – nein, auf gar keinen Fall. Die Charlotte hatte ja nicht einmal angedeutet, dass sie die Susi im Verdacht hatte.

Die Susi blieb ganz ruhig. Fast unmerkbar bewegte sich ihr Kopf von links nach rechts. Dann sagte sie: »Kommts rein, dann erklär ich euch, was wirklich passiert ist.«

Die Charlotte schickte der Andrea einen triumphierenden Blick, dann trabten sie der Susi nach ins Wohnzimmer. Hier war alles viel praktischer eingerichtet als bei der Svetlana. Es war aber bei Weitem nicht so gemütlich.

Die Susi bot den beiden einen Platz an einem großen, runden Eichentisch an. »Sagt ihr mir wenigstens eure Namen?«

Dieser Bitte kam die Charlotte nach.

»Wollt ihr was zu trinken? Ich würde gerne noch was trinken, bevor ihr mich der Polizei übergebt. Das habt ihr ja wohl vor?«

Die Charlotte fühlte sich fast ein bisschen schlecht. Sie war sich sicher, dass die Susi die Mörderin war, es fehlten ihr aber noch die Beweise. Und der Dackelblick, den die Susi aufgesetzt hatte, war nicht von schlechten Eltern, da konnte man schon Mitleid bekommen. »Mhm …« Die Charlotte schluckte. Ihr war nicht wohl bei der Sache. Aber da hatte sie sich jetzt selbst hineinmanövriert. Ihr Mundwerk war wieder einmal schneller als der Kopf gewesen. Sie konnte nur hoffen, dass die Susi in Sachen Polizeiarbeit nicht sonderlich bewandert war. So etwas wie eine Festnahme durch Zivilisten gab es nämlich in Österreich natürlich nicht.

Eigentlich konnte die Charlotte gar nix tun. Schon gar nicht ohne Beweise. Sie hatte lediglich ihr Bauchgefühl. Auf das konnte sie sich zwar normalerweise verlassen, aber in diesem Fall nützte es ihr nicht viel. Jetzt konnte sie nur hoffen, dass die Susi ihr schuldbewusst einen Beweis vorlegte, mit dem sie zum Keiffer gehen konnte. Der durfte dann ruhig die

Lorbeeren einstreichen. Die Charlotte war nicht auf Ruhm aus. Noch nie gewesen. Sie wollte einfach nur den Rest ihres Urlaubs in Ruhe verbringen. Und vielleicht auch wieder ein bisschen Zeit für die nervige kleine Schwester haben.

»Kaffee?«, rief die Susi aus der Küche.

»Ja, bitte.« Die Charlotte musste nochmals schlucken.

Die Susi setzte sich mit drei überaus edlen Kaffeeschalen zur Charlotte und der Andrea an den Tisch. Nervös wirkte die Ärztin nicht.

Die Charlotte zündete sich eine Zigarette an. Sie hatte gar nicht erst um Erlaubnis gefragt, am Tisch stand ein halb voller Aschenbecher, die Luft in der Wohnung roch nach kaltem Rauch.

»Hab mich eigentlich eh schon gewundert, dass das so lange gedauert hat«, brachte die Susi das ins Stocken geratene Gespräch – von Verhör konnte offiziell ja keine Rede sein – wieder in Schwung.

»Stimmt«, konnte ihr die Charlotte nur beipflichten, »aber die Polizei hier ist ja etwas daneben. Und als Privatdetektivin ist es halt auch nicht so einfach.« Die Charlotte beschlich langsam ein unangenehmes Gefühl. Das ging hier alles viel zu leicht. Und sie war hoffentlich nicht zu leichtsinnig gewesen. Einfach so mir nichts, dir nichts bei einer potenziellen Mörderin reinzuspazieren und sie zu beschuldigen? Da hatte die Charlotte in ihrem Leben schon bessere Ideen gehabt.

Aber die Susi machte einen alles andere als gefährlichen Eindruck, wie sie da so am Tisch mit ihnen saß. Den Blick gesenkt, die Hände vor sich auf der Tischplatte zusammengefaltet. Im Hintergrund lief leise Musik aus dem Radio.

Trotzdem, das ging wirklich viel zu leicht. Aber jetzt war sie nun schon mal hier und wollte es bis zum Ende durchstehen. Und hoffen, dass die Susi doch nicht so kaltblütig war, wie die Morde, derer die Charlotte sie verdächtigte, annehmen ließen.

»Wie seid ihr mir auf die Schliche gekommen?«

»Du warst in alle größeren Skandale in den letzten Jahren verwickelt, und schließlich ist dein Name immer öfter gefallen. Die Beweisführung muss die Polizei erledigen. Ich bin einfach nur meinem Gefühl gefolgt.«

Die Susi nickte anerkennend. Irgendwie hatte man das Gefühl, dass sie die Charlotte aushorchte und nicht umgekehrt. »Bauchgefühl?«, fragte die Susi lächelnd.

Die Charlotte nickte.

»Ganz schön mutig. So ganz ohne Beweise bei mir reinzuspazieren und mich eines Mordes zu beschuldigen. Ich nehme mal an, du hast die Polizei schon verständigt und ihr wollt mich so lange aufhalten.«

»Aber nein, wir haben eigentlich …«, platzte es aus der Andrea heraus.

»Meine Vermutung ist«, unterbrach die Charlotte sie, um größeren Schaden zu verhindern, bevor nämlich die Andrea der Susi erklärte, dass sie rein gar nichts gegen sie in der Hand und auch nicht die Polizei verständigt hatten, »du hast – Entschuldigung – einen ziemlichen Klescher. Ein Rad ab, was auch immer.«

»Hobbypsychologin?«, schmunzelte die Susi amüsiert und völlig ohne Schuldbewusstsein.

Die Charlotte zuckte mit den Achseln. »Wenn du so willst. Vielleicht hab ich in meinem Leben nur auch schon zu viele von deiner Sorte kennengelernt. Minderwertigkeitskomplexe und Geltungsdrang aus deiner Kindheit und Jugend, weil du in ärmlichen Verhältnissen aufgewachsen bist. Das mit der Ärztin ist dann auch nicht so gelaufen, wie du es dir vorgestellt hast. Dafür warst du schon zu früh auf der schiefen Bahn, wenn auch nur die Hälfte von dem stimmt, was über dich und den Kratochvil erzählt wird. Und dann hast du deinen Geltungsdrang auf den Franzl projiziert und ihm eine Karriere eingeredet, von der er schon lange selbst gewusst hat, dass sie ihm nicht vergönnt ist. Vor deiner Zeit in Syrien warst du zwar schon kriminell, aber hast nicht gemordet. Während deiner Zeit bei ›Ärzte ohne Grenzen‹ muss dann etwas passiert sein, was bei dir endgültig etwas ausgelöst hat und dich durchknallen hat lassen.« So, jetzt war es heraußen. Die Charlotte atmete tief durch. Hobbypsychologin war kein unpassender Vorwurf, und doch glaubte sie fest, dass ihre Vermutung im Großen und Ganzen der Wahrheit entsprechen musste.

Die Susi zeigte sich unbeeindruckt, nickte aber zustimmend. Sie nahm einen Schluck von ihrem Kaffee und kicherte leise, aber dennoch schrill. Der Charlotte wurde heiß. Großartige Idee, eine Irre auch noch auf ihren Wahnsinn anzusprechen. Die Charlotte verstieß gerade so gegen jede Regel, die sie bei der Polizei im Umgang mit Verdächtigen gelernt hatte.

»Das mit den vergifteten Schneekanonen war schon ein guter Schmäh. Nur schade, dass ein paar unschuldige Touristen ums Leben kommen mussten«, sagte die Charlotte.

»Was heißt unschuldig? Nur ein toter Piefke ist ein guter Piefke«, geiferte die Susi dazwischen.

Na, gratuliere, dachte sich die Charlotte. Laut sagte sie: »Egal, das mag deine Meinung sein. Jedenfalls war's ein guter Testlauf für den Nachtslalom. Wer hätte denn da dran glauben sollen?«

»Das ist mir egal, irgendeinen hätte es schon aufgeprackt, und wenn er dann den Schnee gefressen hätte, wär er abgekratzt.«

Die Charlotte nickte langsam und machte noch einen Schluck von ihrem Kaffee. Er war exzellent, leicht süßlich, und man merkte ihm an, dass es kein einfacher Filterkaffee war. Sie wusste jetzt auch, dass die Susi wirklich einen Knall hatte. Nie im Leben wäre einer der Skistars bei ihrem Mordanschlag ums Leben gekommen. So viel Gift konnte sie gar nicht in den Kunstschnee reinmischen. Die Berliner hatten Pech gehabt, weil sie genau in den einen Schneehaufen geflogen waren, in dem das ganze Gift konzentriert war. Wenn die Pistenbullys den Schnee mal verteilt hatten, hätte sich das Sarin entweder verflüchtigt oder wäre so verdünnt gewesen, dass es kaum mehr Schaden anrichten konnte.

Das wollte sie der Susi jetzt aber so nicht auf die Nase binden. Stattdessen fuhr sie fort: »Das Sarin … Ist ja nicht so einfach, an so etwas ranzukommen. Stammte das aus Syrien?«

Jetzt zündete sich auch die Susi eine Zigarette an. Völlig entspannt lehnte sie sich zurück. »Gut kombiniert. Alles von dir. Deine ganze Einschätzung. Gratulation! Ja, ich war dort unten. Und es war ganz furchtbar, wirklich. Die armen Menschen. Aber man bekommt dort so einiges mit. Lernt Leute kennen. Als Ärzte haben wir ja einen Schwur abgelegt. Wir helfen jedem. Egal, ob gut oder böse, Helfer oder Verbrecher. Soldaten brauchen schnell einmal Hilfe. Auf beiden Seiten. Geld hat dort keiner, hätten wir aber sowieso nicht annehmen dürfen.« Sie kicherte. Ein wenig Hysterie mischte sich in ihre Stimme.

Der Charlotte wurde noch heißer. In den Gesichtszügen der Susi wurde ihr Wahnsinn schön langsam ersichtlich. Von Reue überhaupt keine Spur.

»Und wie hast du das Zeug nach Österreich bekommen?«

Statt einer Antwort grinste die Susi süffisant. Der Charlotte wurde immer unwohler. Die Susi machte nicht den Eindruck, als ob ihr irgendetwas leidtäte. Ganz im Gegenteil.

»Den Kratochvil hast du wahrscheinlich aus persönlichen Motiven umgebracht. Wir haben mit der Svetlana gesprochen, und sie hat uns von ihrer Abtreibung erzählt und wie stinksauer du auf den Kratochvil warst. Außerdem hat er dich schon mal rausgeschmissen. Der Mord war also wohl so was wie eine Mischung aus persönlicher Rache und übertriebener Weibersolidarität.«

»Stimmt!«, bestätigte die Susi, für Charlottes Geschmack um einiges zu überschwänglich. »Ausgezeichnet! Warst du mal bei der Polizei?«

»Ja, aber entscheidend war, dass dich der Joe erkannt hat. Selbst mit blonder Perücke und schwarzer Sonnenbrille.« Da bluffte die Charlotte jetzt gewaltig, aber sie war sich sicher, dass sie bei diesem Bluff einen Ass-Poker in der Hand hatte. Und bei einer Gegenüberstellung würde der Joe die Susi auch in ihrer Verkleidung wiedererkennen. Falls sie die Verkleidung fanden. Die Susi war dunkelblond. Die platinblonden Haare mussten also eine Perücke gewesen sein.

»Merkt man, dass du Kieberin warst. Aber wie erklärst du die Morde an den beiden Burschen?« Die Susi setzte ein breites, diabolisches Grinsen auf, das ihre grundsätzlich gar nicht so unfeinen Züge in eine hässliche Fratze verwandelte.

»Noch gar nicht, die sind mir nicht klar. Die passen auch nicht hundertprozentig ins Schema.«

»Kein Wunder, die hat ja auch der Kratochvil selbst umgelegt«, meinte die Susi triumphierend und trank den Rest ihres Kaffees.

»Auf dein Wohl«, prostete ihr die Charlotte mit ihrer Kaffeetasse düster zu und leerte sie ebenfalls in einem Zug.

Die Andrea war bislang ruhig neben ihr gesessen und hatte versucht, das Gehörte in eine sinnvolle Reihenfolge zu bringen. »Und wieso bringt der Kratochvil seine eigenen Handlanger um?«, fragte sie schließlich ganz leise.

»Ich weiß ja nicht, was euch die Svetlana über den Kratochvil alles erzählt hat, aber so ein guter Mensch war er auch wieder nicht. Stimmt schon, auf seine Nutten hat er immer geschaut, aber bei den Drogen kannte er kein Pardon. Vor allem nicht bei seinem neuen Superkoks.«

»Superkoks?«, fragte die Charlotte erstaunt.

»Ja, extrem hoch dosiert. Neuer Trend aus den USA, dort ist es aufgeflogen, weil sich die Todesfälle durch Überdosen extrem erhöht hatten. Drogenmischer haben herausgefunden, dass man jede Klasse-A-Droge mit Carfentanyl strecken kann. Das ist eigentlich ein Mittel, um Tiere zu betäuben. Wir reden hier von richtig großen Tieren. Elefanten und so.

Wenn man das mit Drogen mischt, werden die bis zu fünfzig Mal stärker. Laut den Ami-Ärzten kann da eine Menge nicht größer als eine Schneeflocke schon zum Tod führen.«

»Fünfzig Mal stärker …«, staunte die Charlotte.

»Ja, also kannst dir ausrechnen, um wie viel höher der Gewinn ist. Natürlich hat der Kratochvil das nur in verträglichen Dosen verkauft. Wollte sich ja nicht seine Kundschaft abschießen. Als er draufgekommen ist, dass seine beiden Handlanger ein paar von den Superkoks-Päckchen wortwörtlich auf der Planai verblasen haben, ist er völlig ausgerastet. Da haben die Touris Glück gehabt, dass sich das Zeug gut verteilt hat. Wenn einer da nur ein bisschen mehr erwischt hätte …«

»Wieso sollen die Burschen das überhaupt getan haben?«, fragte die Charlotte verblüfft.

»Wahrscheinlich, weil sie selbst zu viel von dem Zeug erwischt haben«, erklärte die Susi. »Den Stoff immer nur zu verkaufen, wurde ihnen wohl zu langweilig. Außerdem muss man ja testen, was man den Leuten vercheckt.«

»Woher weißt du das denn alles?«, wollte die Andrea nicht zu Unrecht wissen.

Die Susi sah die Andrea verächtlich an. »Ich habe auch noch meine Verbindungen ins Cherie. Nicht nur die Svetlana weiß, was dort so vor sich geht, keine Sorge. Egal, der Kratochvil ist also ausgerastet und hat die beiden Burschen eiskalt umgelegt. Schade um die beiden, waren ganz hübsch. Ein bisschen deppert halt. Ist doch immer so: Die Kopie ist nie so gut wie das Original. Und die Burschen wollten sich einen Spaß machen. Ihr müsst schon zugeben: So lustig wie an dem Vormittag ist es auf der Planai schon lange nicht mehr zugegangen. Die ganzen zugekoksten Skifahrer …« Die Susi konnte sich vor Lachen tatsächlich kaum mehr halten.

Der Charlotte und der Andrea war hingegen gar nicht nach Lachen zumute. Erstens hatte sich die Welt um die beiden zu drehen begonnen, und zweitens war es der Charlotte ein wenig peinlich, das Spiel nicht schon früher durchschaut zu haben.

Die Susi hatte also jede Menge unfreiwillige Helfer gehabt. Kein Wunder, dass die einzelnen Spuren zu keinem Ergebnis geführt hatten. Dass die anderen, die in das dreckige Spiel verwickelt waren, tot waren, hatte die Sache natürlich nicht einfacher gemacht. Und jetzt lag der Fall plötzlich ganz offen vor ihr. Nur konnte sie sich darüber gar nicht freuen, denn …

»Ich glaube, ich muss gleich kotzen«, röchelte die Charlotte und warf einen verzweifelten Blick zu ihrer Freundin. Die Andrea sah aber selbst alles andere als gut aus. Sie sah natürlich hervorragend aus, aber halt nicht ganz gesund.

Die Susi saß als Einzige ganz entspannt am Tisch. Lässig bediente sie sich aus Charlottes Zigarettenpackung.

»Glaub ich auch«, merkte sie süffisant an. »Ist aber auch kein Wunder, immerhin habe ich jeder von euch eine vierfache Ration Schlafmittel in den Kaffee getan. Und auch noch ein Flöckchen von dem Superkoks. Wer weiß, vielleicht überlebt ihr das ja sogar? Ich würde sagen, die Chancen stehen fifty-fifty. Und selbst wenn, in vierundzwanzig Stunden bin ich eine Staubwolke. Habt ihr ernsthaft geglaubt, ich erzähle euch das alles und lass mich dann einsperren?« Sie war inzwischen aufgestanden, die Charlotte und die Andrea konnten sich kaum mehr rühren. Es reichte ein leichter Stupser von der Susi, und die beiden fielen von ihren Sesseln. Durch den Aufprall drehte es die Charlotte noch mehr, und jetzt kam ihr der ganze Mageninhalt hoch. Geräuschvoll übergab sie sich auf den Holzboden. Aus dem Augenwinkel sah sie, dass auch die Andrea kotzte wie ein Reiher.

»Weil ihr jetzt eh schon alles wisst, kann ich euch den Rest auch noch erzählen. Ihr werdet niemandem mehr davon berichten können. Die beiden Burschen habe natürlich ich dazu überredet, das Superkoks selbst zu probieren. Wie gesagt, die zwei waren nicht die hellsten Kerzen auf der Torte, und nach einmal Schnackseln mit mir haben sie mir alles erzählt, was beim Kratochvil so abgeht und wie viel Kohle er mit seinem neuen Superkoks macht. Es hat nicht viel gebraucht, sie zu überreden, dass wir uns selbst an dem Zeug bedienen. In dem Zustand war es dann ein Leichtes, ihnen einzureden, dass sie ein paar von den Kokspäckchen auf möglichst kreative Weise rausblasen sollen. Leider war ich selbst so high, dass ich dachte, ich könnte wirklich Schneekanonen präparieren und sie zu Waffen umbauen. Glaubt ihr ernsthaft, ich bin so blöd und hätte bei vollem Bewusstsein nicht gemerkt, dass das mit dem Sarin eine Schnapsidee ist? Aber zugekokst habe ich es halt ausprobiert. Mein ganzer Vorrat ist dabei draufgegangen. Ihr könnt mir glauben: Niemand war überraschter als ich, dass das tatsächlich funktioniert hat. Eigentlich wollte ich damit ja den Kratochvil ums Eck bringen. Hat aber auch nichts gemacht, so war es dann auch persönlicher. Davor habe ich ihm aber noch einen anonymen Tipp zukommen lassen, dass seine eigenen Burschen das Koks nicht verkauft, sondern einfach so rausgeblasen haben.« Die Susi klopfte sich vor Lachen auf die Schenkel. Sie fand das wirklich unheimlich lustig. »Die beiden waren mein Ablenkungsmanöver für die Polizei. Und ich hab in aller Ruhe den Kratochvil beobachten können. Wie herrlich das war, zu sehen, wie ihm die Hutschnur hochgegangen ist. Aber das war mir nicht genug. Nein. Zuerst sollte er sich ärgern, und dann sollte er auch dran glauben. Was dann ja auch so passiert ist. Ihr hättet sein Gesicht sehen sollen, wie er mich in seinem Büro flachlegen wollte, und ich mir die Perücke abgenommen habe. Na ja, viel mehr hat er dann eh nicht gesehen. Und morgen ... ja, morgen, da werde ich beim Slalom den Franzl auch noch umbringen.«

»Wieso?«, röchelte die Charlotte. Sie hatte Mühe, die Augen offen zu halten. Eigentlich wollte sie nur mehr schlafen und nie mehr aufwachen, so elend fühlte sie sich.

Die Susi hatte sich zu den beiden auf den Boden gekniet und blies ihnen abwechselnd Rauch ins Gesicht. Dadurch wurde ihnen noch übler.

»Wieso? Weil er undankbar ist, deshalb! Was ich alles für ihn gemacht habe! Und kein Wort des Dankes. Verrückt hat er mich genannt, so wie du. Nur weil ich seine Karriere fördern wollte. Welche Opfer ich auf mich genommen habe! Und er? Nichts hat er gemacht! Nicht mal ein bisschen angestrengt hat er sich. Nur im Selbstmitleid ist er zerflossen.« Die Susi blickte stier zur Decke und zog hastig an ihrer Zigarette. »Glaubst du, es war ein Spaß, den Hinterholzer zu ficken? Das hab ich nur aus Liebe zum Franzl gemacht. Und dann nennt er mich durchgeknallt! Er wird schon sehen, wer der Verrückte ist. Er soll noch seinen letzten Start genießen und dann auf der Piste – peng!« Die Susi drückte den Abzug einer imaginären Pistole und blies zur Bestätigung ein Rauchringerl nach.

Selbst in ihrem halb komatösen Zustand wurde der Charlotte klar, dass es bei der Susi nicht nur eine Sicherung rausgehauen hatte. Da war der komplette Sicherungskasten durchgebrannt.

»Zuerst werde ich mich aber noch um euch beide kümmern«, erklärte die Susi trocken.

Die Charlotte verstand nur mehr einzelne Wortfetzen. Wie in Zeitlupe floss sie über den Boden zu ihrem Sessel, um sich aufzuziehen. Ein kurzer, stechender Schmerz am Kopf, und sie sank wieder zu Boden. Sie war mit dem Kopf der Andrea zusammengestoßen, die dasselbe im Sinn gehabt hatte. Mit unnatürlich weit aufgerissenen Augen lagen die beiden am Boden, die Arme weit von sich gestreckt.

Aber trotz der aufgerissenen Augen war das Blickfeld der Charlotte unnatürlich eng. In diesen schmalen Schacht, durch den sie gerade noch sehen konnte, trat die Susi. In der Hand hielt sie einen dicken Klebestreifen. Die Charlotte wollte sich noch wehren, aber ihre Arme und Beine waren wie gelähmt. Den Raum nahm sie in trippigen Farben wahr, die nichts mehr mit der Realität zu tun hatten. Das war ganz schön flashig, wenn man plötzlich rosarote Gebisse, minzfarbene Schneidezähne und knallgelbe Kieferknochen sah. Kein Wunder, dass sich die Muskeln da dachten: Nein, danke, wirklich, ich hör auf. Ich beweg mich keinen Zentimeter mehr.

Im Kopf der Charlotte gingen aber ganz andere Sachen vor sich. Sie hatte Angst, Todesangst. Mit dem Klebestreifen über dem Mund würde sie nur mehr durch die Nase atmen können. An sich schon schlimm genug, wenn sie sich aber nochmals übergeben müsste, würde sie an ihrem eigenen Erbrochenen ersticken. Und dann? Nie mehr die Flora sehen. Nie mehr mit ihr streiten. Sich kein tadelndes »Charlotte!« (mit »e«) von der Omama anhören dürfen. Den Herrn Papa nicht mehr widerwillig in die Weingärten begleiten, wenn sie bei einem ihrer raren Besuche daheim den rechtzeitigen Absprung verpasst hatte. Nie mehr mit der Mutter über das leidige Thema Enkelkinder diskutieren. Gut, das wäre jetzt nicht so schlimm. Aber, verdammt noch mal, sie wollte jetzt noch nicht gehen. Nicht so. Nicht im Skiurlaub! Nicht, ohne sich von ihrer Familie verabschiedet zu haben.

Sie erinnerte sich an die letzte Begegnung mit ihren Eltern, als sie die Flora abgeholt hatte. Sie hatte sicherheitshalber auf dem Parkplatz vor dem Weingut gewartet, aber die Frau Mama hatte sich die Chance natürlich nicht entgehen lassen, ihrer älteren Tochter ein schlechtes Gewissen einzureden. Ganz ohne Worte. Sie war nur dagestanden. Mit verschränkten Armen hatte sie zugesehen, wie der Herr Papa der Charlotte geholfen hatte, die Ski von der Flora auf die Gepäckträger am alten Volvo zu montieren. Nicht ein Wort hatte sie gesagt. Nur dieser vorwurfsvolle Blick. Sollte das wirklich die letzte Erinnerung an ihre Mutter sein?

Selbst diese Todesangst brachte ihre Muskeln nicht dazu, sich auch nur einen Millimeter zu bewegen. Stattdessen wurde sie von einer tiefen Dunkelheit verschluckt.

Das Gesicht der Susi war mittlerweile eine irre Fratze, die sich in Zeitlupe der Charlotte näherte. In den Händen hielt sie noch immer das graue Gaffa-Tape. Mit erschreckender Routine klebte sie damit den Mund der Charlotte zu und rollte sie auf die Seite, sodass sie direkt in die ausdruckslosen, leeren Augen ihrer Freundin blicken konnte. Wenn sie noch munter gewesen wäre.

Die Charlotte war aber bereits komplett weggetreten und im Land der Träume. Sie träumte von giftigen Schneekanonen, die mit gierigen Mäulern nach ihr schnappten. Mittendrin standen auch die Flora und die Andrea. Die beiden krallten sich aneinander fest und versuchten, den schnappenden Schneekanonen zu entkommen. Und dann war da plötzlich ein blauer Blitz, den sie als daherrasenden Franzl erkannte. Er schnappte die beiden Mädels und fuhr mit ihnen zwischen den gierenden Schneekanonen das Rennen seines Lebens. Einen Handicap-Slalom zwischen äußerst beweglichen und tödlichen Slalomstangen. Mit einer Triumphgeste überquerte er die Ziellinie. Das Publikum im Stadion tobte. Alle Lichter gingen an.

Und aus. Dann war da nur mehr Dunkelheit.

Wäre die Charlotte noch wach gewesen, hätte sie gesehen, dass die Susi mit der Andrea ganz ähnlich verfuhr wie zuvor mit ihr. Sie knebelte die Andrea mit dem grauen Klebeband. Danach band sie die Handgelenke der beiden hinter dem Rücken ebenfalls mit Gaffa-Tape zusammen. Zu guter Letzt wurden so auch noch ihre Füße an den Knöcheln arretiert. Währenddessen pfiff die Susi fröhlich ein Liedchen vor sich hin und rauchte das Zigarettenpäckchen der Charlotte leer. Als wäre nichts passiert, schaltete sie dann den Fernseher ein, gerade noch rechtzeitig zu den Spätnachrichten.

Danach schnappte sie die Charlotte und schleifte sie in den Keller. Ziemlich rücksichtslos, klar, die Susi war nicht so stark wie zum Beispiel der Kratochvil. Der hätte die Charlotte über die Schulter geworfen und runtergetragen. Die Susi musste sie unter den Achseln nehmen und über den Boden schleifen. Da sah man auch, wie stark der Giftcocktail der mörderischen Ärztin war. Selbst das Runterschleifen über die Kellerstiegen verursachte bei der Charlotte nicht einmal ein Wimpernzucken. Wohl aber blaue Flecken, die sie noch Tage später spüren würde – vorausgesetzt, sie erwachte jemals wieder aus ihrer aufgezwungenen Ohnmacht. Dasselbe Prozedere folgte dann mit der Andrea, die natürlich ebenso wenig wach wurde wie die Charlotte.

Gegen zwei in der Früh legte sich die Susi nach vollbrachtem Tag- und Nachtwerk endlich ins Bett. Rundum zufrieden und in extrem freudiger Erwartung des nächsten Tages.

Fünfzehn

Es war so weit, der große Tag des Nachtslaloms war endlich da. Vierzigtausend Menschen hatten sich den Höllenstau durchs Ennstal über die chronisch verstopfte B 320 angetan und wuselten nun entlang des Zielhangs und im Stadion herum. Einige Tausend auf der Weltcupmeile kamen noch dazu. Normalerweise wären unter den Zuschauern auch die Charlotte und die Andrea dabei gewesen. Aber nix da, die lagen ja noch immer im Keller vom Gebissdoktor.

Im Ort war also die Hölle los, und unter den vielen Zuschauern waren auch die Flora und ihr mittlerweile sehr kleinlauter italienischer Gigolo. Die Flora wusste nicht so recht, wie sie sich fühlen sollte. Einerseits waren da die Schmetterlinge im Bauch wegen des Luca. Andererseits war sie angefressen, dass die Charlotte nicht da war. Und dann mischte sich noch ein Gefühl von Angst hinein. Dass die Charlotte über Nacht nicht heimkam, das konnte sie ja noch durchgehen lassen, war ja auch nicht das erste Mal hier in Schladming gewesen. Aber sich dann auch den ganzen Tag nicht zu rühren? Und am Handy nicht abzuheben? Also hatte sie mittags bei der Polizei eine Vermisstenanzeige aufgeben wollen. Dort war sie aber nur ausgelacht worden. Nicht genug, dass wegen der vielen Rennbesucher ohnehin kein Mann für eine etwaige Vermisstensuche abgestellt werden konnte, war es doch gerade in einem Skiort keine Besonderheit, wenn ein Erwachsener ein paar Stunden nicht daheim auftauchte.

Da wäre die Flora vor Wut beinahe geplatzt. Sie hatte am Kommissariat einen Aufstand gemacht, der einer Nöhrer richtig würdig war. Sie war so laut geworden, dass sich sogar der Keiffer aus seinem Büro bemüht hatte, um nachzuschauen, was da los war. Und das war dann das endgültige Ende gewesen. Als er hörte, dass sie die kleine Schwester von dieser nervigen Ex-Polizistin war, beförderte er sie unzeremoniell vor die Tür.

Fünf Minuten saß sie im kalten Schnee, bevor sie registriert hatte, was da gerade mit ihr passiert war. Sie war doch tatsächlich rausgeworfen worden. Empört rief sie ihren Cousin am Handy an, aber der Leo versicherte ihr, dass er da wirklich nichts machen konnte. Nach so einer kurzen Zeit wurde keine Vermisstenanzeige aufgenommen. Nicht in Wien, nicht in Perchtoldsdorf, nicht in Schladming.

»Und was ist mit der Polizeigewalt?«, zürnte die Flora ins Telefon.

»Du meinst, weil dich der Keiffer hinausbefördert hat?«

»Ich bin im Schnee gelandet!« Die Empörung wurde immer größer.

»Hat er dich geworfen? Getreten? Irgendwas gemacht?« Die Flora wurde kleinlaut. »Nein, nicht direkt.«

»Nicht direkt?«

»Er hat mich bei der Tür hinausgeschoben.«

»Nachdem du einen Mordsaufstand am Kommissariat gemacht hast?«

»Mhm.«

»Und dann?«

»Dann bin ich auf den eisigen Stufen ausgerutscht.«

Der Leo lachte auf. »Also keine Rede von Polizeigewalt. Aber du könntest die Polizei anzeigen, weil sie ihren Treppenaufgang nicht ordnungsgemäß geräumt und gestreut haben.«

Die Flora wurde hellhörig. »Geht das?«, fragte sie.

»Ich denke schon«, sagte der Leo lachend ins Telefon. »Ist mir zwar noch nicht untergekommen, aber wieso nicht?« Er wurde wieder ernst. »Wegen der Charlotte mach dir mal keine Sorgen, Kleine. Wir kennen sie doch beide. Sie wird schon wieder auftauchen. Wenn sie bis morgen nicht da ist, melde dich wieder bei mir.«

»Okay«, schluchzte die Flora ins Telefon. Sie war auf die Hüfte gefallen, die nun zu schmerzen begann.

»Und pass bitte auf dich auf. Wenn da heute Abend so viele Leute sind … Ich werde mit deiner Schwester auf jeden Fall ein ernstes Wort reden, wenn sie wieder da ist. Das ist ganz schön unverantwortlich, dich einfach alleine zu lassen. Wenn das eure Eltern erfahren!«

»Bitte nicht!«, stöhnte die Flora.

»Schon gut, schon gut«, beruhigte der Leo sie. »Von mir erfahren sie es nicht.«

Den Rest des Tages hatte sie versucht, nicht an die Charlotte zu denken, und sich lieber dem Skivergnügen hingegeben. Gemeinsam mit dem Luca natürlich. Irgendwie musste sie sich ja ablenken. Natürlich hatte sie noch im Kaffeehaus vorbeigeschaut, wo das neue Gspusi von der Charlotte arbeitete. Aber auch dort keine Spur – weder von der Charlotte noch vom Gspusi. Am späten Nachmittag waren sie und der Luca dann endlich zum Zielstadion gegangen. Bald würde die große Show beginnen.

Äußerlich hatte sich die Flora den Zigtausenden anderen Fans gut angepasst: leichte (Kinder-)Punsch-Fahne und die rot-weiß-roten Farben auf den Wangen. Ihrem italienischen Gigolo hatte sie kurzerhand – und unter lauten Protesten seinerseits – ebenfalls zwei rot-weiß-rote Fahnen ins Gesicht gemalt. »Ihr reißts ja im Slalom seit dem Tomba eh nix mehr«, stellte sie ihn ruhig. Was so nicht ganz stimmte, aber das österreichische Selbstverständnis im Skifahren entsprach etwa jenem der Deutschen im Fußball. Der Blick, den sie ihm dabei zuwarf, war eindeutig: Jetzt sei lieber ruhig.

Die Stimmung am Renngelände konnte man getrost als »supa« beschreiben. Jeder Einzelne hatte schon ein, zwei Punsch intus, auf der Ehrentribüne war die politische Teilzeitsport-Fraktion ebenfalls schon fast geschlossen angetreten, und auf der großen Video-Leinwand wurden legendäre Schladming-Auftritte österreichischer Ski-Helden gezeigt. Darunter auch von einem, der sich in den letzten Jahren immer wieder mal als Sänger versucht hatte. Mit Betonung auf »versucht«. Inzwischen hatte er diese Versuche zum Aufatmen der Allgemeinheit wieder eingestellt.

Und die Stimmung im Keller der Susi? Am sprichwörtlichen Tiefpunkt. Eisig war es, zappenduster, und weder die Charlotte noch die Andrea waren sonderlich gesprächig. Was einerseits daran gelegen haben mag, dass beide geknebelt waren, und andererseits daran, dass Susis Giftcocktail noch immer nachwirkte. Aber immerhin waren sie am Leben. Gerade mal so. Im Keller war es arschkalt, und die beiden waren auch ordentlich dehydriert.

Die Charlotte hatte einen Tagtraum von einer ganz, ganz scharfen Nacht mit ihrer neuen Liebhaberin. So verferkelt war sie normalerweise nicht. Nicht einmal in ihren Tagträumen. Aber mit dem Giftcocktail von der Susi intus ... da fielen dann wohl auch die letzten Hemmschwellen.

Und dann träumte die Charlotte auf einmal, dass sie unter der Dusche stand. Aber das Wasser war eiskalt, und eigenartigerweise war der Duschstrahl nur auf ihr Gesicht gerichtet. Ganz langsam stieg sie aus den Tiefen ihres Traums wieder hoch in die wirkliche Welt. Irgendwann – sie fühlte sich so, als hätte sie mindestens den K2 bestiegen – kam sie endlich am Gipfelkreuz an. Da war die Luft schon so dünn, dass sie fast keine mehr bekam. Sie versuchte, durch die Nase einzuatmen, aber die war komplett verstopft. Also durch den Mund: auch Fehlanzeige, den hatte ihr irgendein Idiot zugeklebt. Panik stieg in ihr auf. Panik, zu ersticken.

Und dann der beißende Schmerz, als ihr der Klebestreifen mit einer zügigen Bewegung vom Mund gerissen wurde. »Auuuuu!«, schrie die Charlotte wütend, aber im selben Moment froh, endlich wieder Luft zu bekommen. Es fühlte sich wie eine Wiedergeburt an. Wie der Klaps eines Arztes auf den Popo eines Frischgeborenen, damit es endlich schreit und sich die Atemwege öffnen. Im selben Moment drohte sie aber wieder wegzutreten.

Und mit einem Schlag war sie wieder voll da. Der Schlag stammte von der Hand eines scheinbar noch recht rüstigen Pensionisten, der vor ihr kniete und sie besorgt anblickte. Die Charlotte konnte alle fünf Finger seiner rechten Hand ganz deutlich auf ihrer linken Wange spüren. Und wie die Abdrücke brannten! Sie war rund fünfzehn Stunden in dem eiskalten Kellerabteil gelegen, war dementsprechend unterkühlt, und als das Blut jetzt wieder durch ihre Wangen schoss, fühlte es sich an wie Lava. Aber wenigstens war sie hellwach.

»Entschuldigen Sie«, fragte der Mann höflich, »ich habe Sie beide hier in meinem Keller gefunden. Darf ich fragen, was Sie hier machen und wieso Sie gefesselt sind?«

»Binden Sie mich zuerst los, ich muss schauen, ob es meiner Freundin gut geht.«

»Sie atmet noch, das wird schon werden. Gestatten Sie, mein Name ist Haberzettel, Zahnarzt in Pension.«

»Das hab ich mir fast schon gedacht.« Die Charlotte rieb sich die tauben Handgelenke, wo sie durch das rasche Abreißen des Gaffa-Tapes auch etliche feine Härchen verloren hatte. Vorsichtig kroch sie auf allen vieren zur Andrea hinüber. Im Licht der Kellerleuchte konnte sie sehen, dass sich ihre Augen unter den Lidern heftig hin und her bewegten. Die Charlotte wertete das einfach mal als gutes Zeichen. Zuerst löste sie vorsichtig das Klebeband vom Mund ihrer Freundin, dann die Bänder von den Hand- und Fußgelenken.

»Hier!« Dr. Haberzettel reichte Charlotte eine Plastikflasche mit eiskaltem Mineralwasser. Er bemerkte Charlottes kritischen Blick. »Hab ich Ihnen auch ins Gesicht geschüttet. Anders wären Sie noch immer nicht wach. Jemand muss Sie ordentlich betäubt haben.«

»Mineralwasser?«, fragte die Charlotte verdutzt. Sie war noch immer nicht ganz da.

»Tut mir leid, ich habe im Keller nichts anderes. Das ist der eiserne Vorrat. Eine Flasche Bier könnte ich Ihnen noch anbieten, aber ich glaube, das wäre in Ihrem derzeitigen Zustand nicht besonders zuträglich.«

»Na gut.« Der Mann hatte Humor, wie die Charlotte feststellte. Sie nahm die Flasche und schüttete der Andrea den eisigen Inhalt ins Gesicht. Keine Reaktion.

»Probieren Sie es mit Schlagen«, schlug der Zahnarzt vor.

Wieder ein zweifelnder Blick von der Charlotte.

»Es hilft, das sehen Sie ja an sich selbst«, entgegnete Haberzettel schelmisch.

Die Charlotte tätschelte die Andrea links und rechts. Natürlich null Reaktion.

»Ein wenig fester müssen Sie schon zulangen.«

Charlotte versuchte sich an den vorigen Abend zu erinnern. Es half. Sie wurde fuchsteufelswild. Auf was für einen Trick sie da reingefallen war, wie eine Anfängerin. Die Wut kam ganz langsam. Zuerst ein warmes Gefühl im Magen, das langsam die Speiseröhre raufkroch und sich dann die Luftröhre wieder hinunterstehlen wollte. So nicht, dachte sich die Charlotte und rang nach Luft. Die Wut hatte ihr tatsächlich die Luftröhre zugeschnürt. Dann knallte sie der Andrea eine, dass man das Echo noch in den angrenzenden Kellerabteilen hören konnte.

»So fest hätte es auch nicht sein müssen«, meinte Haberzettel, »aber scheinbar hat es gewirkt.«

Die Andrea blinzelte, dann röchelte sie: »Darauf steh ich eigentlich nicht.« Und: »Durst!« Haberzettel reichte der Andrea die Flasche Mineralwasser, aus der sie gierig trank.

»Lass mir auch noch was über«, versuchte die Charlotte ihre Freundin ein wenig zu bremsen, aber da hatte die Andrea die Flasche schon geleert.

»Ich rufe die Polizei«, bot der Doktor an. Er hatte sein Handy bereits in der Hand.

»Vergessen Sie es«, meinte die Charlotte mit einer wegwerfenden Handbewegung. »Der Keiffer wird Ihnen nicht glauben. Und er hat derzeit alle Hände voll mit dem Skirennen zu tun.«

»Wie Sie meinen«, sagte der Arzt und steckte das Handy wieder in seine Jackentasche.

Wenig später saßen sie gemeinsam in der Wohnung vom Dr. Haberzettel. Am selben Tisch, an dem sie am Abend zuvor mit der Susi gesessen waren. Die Charlotte hatte dem Doktor mittlerweile in groben Zügen erzählt, was vorgefallen war.

Haberzettel war daraufhin kurz in einem Nebenzimmer verschwunden. »Vielleicht sollte ich in Zukunft meine Medikamente und Anästhesiemittel besser verstecken. Die gute Susi hat Ihnen, soweit ich sehen kann, eine ordentliche Dosis verabreicht. Sie haben Glück, dass ich zurückgekommen bin, sonst hätte man Sie vielleicht erst im Sommer gefunden.« Die Charlotte schluckte. »Tot natürlich«, fügte der Arzt hinzu, als ob das notwendig gewesen wäre.

»Wieso sind Sie überhaupt schon da? Die Susi hat gemeint, Sie würden sich noch die nächsten Monate in der Weltgeschichte herumtreiben.« Dabei umklammerte sie die heiße Kaffeetasse, die ihnen der Arzt gemacht hatte.

»Stimmt schon, aber den Nachtslalom lasse ich mir nie entgehen. Als Faktotum dieser Stadt und guter Freund der Bürgermeisterin bekomme ich ja immer einen Platz auf der VIP-Tribüne. Aber fast hätte ich es heuer nicht mehr geschafft. Wissen Sie eigentlich, wie schwer es ist, einen Flug von Belize nach Österreich zu bekommen?«

Die Charlotte und die Andrea schüttelten beide den Kopf. An solche Luxusprobleme verschwendeten sie normalerweise keinen Gedanken.

»Darf ich Sie als kleine Wiedergutmachung mit zum Rennen nehmen? Ich kann sicher noch zwei Personen auf die Ehrentribüne schmuggeln.«

»Wann fängt das Rennen denn an?«, fragte die Charlotte hektisch. Schön langsam schoss ihr ein, dass die Sache ja noch gar nicht vorbei war.

»In einer Stunde circa.«

»Vielleicht sollten wir doch die Polizei anrufen?«, widersprach sich die Charlotte nun selbst. »Die Susi treibt sich noch immer da draußen herum und hat es auf den Franzl abgesehen.«

Der Dr. Haberzettel übernahm diese Aufgabe. Die Charlotte hatte die leise Hoffnung, dass man dem alteingesessenen Zahnarzt mehr Glauben schenken würde als ihr.

»Nichts«, stellte der Dr. Haberzettel fest, nachdem er direkt auf den Anrufbeantworter des Kommissariats umgeleitet worden war. »Sind wohl wirklich alle im Einsatz an der Piste beziehungsweise auf der Weltcupmeile.«

»Dann müssen wir es selbst zu Ende bringen«, stellte die Charlotte fest.

»Und wie willst du das anstellen?«, fragte die Andrea.

»Das erklär ich euch am Weg. Können Sie uns in den Ort runterbringen, Herr Dr. Haberzettel?«

»Klar, das lass ich mir nicht entgehen. Außerdem ist das Fräulein Susi meine Untermieterin, da bin ich ja quasi irgendwie mitverantwortlich.«

»Machen Sie sich darüber mal keine Sorgen, Herr Doktor.«

Haberzettel schlüpfte schnell in einen alten Skianorak ganz im Stil der siebziger Jahre, und dann machte sich das ungleiche Trio auf den Weg. Die ersten paar Schritte fühlten sich die Charlotte und die Andrea, als stünden sie noch immer unter Drogen. Bei minus zehn Grad bekamen sie aber recht flott einen klaren Kopf.

Mit dem Auto des Doktors ging es dann runter von Rohrmoos nach Schladming. Dort herrschte allerdings Fahrverbot, also mussten sie das Auto beim Bahnhof abstellen. Der Weg durch die Fußgängerzone alias Weltcupmeile war ein Spießrutenlauf. Das war schlimmer als am berühmt-berüchtigten Silvesterpfad in der Wiener Innenstadt. Egal, wie man den Leuten auswich, irgendwer oder irgendwas war immer im Weg. Die Charlotte stieg nicht nur einmal auf eine zertrümmerte Bierflasche. Dr. Haberzettel trat sogar ein oder zwei

Mal auf die ausgestreckte Hand eines schon jetzt hoffnungslos Betrunkenen, der seinen Rausch im Schneematsch der Weltcupmeile auszuschlafen versuchte. Am »besten« traf es aber die Andrea: Mit so vielen Grapschern innerhalb kürzester Zeit musste sie sich nicht einmal kurz vor der Sperrstunde im U4 herumschlagen. Da half auch der dicke Wintermantel nichts, ein paar angesoffene Idioten bekamen trotzdem immer ihre Hand zwischen den Knöpfen des Mantels durch und rein in den Ausschnitt der Andrea.

»Jetzt reicht's aber!«, schrie die Andrea einen unerschrockenen Grapscher an, der gar nicht lockerlassen wollte. Die Andrea schob ihn ein paar Meter wie einen Rammbock vor sich her und gab ihm dann eine Ohrfeige, die ihn wie einen gefällten Baum umkippen ließ. Er fiel nicht wirklich um, dafür waren da einfach zu viele Leute um ihn herum, Umfallen war also praktisch unmöglich. Doch auf diese Weise hatten sie auch gleich wieder ein paar Meter in Richtung Planai-Stadion gutgemacht. Und die anderen Grapscher hielten jetzt Abstand.

»Raus hier«, keuchte die Charlotte und warf dem Doktor einen hilfesuchenden Blick zu. Der hatte sich mittlerweile auf die rechte Seite durchgekämpft und stand dort – eine kleine Sensation – ziemlich unbedrängt zwischen zwei Punschhütten.

»Hier traut sich wohl keiner her«, meinte Haberzettel und deutete auf die überquellenden Mistkübel.

»Stört uns aber gar nicht«, sagte die Charlotte und sah, wie ein spitzbübisches Lächeln über Haberzettels Gesicht huschte. »Was hecken Sie denn aus?«

Antwort gab es keine. Stattdessen deutete der Arzt den beiden nur, dass sie ihm folgen sollten. Hinter den Fress- und Saufbuden der Weltcupmeile war ein schmaler Gang frei geblieben, der die Rückseiten der Hütten von den Häuserfronten trennte. Wie eine Katze oder eigentlich eher wie ein Hase schlug der Arzt zwei Haken, und dann fanden sich die drei in einem superschmalen Gässchen wieder, das zwischen einem Hotel und einem Supermarkt auf den Skihang zuführte.

»Hier kommen keine Autos durch. Zu schmal. Gestreut wird auch nie, deshalb gibt's hier im Winter auch kaum Fußgänger, obwohl es bei dem Trubel der schnellste Weg zur Planai ist. Jetzt können Sie uns aber auch endlich erklären, was Sie eigentlich vorhaben«, forderte Haberzettel die Charlotte auf.

»Gut, also: Wenn die Polizei schon nichts unternehmen kann oder will, müssen wir das eben selbst machen. Nach allem, was die Susi erzählt hat, wird sie irgendwo in der Nähe vom Ziel sein.«

»Wie kommen Sie darauf?«, warf Haberzettel ein, während er sich in aller Seelenruhe eine Pfeife stopfte und anzündete.

»Die Susi meinte, dass der Franzl zwar ein Undankbarer ist, aber seinen letzten Lauf soll er noch genießen. Oder so ähnlich. Sie will ihn auf jeden Fall ins Ziel kommen lassen – oder wenigstens sehr nah an die Ziellinie.«

»Hat sie auch gesagt, wie sie ihn zur Strecke bringen will?«

»Sie hat es nur angedeutet. Ich denke mal, dass sie vorhat, den Franzl zu erschießen. Eine Pistole ist für so etwas ungeeignet, aber mit einem Gewehr könnte sie es schon schaffen. Gut möglich, dass sie das während ihrer Zeit in Syrien gelernt hat. Da gibt es wohl einiges aufzuarbeiten, falls wir die Situation lösen können. Die Schneekanonen sind kein präzises Mittel, um gezielt zu morden, und inzwischen auch schwer bewacht. Das weiß die Susi selbst, hat sie uns auch erzählt. War außerdem sowieso nur eine Schnapsidee von ihr gewesen. Sie hat halt wirklich ein Rad ab. Aber wer weiß schon, ob diese Frau nicht noch mehr unbekannte Fähigkeiten oder andere durchgeknallte Ideen hat?«

»Gut kombiniert«, sagte die Andrea, »aber wie willst du sie unter fünfzigtausend Menschen finden?«

»Das ist ja das Problem«, meinte die Charlotte kopfschüttelnd. Sie wusste selbst, dass dies der erste von vielen schwachen Punkten ihres Plans war. Etwas Besseres war ihr auf die Schnelle nicht eingefallen.

»Viel Auswahl hat sie nicht«, mischte sich Haberzettel ein, der gemütlich zwischen den beiden dahintrabte. »Wenn sie ihn erschießen will, muss sie bei dem Tempo, das die Rennläufer draufhaben, ein ruhiges Ziel haben. Inmitten der Fans ist das unmöglich, abgesehen davon, dass jemand mit Gewehr auffallen würde.« Der Haberzettel bekam einen verträumten Blick und fuhr fort: »Der Franzl, ja, der Franzl. Wie er klein war, hab ich ihm seine ersten Zähne gezogen. Sein Fünfer hängt heute noch bei mir im Wohnzimmer.«

»Fein, Herr Doktor, aber was wollen Sie uns eigentlich sagen?«, unterbrach ihn die Charlotte ungeduldig. Sie konnten schon gedämpft den Lärm aus dem Zielstadion vernehmen. Die taghell beleuchtete Planai war auch gut zu sehen, sogar die roten und blauen Stangen, die am steilen Hang ausgeflaggt waren.

»Entschuldigung, ich bin halt ein sentimentaler Hund. Sehen Sie es mir nach. Was ich sagen wollte: Die Susi wird Platz brauchen, eine gute Position, von der aus sie den Hang überblicken kann, und vor allem einen Ort, wo sie alleine und ungestört ist. Sie braucht eine Art ... Hochstand«, schloss der pensionierte Arzt dramatisch seine Ausführungen.

»Ist noch immer die Nadel im Heuhaufen«, sagte die Andrea zweifelnd.

Sie erreichten die Talstation der Planai-Seilbahn. Über ihnen schwebten die leeren Gondeln den Berg hinauf, einige fuhren zu Tale. Das Stahlseil gab im schwachen Abendwind einige leise Quietscher von sich, bewegte sich aber nicht. Die Gondel-Trasse führte seitlich am Zielhang der Planai hinauf. Hier herunten schwebten die Gondeln je nach Gefälle zwischen fünf und zehn Meter über dem Hang. Weiter oben gab es auch schon mal einen Luftstand von fünfzehn bis zwanzig Meter. Die Charlotte und die Andrea sahen sich bedeutungsschwanger an.

»Vergessts das, meine Damen. Da drin kann sie nicht sein. Die Gondel ist ja während des Slaloms ständig in Betrieb. Serviceleute raufbringen, Vorläufer raufbringen, das Übliche halt. Und einen ruhigen Schuss hätte sie da sowieso nicht.«

Im selben Moment setzte sich das Stahlseil wieder in Bewegung. Offenbar hatte es eine kurze Störung gegeben. So gut konnte man eine Bahn gar nicht warten, dass es nicht trotzdem hin und wieder zu einem kleinen technischen Problem kam. Dazu kam noch der Faktor Mensch, der ja beim Liftfahren sowieso das größte Problem war. Man konnte sich sicher sein, dass die deppertsten Leute genau dann vor einem am Lift unterwegs waren, wenn man bei zwanzig Grad minus und Sturmböen im offenen Sessellift fror. Dann dauerte eine eigentlich zehnminütige Bergfahrt schon mal gerne eine Viertelstunde oder länger, nur weil ein paar Idioten nicht unfallfrei ein- oder aussteigen konnten und der Lift angehalten werden musste.

»So, da wären wir«, sagte Haberzettel. Er hatte sie an der Rückseite der Talstation direkt zum Zielhang gebracht. An dieser Stelle verbauten ihnen nur halbherzig angebrachte Sicherheitsabsperrungen den Weg. Die Veranstalter wussten, dass hierher nur ein so gut wie nie gebrauchter Schleichweg führte, und hatten es offenbar nicht als notwendig erachtet, auch dort Sicherheitsposten aufzustellen. Zumindest eine Person hatte sich aber schon vor ihnen Zugang verschafft. Die Spuren im knietiefen Schnee verrieten es. Für einen Mann waren die Fußspuren zu klein. Ihnen war klar, wer das gewesen sein musste.

Sie zwängten sich durch die Eisengitter-Absperrungen und hatten dann nur noch eine dichte Baumgruppe vor sich, die sie von der Piste trennte. Vor den Bäumen, die direkt an der Piste standen, blitzte ein orangenes Sicherheitsnetz, das von den gegenüberliegenden Flutlichtern grell angestrahlt wurde. Hier war der Schnee festgepresst, fast eisig, und die Spuren verliefen sich.

»Und was jetzt?«, fragte die Charlotte enttäuscht.

»Alles kein Drama«, meinte Haberzettel. »Mit meiner Akkreditierung kommen wir überall hin. VIP …«, fügte er lächelnd hinzu. Die Charlotte hatte den Verdacht, dass der alte Arzt die Sache nicht hundertprozentig ernst nahm.

Unter den Bäumen lag weniger Schnee, was den kurzen Abstieg erleichterte. Nach nur zwanzig Schritten standen sie wieder vor einer Hauswand – der Seitenwand der Talstation. Und dort trafen sie auch auf den ersten Security-Menschen. Nach einem Blick auf die Akkreditierung des Arztes ließ er sie passieren, auch wenn er sie verwundert musterte. Kein Wunder, denn aus dem Wald war bisher noch niemand gekommen. Das bestätigte er auch der Charlotte, nachdem sie ihn gefragt hatte, ob sich eine Frau über diesen Weg Zutritt zum Gelände verschafft habe.

Sie marschierten an unzähligen Stahlrohren – der Aufbau der Zuschauertribüne – vorbei und erreichten endlich den Aufgang zur VIP-Tribüne. Das dortige Security-Personal winkte sie einfach durch, und wenige Momente später saßen sie in der letzten und zugleich höchstgelegenen Zuschauerreihe. Hier heroben hatten sie nicht nur den besten Überblick, sondern fielen auch am wenigsten auf. Die Polit- und sonstige Prominenz zog die unteren Reihen vor. Dort geriet man nämlich leichter ins TV-Bild.

Unter ihnen machten es sich mit eingefrorenem Lächeln gerade der Sportminister und eine Reihe ranghoher steirischer Politiker auf den Plastiksitzen so gemütlich wie möglich. Immerhin sorgten Stoffauflagen dafür, dass die prominenten Hinterteile nicht zu sehr frieren mussten.

Sogar der Bundespräsident war da. Er war der Einzige, bei dem man den Eindruck hatte, dass er sich auch wirklich für den Sport interessierte. Gemäß seines alles andere als gesunden Lebensstils zwar nur passiv, aber das war schon mehr, als man von anderen Politikern behaupten konnte. Die Charlotte mochte ihn. Dann ließ sie ihren Blick weiter schweifen und erkannte Politiker aller Couleur, die sich – auch zwischen den Parteien – glänzend unterhielten. Wenn es im Parlament auch so friedlich zuginge, würde in Österreich vielleicht wirklich einmal etwas weitergehen.

Eine Reihe vor ihr sah die Charlotte auch wieder den gehörnten Verlegersohn aus dem Schneeweißchen. Er hatte sich an den Rand der Stahlrohrtribüne gedrängt, hielt das Handy ans Ohr und stand zur Seite gedreht, um besser telefonieren zu können. Seine Augen waren blutunterlaufen, außerdem rieb er sich ständig mit der freien Hand die Nase. Er schien mit seiner Redaktion in Wien zu telefonieren. Sie hörte, wie er ins Telefon brüllte: »So ein Schaasss! Wieso ist der Scheiß noch nicht online? Du unfähiges Oarschloch. Mach den Scheiß jetzt endlich!«

Feiner Umgangston, dachte die Charlotte und hätte es niemandem übel genommen, wenn er dem kleinen Wichtigtuer einen Schubs über das Geländer gegeben hätte. Aber keiner tat ihr den Gefallen.

Die Charlotte ballte ihre Hände zu Fäusten. Einerseits, weil sie jetzt wieder die Kälte spürte, andererseits aus Wut, weil die Susi sie so gemein an der Nase herumgeführt hatte. Wo zum Teufel steckte sie nur? Die Charlotte war sich sicher, dass sie denselben Schleichweg genommen hatte, den ihnen der Arzt gezeigt hatte. Aber wie war sie dann aufs Gelände gekommen? Sie musterte das orangene Sicherheitsnetz schräg gegenüber der Ehrentribüne, hinter dem für die drei zuvor Endstation gewesen war. Aus diesem Winkel fiel ihr auf, dass sich die Plane im leichten Abendwind eigenartig blähte. Sie kniff die Augen zusammen und erkannte schließlich, warum. Am Rand war ein meterlanger Schnitt im Sicherheitsnetz. Der war von der anderen Seite im Gegenlicht nicht aufgefallen. So hatte sich die Susi also Zutritt verschafft. Doch wohin hatte es sie dann verschlagen?

Die Charlotte fühlte sich ein bisschen wie ein Radargerät, drehte den Kopf hektisch hin und her, suchte den Zielhang links ab, suchte ihn rechts ab. Sie stand sogar auf und suchte hinter der Tribüne nach einem für Susis Zwecke geeigneten Standort. Nichts.

»Schau mal«, die Andrea stieß sie an, »typisch Fernsehen. Da gibt's eine große Video-Wall, und was zeigen s'? Immer stur denselben Streckenarbeiter.«

Lustlos schaute die Charlotte zur Video-Wall. Tatsächlich war immer nur ein und derselbe gelangweilte Streckenarbeiter zu sehen, der selbst gespannt den Hang hinaufschaute. Offenbar wartete er auf den ersten Vorläufer. In der großen schwarzen und sehr auffälligen Sonnenbrille spiegelte sich das Flutlicht.

»Wo steht der Streckenarbeiter?«, brüllte die Charlotte schließlich über den Lärm der tobenden Zuschauermenge hinweg die Andrea und den Doktor an. Beide zuckten mit den Schultern.

»Geben Sie mir Ihre Akkreditierung.«

Der Doktor spürte, wann man besser keine Fragen mehr stellte, und händigte der Charlotte widerspruchslos die laminierte Karte aus.

Sie drängte sich hektisch zum Abgang, wobei sich überraschend doch noch die Möglichkeit auftat, dem unsympathischen Junior-Herausgeber eins auszuwischen. Ein eleganter Schubser mit der Hüfte, und schon segelte sein Handy über das Tribünengeländer.

»Verdammte Sch…«

Ja, das tat richtig gut.

Zwischenspiel

»Moment, Moment!«, unterbrach die Hammerschmied die Charlotte. Sie war ganz aufgeregt.

Aber war die Unterbrechung just vor dem großen Showdown wirklich nötig? Andererseits: Die Hammerschmied verbrannte so nur noch mehr Zeit, was der Charlotte alles andere als unrecht war. Sie waren zwar noch nicht ganz alleine auf der Hütte, aber die Terrasse hatte sich schon merkbar geleert. Die meisten hatten sich auf den Heimweg gemacht. Manche, um heiß zu duschen, andere, um sich fürs Abendessen im Hotel herzurichten, wiederum andere schlicht, um sich noch mal hinzulegen und den Rausch von der Hütte auszuschlafen, bevor man sich ins Nachtleben stürzte.

»Was ist denn?«, fragte die Charlotte belustigt.

»Die Geschichte mit den mit Koks präparierten Schneekanonen. Das kommt mir jetzt schon ein bisschen sehr eigenartig vor.«

»Na gut«, die Charlotte schmunzelte, »jetzt haben Sie mich erwischt. Ich habe mir halt gedacht, dass das besser zur Geschichte passt.«

»Hören Sie mal!«, pudelte sich die Hammerschmied auf. »Ich möchte natürlich schon die Wahrheit hören!«

»Die Wahrheit? Na gut. Also, das mit dem Koks stimmt schon. Aber die beiden Burschen haben das Koks nicht in die Schneekanonen getan.«

»Sondern?«

»Sie haben es den Gästen auf den Skihütten ins Essen und die Getränke gemischt.«

»Das müssen Sie mir jetzt erklären.«

»Sie haben sich einfach ein paar Freunde geschnappt, die auf den Hütten arbeiten. Die haben sie ein bisschen was von dem Koks probieren lassen, und schon waren alle hellauf begeistert von der Idee. Ein Glück, dass dabei niemand zu gröberem Schaden gekommen ist.«

»Aber dem Kratochvil sind doch einige Päckchen von seinem Kokain abgegangen, haben Sie zuvor erzählt. Mit so einer Menge könnte man doch den ganzen Ort high machen.«

»Lassen Sie mich doch mal ausreden«, bremste sie die Charlotte mit einem Grinsen im Gesicht. »Die Burschen haben ja nur einen kleinen Teil von dem Zeug für ihren ›Streich‹ verwendet. Den Rest haben sie, wie die Susi gesagt hat, im wahrsten Sinne des Wortes verblasen. Haben sich in der Nacht zu einer der großen Schneekanonen gestellt und das Koks direkt über das Gebläse in die Gegend rausgeblasen. Insofern stimmt die Geschichte mit den vergifteten Schneekanonen natürlich schon. Auch, dass man den Schnee sicherheitshalber abgetragen hat.«

»Und woher wissen Sie, dass der Kratochvil die beiden umgebracht hat?«

»Von ihren Komplizen. Einer von ihnen hat sich ein paar Tage später gestellt und die Geschichte gestanden.«

»Und das mit dem Sarin? Ist das wirklich so passiert?«
Die Charlotte nickte.

»Aber das ist ja Wahnsinn! Davon hat man letztes Jahr gar nichts gehört.« Die Stimme der Hammerschmied schnappte beinahe über. Da hatte sie ihr alter Chef losgeschickt, um ein paar neue pikante Details über die Geschichte vom letzten Jahr herauszufinden, und sie konnte gleich einen handfesten Skandal aufdecken! Ja, manchmal meinte es das Leben eben doch gut mit einem. Man musste nur hartnäckig sein. Lästig. Nervig.

»Und Sie sind sicher, dass es sich so abgespielt hat?«, fragte die Hammerschmied völlig überdreht nach.

»Ja, natürlich. Ich war ja dabei. Man hat das letztes Jahr der Öffentlichkeit vorenthalten, weil man eine Panik vermeiden wollte. Außerdem waren die Mengen so klein, dass im Grunde genommen nicht viel passieren konnte.«

»Aber trotzdem …«

»Aber trotzdem würde ich Sie bitten, dass Sie diese Fakten vertraulich behandeln und in Ihrem Artikel nicht erwähnen«, forderte die Charlotte mit einem eindeutigen Blick auf die noch immer eingeschaltete Diktierfunktion des Handys der Journalistin.

»Wie bitte?« Die Hammerschmied war nicht empört. Nein, sie war regelrecht entsetzt. »Ich bin Journalistin und der Wahrheit verpflichtet! Natürlich muss ich darüber berichten. Vor allem, wenn ich es brühwarm von einer Beteiligten erfahre.«

»Der Wahrheit verpflichtet? In der ›Heimatland‹? Sie entschuldigen, wenn ich lache.« Hinter der Charlotte wartete die Andrea gar nicht erst auf eine Antwort der Hammerschmied. Sie schmiss sich gleich vor Lachen weg. Ein bisschen übertrieben, aber es ging ja nur darum, die nervige Journalistin weiter zu provozieren. Und weiter aufzuhalten. Der Nachmittag würde noch ein lustiges Ende finden. Nur halt nicht für die Hammerschmied.

»Sie weigern sich?«, hakte die Charlotte nach.

»Natürlich! Wie gesagt, so etwas muss an die Öffentlichkeit. Das ist ein handfester Skandal. Da müssen Köpfe rollen!«, echauffierte sich die Hammerschmied. »Also, bildlich gesprochen natürlich nur.«

Die Charlotte blieb ernst. »Ich kann Sie also nicht davon überzeugen, dass Sie eine geschönte Form der Geschichte bringen?«

»Nein, auf keinen Fall!«, beharrte die Hammerschmied auf ihrem Standpunkt. »Wenn Sie nicht weitererzählen wollen, können wir das Gespräch jetzt und hier auch gerne abbrechen. Ich habe, was ich wollte. Der Rest kann nicht mehr so spannend sein.«

»Ach, wenn Sie eine Ahnung hätten.« Die Charlotte legte ihre Hand bestimmt auf den Arm der Hammerschmied und zwang sie, sitzen zu bleiben. »Wenn ich Sie nicht umstimmen kann, will ich Ihnen wenigstens das Ende der Geschichte noch erzählen. Ich bin gerade so gesprächig. Da wäre es doch schade darum, oder?« Aus dem Augenwinkel sah sie, wie sich die Sonne dem höchsten Gipfel der Region näherte. Ein paar Minuten benötigte sie noch.

Genervt entzog die Hammerschmied der Charlotte ihren Arm und winkte ihr, weiterzumachen.

Zwischenspiel Ende

Zieleinlauf

Sechzehn

Transkript der TV-Liveübertragung des Nachtslaloms in Schladming:

Roland: Einen schönen guten Abend und herzlich willkommen zum ersten Durchgang beim Nachtslalom der Herren in Schladming, dem legendären Nightrace. Wie jedes Jahr tummeln sich auch heuer wieder Zigtausend Menschen entlang der Piste. Was meinst du, Hannes, wie schauen die Chancen für unsere Läufer heute aus?

Hannes: Ja, auch einmal einen schönen guten Abend von mir an die Zuschauer vor den Bildschirmen. Roland, ich glaub ja, dass sich unsere Läufer heute für die schwachen Leistungen vom letzten Wochenende in Kitzbühel rehalib... rehabtil... dass sie es besser machen werden als zuletzt. Der Schweiger Hubsi hat ja in Kitzbühel gezeigt, dass er aufs Stockerl fahren könnte. Der zweite Durchgang war ja richtig, richtig gut. Das ist er ganz bärig gefahren. Und heute ist ja alles angerichtet für ein Traumrennen. Der Schnee ... einfach vom Feinsten!

Roland: Ja, genau! Der Hubsi hat ja dort im zweiten Lauf Bestzeit aufgestellt. Nach Platz neunundzwanzig im ersten Durchgang konnte er sich damit zwar noch in die Top five vorschieben, fürs Stockerl hat's aber knapp nicht gereicht. Eine Zehntel hat ihm auf Platz drei gefehlt. Ein ähnliches Kunststück ist ihm schon einmal gelungen. Vor ein paar Jahren beim Slalom in Garmisch. Damals hatte er ja auch seine Startnummer verloren gehabt und musste mit einem abgeschnittenen T-Shirt und aufgemalter Nummer im zweiten Durchgang starten. Die FIS hat damals ein Auge zugedrückt. Aber weißt du was, Hannes? Einem Läufer ist das Kunststück, von so weit hinten noch zu gewinnen, tatsächlich schon gelungen. Das war der Schwede Frodo Broetsmoer im Jahr 1976 in Chamonix. Ein Schneesturm hat damals das Klassement durcheinandergewirbelt, und der Broetsmoer hat die Gunst der Stunde nützen können.

Hannes: Siehst, Roland, an das hätte ich mich nimmer erinnern können.

Roland: Ja, macht ja nix, Hannes. Warst damals halt auch noch zu jung. Ich führe halt immer meine Aufzeichnungen. Damit ich unseren Zusehern was erzählen kann, wenn es einmal einen Bildausfall gibt. Die Geschichte vom Broetsmoer ist ja noch viel interessanter. Er hat nämlich am Morgen des Rennens seine Skischuh-Einlagen nicht mehr gefunden. Nachdem er der einzige Schwede im Slalom war, konnte er sich auch von den Kollegen nichts ausborgen. Zum Glück sind damals auch die Damen ein Rennen in Chamonix gefahren. Da gab es unter anderem die Britta Ikeadotter. Die war eine Riesin und hatte dementsprechend große Füße. Von ihr borgte er sich dann die Einlagen für seine Skischuhe aus. Die Britta Ikeadotter hatte übrigens auch eine sehr interessante Geschichte, wie sie überhaupt erst zum Skifahren ...

Hannes: Super, danke, Roland, aber schau mal, es geht gleich los.

Roland: Ja, richtig. Schauen wir uns deshalb jetzt einmal die Startnummern der Österreicher an. Und, sehr schön, jetzt können Sie auch einige Bilder der Startnummernauslosung sehen. Die hat gestern Abend am Hauptplatz stattgefunden. Aber jetzt zu den Österreichern. Mit Startnummer eins wird gleich unsere größte Hoffnung, Hubert Schweiger, ins Rennen gehen. Mit Startnummer vier dann unser Seriensieger aus dem Vorjahr, der Benedikt Maich. Die Nummer zehn hat der junge Marko Egger, und die erste Startgruppe beschließt dann wieder ein Österreicher, Robert Zeller mit der Nummer fünfzehn. Die größten Gegner unserer Läufer heute?

Hannes: Da ist sicher der verrückte Ami, der Howdy Johnson, der ja heuer schon drei Rennen gewonnen hat. Und der

Slowene Mirkovic, der ja auch im Weltcup führt. Der Hund hat ja heuer eine Konstanz drauf, unglaublich. A echt bärige Saison.

Roland: Vielleicht schauen wir uns den Lauf jetzt mal aus der Perspektive der Helmkamera an. Unser üblicher Fahrer mit der Helmkamera, der Martin Meuschl, ist ja leider krank. Deshalb gibt es heute eine Premiere. Das wird auch für die Zuschauer daheim vor den Fernsehschirmen sehr interessant. Das kann ich schon jetzt versprechen. Und die Verantwortlichen vom Schladminger Skiclub haben uns versprochen, dass wir heute eine Überraschung erleben werden. Heute ist nämlich der Franz Endlinger mit unserer Helmkamera unterwegs. Und dieser Franz Endlinger ist nicht irgendwer. Ich war heute ein bisschen in Schladming unterwegs und habe mit den Leuten gesprochen, und die freuen sich auf ihren Franzl schon mehr als auf alle anderen Läufer. Mir ist da erzählt worden, dass es dem Franz Endlinger ähnlich ergangen ist wie unserem Herminator. Hat zuerst auch keine Chance bekommen und sich dann selbst wieder zurückgekämpft. Und heute soll der Franzl beweisen, was er wirklich draufhat. Wir werden dann nach dem ersten Durchgang die Laufzeit vom Franz Endlinger mitgeteilt bekommen und sehen, ob er tatsächlich mit den Weltbesten mithalten konnte. Wer weiß? Der Franzl ist ja erst vierundzwanzig – noch nicht zu spät, um vielleicht doch noch mal für Furore zu sorgen. Ich kann mich noch gut erinnern, wie der Hermann Maier damals noch völlig unbekannt ...

Hannes: Ja, Roland. Der Endlinger Franzl soll wirklich ein irrsinniges Talent sein. Ich habe vor dem Rennen mit seinen Trainern vom Skiclub gesprochen, und die haben mir erzählt, dass er ein sehr feinfühliger Fahrer mit großartigem Timing sein soll. Der setzt den Ski hin und zieht den Schwung durch. Das soll bei ihm alles ganz spielerisch gehen. Sein Techniktrainer hat mir auch erzählt, dass der Franzl jeden Tag vor und nach Liftschluss trainiert. Er arbeitet ja als Liftwart hier in Schladming und hat in der Früh natürlich die allerbesten Bedingungen. Er ist wirklich ein Einzelkämpfer. Wie heißt es so schön? Was dich nicht umbringt, macht dich nur stärker.

Roland: Danke für diese Hintergrundinformationen, Hannes. Schauen wir uns den Franzl jetzt aber an. Er wird der erste Vorläufer sein, und vielleicht schaffen wir es ja, die Fahrt vom Franz Endlinger in normaler Kameraperspektive zu zeigen. Danach können wir uns seine Fahrt ja noch mal aus der Helmperspektive anschauen.

Hannes: Das find ich eine super Idee, Roland. Aus der Helmperspektive sieht man ja nicht so gut, wie der Fahrer unterwegs ist, und ich sag's dir, auf den Burschen bin ich echt schon gespannt.

Roland: Ja, da sehen wir den Franz Endlinger bereits im Starthäuschen. Er sieht überhaupt nicht nervös aus.

Hannes: Nein, gar nicht. I sag's dir, Roland, ich fieber richtig mit, mit dem Franzl. I weiß noch genau, wie das bei mir damals war. Bei Olympia hab ich mich auch erst im letzten Slalom qualifizieren können, und mir ist damals ordentlich der Reis gegangen. Ich hab genau gewusst: Das ist es jetzt. Entweder ich schaff es, oder ich muss daheimbleiben.

Roland: Ja, ja, Hannes, aber für den Franzl geht's heute ja überhaupt einmal darum, dass seine Karriere in Schwung kommt.

Hannes: Schon, aber ...

Roland: So, und jetzt ist der Franz Endlinger gestartet. Und die Planai brennt! Die Leute rasten völlig aus, Fahnen werden geschwungen, bengalische Feuer entzündet. So was gibt's nur hier. Obwohl, es gab da dieses eine Rennen im Jahr 1979 ...

Hannes: Sehr schön den Rhythmus gefunden. Ja, das ist so wichtig beim Slalom. Vor allem mit den kurzen Carvingski. Da musst du gleich bei den ersten Toren richtig reinkommen, dann hast eine gute Chance. Gerade hier in Schladming ist das so wichtig. Die ersten Tore nach dem Start sind ja die einzigen, wo es einigermaßen flach dahingeht. Da kann man schon so viel Zeit verlieren, wenn da nicht alles passt.

Roland: Vielleicht gelingt es ja der Technik noch schnell, die obere Zielhangkamera wieder in Schuss zu bringen. Da hab ich im Moment nämlich nur einen schwarzen Bildschirm. Der Franzl fährt jetzt in die erste schwierige Passage ein.

Hannes: Dieses Tor ist ja viel weiter gesteckt als die Tore davor. Da muss man den ganzen Schwung mitnehmen, weil danach kommt eine kurze Querfahrt, und wennst da einen Hackler drinnen hast, dann stehst fast. Das ist ja ein Wahnsinn, die Strecke!

Roland: Ah, die Technik hat jetzt auch die Probleme mit der Zielhangkamera wieder in den Griff bekommen, liebe Zuschauer. Das heißt, wir werden Ihnen die komplette Fahrt vom Franz Endlinger live in Ihr Wohnzimmer liefern können.

Hannes: Schau mal, Roland. Ich weiß nicht, aber irgendwas hat's mit der Kamera.

Roland: Stimmt! Vielleicht kann die Regie einmal den Kameramann anfunken? Bilder vom verschneiten Wald sind zwar sehr schön, gell, Hannes – wir Naturburschen wissen so etwas schon zu schätzen –, aber unsere Zuschauer dürfte das Rennen doch mehr interessieren ... Ah, da meldet sich keiner, gibt mir die Regie gerade durch. Ich werde jetzt einmal auf meinen anderen Bildschirm schauen. Das erinnert mich an viele, viele Formel-1-Rennen in Übersee, wo ich noch über das Telefon kommentieren ...

Hannes: Ja, schau, Roland, da. Jetzt haben wir die kaputte Kamera im Bild.

Roland: Da stehen ja zwei Frauen auf der Kamera-Plattform ...

Hannes: Jo mei, wieso auch nicht?

Roland: Na, weißt, Hannes, eigentlich dürfte dort oben nur unser Kameramann stehen. Das ist ja nicht ganz ungefährlich. Du siehst ja die Rohrkonstruktion. Die Plattform ist gut drei, vier Meter hoch. Unser Kameramann ist da oben auch immer gesichert. Übrigens ein sehr erfahrener Mann, der Rudi Oberbauer. Mit ihm hab ich schon 1985 beim Formel-1-Rennen in Zeltweg ...

Hannes: Siehst du ihn eigentlich?

Roland: Nein, stimmt, Hannes. Es tut mir leid, liebe Zuschauer, dass Sie jetzt Zeuge einer solchen Panne werden müssen. Aber so ist das halt manchmal bei einer Liveübertragung. Da weiß man nie, was als Nächstes passiert. Na gut, ich hoffe, die Sicherheitskräfte sind schon am Weg, um die beiden Damen von dort runterzuholen. Ich verstehe ja, dass man sich die besten Plätze sichern will – viele Leute sind hier ja auch auf Bäume geklettert oder auf die Dächer von Skihütten, um einen besseren Blick auf die Piste zu ergattern. Aber so geht's ja wirklich nicht. Das ist ja auch für die beiden Damen gefährlich. Zuletzt habe ich so etwas 1997 in ...

Hannes: Vielleicht kann die Kamera einmal ein bisserl reinzoomen, damit wir sehen, was dort wirklich los ist. Weißt, Roland, ich glaub fast, dass sich die zwei Dirndl da oben ein bisserl streiten.

Roland: Für mich sieht das ein bisschen nach Wrestling aus. Haha, aber Schlammcatchen übertragen wir sonst ja eigentlich gar nicht. Obwohl, 2011, kann ich mich noch erinnern ...

Hannes: Schau, Roland. Da kommt jetzt der Franz gerade über die Kante und fährt in den Zielhang ein.

Roland: Jessas, den hätten wir ja jetzt fast vergessen. So was ist mir noch nie passiert!

Hannes: Ja, aber die Fans haben nicht auf ihn vergessen. Die schreien und jubeln.

Roland: Das erinnert mich an die Kitzbühel-Abfahrt 1984, als der Franz Klammer einen österreichischen Dreifach-Sieg ...

Hannes: Roland!

Roland: Egal, ich bin mir nicht sicher, Hannes, ob der Jubel dem Franz Endlinger oder den beiden Damen gilt. Schau, auf der großen Video-Wall im Stadion sind die zwei Damen jetzt auch zu sehen.

Hannes: Stimmt, schade für den Franzl, dass so a Blödsinn gerade heute an seinem großen Tag passieren muss.

Roland: Ich glaube, die beiden haben tatsächlich einen heftigeren Streit. Die Rothaarige liegt auf der Blonden drauf …

Hannes: … ja, und die reißt das rothaarige Dirndl ordentlich an den Haaren. Schau, ich glaub, jetzt hat sie ihr sogar ein ganzes Büschel ausgerissen.

Roland: Aber die Rothaarige lasst sich das nicht gefallen. Schau, jetzt hat sie ihr a ordentliche Ohrfeige gegeben.

Hannes: Bumm, die hat man ja bis zu uns in die Kommentatorenkabine gehört.

Roland: Jetzt scheint die Blonde die Oberhand zu gewinnen. Sie schnappt die Rothaarige am Oberarm und …

Hannes: … und dreht sie herum.

Roland: Jetzt sitzt die Blonde auf der Rothaarigen. Liebe Zuschauer, wenn Sie auf den Nachtslalom warten, sind Sie in diesem Programm schon richtig. Der erste Vorläufer ist bereits unterwegs, aber was sich momentan auf einer unserer Kameraplattformen abspielt, ist …

Hannes: … unglaublich, ja, das ist ja ein Wahnsinn!

Roland: … spektakulär.

Hannes: … eigentlich unverantwortlich.

Roland: Achtung, Hannes, die beiden rollen jetzt auf die Kante zu und …

Hannes: … na servas. Hoffentlich hat sich da jetzt keines von den beiden Dirndln wehgetan.

Roland: Die beiden sind von der Plattform drei oder vier Meter in die Tiefe gestürzt. Die haben ein Glück, dass darunter so viel Schnee liegt. Der hat ihren Sturz scheinbar ein bisschen abgefedert. Und jetzt kann ich von der anderen Seite auch schon Polizei über den Hang laufen sehen. Die Herrschaften dürften das Geschehen auch auf der Video-Leinwand mitverfolgt haben. Was ich nicht verstehe: Wieso hält niemand den Vorläufer auf?

Hannes: Ja, der Franz Endlinger scheint davon noch gar

nix mitbekommen zu haben. Er fährt weiter Schwung für Schwung, Tor für Tor. Wunderbar, wie er den Ski da hinsetzt. Ich bin ja echt schon auf seine Zeit gespannt.

Roland: Um Himmels willen! Das gibt's ja nicht! Eines der beiden »Dirndln«, wie du so schön sagst, Hannes, läuft jetzt mitten auf die Piste.

Hannes: Es ist die Blonde. Oje …

Roland: Ja, oje, sie läuft mitten auf die Piste. Sie schaut etwas verwirrt aus. Wenn das nur gut geht. Es ist hier ja so steil, dass die Pistenarbeiter Steigeisen verwenden müssen, um nicht abzurutschen.

Hannes: Das rothaarige Dirndl scheint sich auch gefangen zu haben. Schau, Roland, sie sprintet ihrer Kontrahentin hinterher!

Roland: Die Fans scheinen das für eine Pausenshow zu halten. Hannes, hörst du, wie sie schreien und johlen?

Hannes: Ja, man versteht fast sein eigenes Wort nicht mehr. So eine Bombenstimmung habe ich da in Schladming noch nie erlebt. Vom Feinsten!

Roland: Schau, Hannes, ich glaub, jetzt wird's gleich krachen.

Hannes: Die Blonde rennt dem Franzl ja direkt in die Ideallinie …

Roland: … und sie scheint ihm zuzuwinken.

Hannes: Glaubst, Roland, er kennt die?

Roland: Weiß ich nicht, Hannes.

Hannes: Geh, Roland, du weißt einmal was nicht? Bist halt auch nur ein Mensch, haha.

Roland: Aber das Dirndl hat was in der Hand.

Hannes: Schaut aus wie eine …

Roland: … Pistole. Hannes, ich kann da nicht mehr hinschauen. Jetzt wird's gleich krachen.

Hannes: Hoffentlich geht das gut aus.

Roland: Ich glaub, der Endlinger hat die Frau doch noch bemerkt. Und die scheint … abzudrücken!

Hannes: Der Endlinger kann nicht mehr bremsen. Mein Gott, er kracht voll in sie hinein! Muss der konzentriert gewesen sein.

Roland: Aber leider nur auf seinen Lauf.

Hannes: Das musst als Sportler halt so machen, auweh …

Roland: Neeeiiinnnn! Ich glaube, nein, ich bin mir sicher, da ist jetzt was Furchtbares passiert.

Hannes: Mein Gott, Roland, siehst, wie sich der Schnee rot färbt?

Roland: Aber von wem stammt das Blut? Von der Frau oder vom Franz Endlinger?

Hannes: Kann i dir nicht sagen. Soweit ich sehen kann, bewegt sich der Franzl noch. Ja, er kann sich sogar wieder aufrichten. Oh, und jetzt …

Roland: … bricht er gleich wieder zusammen. Er kauert über der Frau und …

Hannes: … es sieht fast so aus, als würde er weinen.

Roland: Ja, Hannes, ich glaub, da ist wirklich was Schlimmes passiert. Vielleicht kann die Kamera ja etwas näher an die Szene ranzoomen? Vielen Dank an die Regie und vor allem unseren Regisseur, Alex Schober. Mit dem habe ich im Jahr 2000 ein witziges Erlebnis bei der Fußball-EM …

Hannes: Roland, kannst du was erkennen?

Roland: Der Kopf der Frau, mein Gott, der ist fast abgetrennt. Das erinnert mich an einen Vorfall in einem NHL-Spiel. Da passierte dem Goalie der Buffalo Sabres in den Neunzigern etwas ganz …

Hannes: Mei, ist das brutal. I sag's dir, Roland, wenn wir den Zuschauern immer erzählen, wie scharf die Kanten der Rennski sind, ist das wirklich keine Übertreibung.

Roland: Stimmt, die sind viel schärfer als eine Rasierklinge. Wie es aussieht, dürfte der Franz Endlinger die blonde Frau so unglücklich mit der Kante erwischt haben, dass er sie … geköpft hat!

Hannes: Des is brutal.

Roland: Hannes, da kann ich dir nur recht geben. Liebe Zuschauer, wir sind entsetzt über das, was sich hier gerade vor unser aller Augen abgespielt hat. Wir werden natürlich so schnell wie möglich versuchen, die Hintergründe für Sie zu recherchieren. Zuerst geben wir aber zurück nach Wien …

Siebzehn

»Charly, geht es dir gut?«

Die Andrea und der Dr. Haberzettel waren sofort zur Unglücksstelle gerannt, nachdem der Sturz der beiden von der Kameraplattform groß auf der Video-Leinwand übertragen worden war. Der Standardspruch »Lassen Sie mich durch, ich bin Arzt!«, den der Haberzettel wie einen Rosenkranz runterbetete, war in diesem Fall nicht mal gelogen und half beim Durchkommen durchaus.

Die Charlotte saß unbeachtet wie ein Häufchen Elend am Pistenrand. Die Polizei hatte noch genug damit zu tun, die Unglücksstelle abzusichern. Den mehr oder weniger unverletzten Franzl hatte man in einem Kammerl im Pressecenter vor den Fans in Sicherheit gebracht. Dort kümmerte sich jetzt eine andere Ärztin um ihn. Die Susi würde das nie wieder tun können.

Der Start zum ersten Durchgang war vorübergehend um eine Stunde verschoben worden. An Absage schien – noch – niemand zu denken. The show must go on.

»Es geht schon, nur der Schock, wie es die Susi erwischt hat. So etwas wünscht man niemandem. Auch wenn sie uns im Keller vom Dr. Haberzettel verrecken hätte lassen. Ich habe alles genau gesehen. Sie hat den Abzug der Pistole gedrückt. Der Rückstoß hat sie am Eis auf dem steilen Gelände ausrutschen lassen und umgeworfen, und dann ist der Franzl direkt mit dem Ski in sie rein.«

»Wir haben es auf der Video-Wall mitverfolgt«, erklärte die Andrea ihrer Freundin.

Der Dr. Haberzettel kniete neben der Charlotte und fühlte ihr den Puls. Nach einem prüfenden Blick in ihre Augen nickte er zufrieden: »Das wird schon wieder. Sie sind ein bisschen aufgeregt, aber das war's schon. Wollen Sie einen Schluck?«

Dabei schraubte er den Griff von seinem Wanderstock auf. Scharfer Schnapsgeruch stieg der Charlotte in die Nase. Sie nickte. Der Doktor kippte den Schnapsstock und füllte einen Doppelten in den abgeschraubten Griff, der zugleich als Stamperl diente.

»Danke, Herr Doktor. Ist das die übliche Medizin, die Sie Ihren Patienten verschreiben?«

Der Angesprochene lächelte schelmisch und zwinkerte der Charlotte zu. Hinter dem Arzt näherte sich ein Gewitter in menschlicher Form.

»Jetzt poscht's gleich«, flüsterte die Charlotte der Andrea zu, und einen Moment später brach ein Donnerwetter namens Inspektor Keiffer über die beiden herein. In erster Linie natürlich über die Charlotte. Die Andrea hatte ja – seines Wissens nach – nichts Verwerfliches angestellt.

»Jetzt reicht's! Ich lasse Sie festnehmen. Sie sind ja eine Schande für unseren Berufsstand!«, brüllte der oberste Polizist des Ortes die frierende Charlotte an.

Bevor er weitermachen konnte, nahm ihn Dr. Haberzettel zur Seite. »Hör einmal zu, Berni. Die beiden Damen sind in meiner Begleitung hier, und wenn du nicht vollkommen deppert bist, wirst du versuchen, etwas höflicher mit den beiden umzugehen. Immerhin haben sie deine Mörderin erwischt.«

»Wo? Ich sehe hier keine Mörderin! Was soll das überhaupt heißen, Mörderin?«, sagte der Keiffer, schon wesentlich weniger aufbrausend.

»Die tote Susi da – sie hat die Touristen und den Kratochvil auf dem Gewissen. Außerdem hat sie auf den Franzl geschossen, das werdet ihr ja wenigstens mitbekommen haben? Ich habe die zwei Damen erst vor ein paar Stunden bei mir im Keller gefunden – gefesselt und geknebelt. Unser aller Susi – und widersprich mir da jetzt ja nicht – steckt hinter allem, was sich da im Ort in der letzten Woche abgespielt hat. Aber das können dir die beiden Damen sicher ausführlicher erklären.«

Keiffer warf einen zweifelnden Blick zur Charlotte: »Na

gut, wenn du meinst. Hättest du übrigens nächste Woche mal Zeit? Mein Weisheitszahn tut schon wieder höllisch weh.«

»Klar, Berni. Ich mach dir auch, wie üblich, einen Freundschaftspreis. Und der Zahn bleibt bei mir. Aber vor allem: Behandel mir die beiden Damen gut.«

Pflichtbewusst ließ der Polizeichef eine Decke für die Charlotte bringen. Die Andrea hatte darauf verzichtet, aber sie war schließlich auch nicht im Schnee herumgekugelt.

»Ich sag's dir, Andi. Mir tut mein ganzer Rücken weh. Wie wir da von der Plattform runtergefallen sind ...«

»Erzähl doch mal, wie es überhaupt so weit kommen konnte. Wir haben auf der Video-Wall ja nur das Ende gesehen.«

»Dank der Akkreditierung vom Herrn Doktor bin ich ziemlich leicht hinter die Absperrungen gekommen und war auch gleich bei der Kameraplattform.« Dabei zeigte die Charlotte auf den Stahlrohrturm, der hinter ihnen in den Nachthimmel ragte. Vor allem von unten war das schon ein beeindruckendes Teil, auch wenn es in Wirklichkeit nur fünf Meter hoch war. »Bevor ich losgerannt bin, haben wir ja einen Pistenarbeiter auf der Video-Wall gesehen – genau vor dieser Kameraplattform. Mir ist aufgefallen, dass der nichts arbeitet und nur herumsteht. Er hatte auch weder Schaufel noch Bohrer für die Slalomstangen in der Hand. Und dann noch die auffällige schwarze Sonnenbrille. Das war dieselbe wie die von der Frau, die sich beim Kratochvil eingeschlichen und ihn dann aufgeschlitzt hat. Da hat es bei mir klick gemacht, und es haben alle Alarmglocken geläutet. Die Susi hatte sich wieder mal verkleidet. Wie ich den Kameraturm erreicht habe, war aber von der Susi nichts mehr zu sehen. Ich habe sie dann schließlich oben am Turm entdeckt. Von dort hatte sie den passenden Ausblick, und kein Fan würde sie stören. Ich bin also die Leiter rauf und hab vorsichtig über den Rand geblinzelt. Da wäre ich fast wieder runtergefallen, weil ich direkt in die Augen des bewusstlosen Kameramanns geschaut habe. Zuerst hab ich geglaubt, dass er tot ist, aber dann habe ich bemerkt, dass sich sein Brustkorb leicht gehoben und gesenkt hat. Ich schätze, die Susi hat ihm mächtig eine über den Schädel gezogen.«

»Und weiter?«, forderte die Andrea sie neugierig auf.

»Es war zu spät, einen Polizisten zu suchen. Bis mir der geglaubt hätte … Ich habe also noch mal vorsichtig über die Kante geblinzelt, und am anderen Ende kauerte die Susi, ein Gewehr im Anschlag. Daneben eine schwarze Stoffhülle. In der hat sie das Gewehr aufs Gelände geschmuggelt.«

»Aber sie hatte doch auch eine Pistole?«

»Ja, leider. Die hatte sie in ihre Jackentasche gesteckt. Die wäre ja für so ein Attentat auch völlig unbrauchbar gewesen. Aber sie war auf jeden Fall vorbereitet. Im Notfall hätte sie sich den Weg mit der Pistole freigeschossen. Egal, sie war wie hypnotisiert von der Piste, und ich muss sagen, das hat von da oben wirklich spektakulär ausgeschaut. Alles so hell und so viele Leute. Ich hatte das Problem, dass der Kameramann direkt vor der Leiter lag und ich irgendwie möglichst geräuschlos über ihn drüber musste. Dabei war ich wohl eine Spur zu laut. Die Susi hat mich bemerkt und sofort auf mich gezielt. Geschmeidig wie eine Katze« – an dieser Stelle musste die Charlotte selbst lachen, denn »angeschossene Gazelle« hätte es wohl besser getroffen – »bin ich auf sie zugesprungen. Ich konnte ihr das Gewehr zwar nicht aus der Hand schlagen, aber es hat gereicht, dass sie nicht mehr abdrücken konnte. Und dann haben wir es ausgekämpft – Frau gegen Frau.«

»Im Moment siehst du eh aus, als kämst du gerade von einer Wirtshausschlägerei. Machen brave Mädchen so was?«, fragte die Andrea und strich der Charlotte fürsorglich eine Haarsträhne aus dem Gesicht.

»Verzeihen Sie, Madame, es wird nicht mehr vorkommen.«

»Ist schon gut, ich stehe ja sowieso mehr auf böse Mädchen.«

»Hey, Schwester! Großartiger Stunt!«, hörten sie auf einmal die Flora brüllen. Die Stimme triefend vor Zynismus.

Die Kleine hatte die ganze Aktion natürlich auf der Video-Wall mitverfolgt. Ohne ärztliche Begleitung war es für sie aber nicht so einfach gewesen, schnell zur Charlotte vorzudringen. Die Anweisung vom Keiffer, die Charlotte und die Andrea gut zu behandeln, hatte sich schließlich aber doch durchgesprochen, und so durfte die Flora endlich zu ihrer großen Schwester. Es ging halt nichts über Familie, die einen liebt und auffängt und ab und zu ordentlich zur Sau macht.

»Was sollte das denn?«, keifte die kleine Flora jetzt gar nicht unähnlich dem großen Keiffer ein paar Minuten zuvor.

»Danke der Nachfrage, mir geht's gut«, antwortete die Charlotte und ignorierte den Tonfall ihrer kleinen Schwester.

»Ja, spinnst du? Und das vor all den Leuten und noch dazu im Fernsehen! Wie sollen wir das denn jetzt Mama und Papa erklären? Die haben sich das sicher angeschaut und dabei einen Herzinfarkt bekommen.«

»Gutes Stichwort, Flora. Ich glaub, dein Handy klingelt.« Die Flora fischte ihr Handy aus der Skijacke, und selbst aus einem Meter Abstand konnte die Charlotte die Stimme ihrer entsetzten Mutter noch gut hören. Die Flora hielt das Handy sicherheitshalber etwas vom Ohr weg.

»Gib sie mir«, sagte die Charlotte.

Die Flora folgte der Anweisung. Ausnahmsweise sogar ohne Diskussion.

»Ja … danke, gut … alles in Ordnung, ja, wirklich, Mama … nein, keine Sorgen machen … Flora hatte nichts damit zu tun … steht jetzt eh bei mir … ihr geht's auch gut … nein, wirklich … würde ich doch nie machen … ja, ich melde mich später bei euch … morgen dann … schlaf gut und gib dem Papa ein Bussi von mir … und keine Sorgen machen … ja, es ist wirklich alles in Ordnung … noch mal die Flora haben?«

Die wachelte entsetzt mit den Händen, aber die Charlotte

kannte kein Erbarmen und drückte ihr das Handy wieder in die Hand. Die Flora verdrehte die Augen und ging ein paar Schritte auf die Seite, um in Ruhe mit der Frau Mama zu telefonieren.

»Was passiert denn jetzt, Frau Inspektor?«, fragte die Andrea.

»Wir werden die Polizei aufs Kommissariat begleiten. Dort erzählen wir unsere Geschichte, und der Haberzettel, der Joe und der Franzl werden die fehlenden Bausteine einsetzen. In Susis Wohnung werden sich wohl auch noch ein paar Beweisstücke finden. Die Perücke haben wir ja schon, und die Sonnenbrille liegt noch da drüben im Schnee. Was die manipulierten Schneekanonen angeht, an denen die Berliner zugrunde gegangen sind: Da hatte die Susi ja dank des Franzl Zugriff auf das notwendige Werkzeug. Der Franzl kannte sicher auch die Dienstpläne, wann wer wo mit dem Pistenbully unterwegs ist. Da konnte sie sich einen perfekten Zeitplan zurechtlegen. Dass sie den Hinterholzer erpresst hat, werden wir wohl auch noch zur Sprache bringen müssen. Ach ja, und die gute Svetlana werden sie wohl auch verhören wollen.«

»Und was ist, wenn die Polizei keine Beweise findet?«

»Dann ist es uns auch egal. Ich will eigentlich nur noch nach Hause, und außerdem sind die Susi und der Kratochvil tot – die Mörder also quasi zur Strecke gebracht. Noch toter geht's nicht. Nicht einmal dann, wenn sie bei uns wieder die Todesstrafe einführen würden. So wie ich die Polizei einschätze, werden sie unsere Aussagen aufnehmen, kurz die Wohnung der Susi durchsuchen und den Fall dann möglichst schnell zu den Akten legen. Der Keiffer hat sich ja nicht gerade mit Ruhm bekleckert. Vertuscht wurde das Ganze wegen des Nachtslaloms sowieso schon die ganzen letzten Tage. Da sind die Polizei und die Zeitungen in Kombination fast unschlagbar. Siehst ja eh, nicht einmal den Slalom haben sie abgesagt. Ich schwöre dir, der wird heute noch durchgezogen. Viel hat die Spurensicherung nicht zu tun. Die Leiche, die Pistole und die Sonnenbrille einsammeln, das war's. Mehr findet man im Schnee nicht. Die Pistenarbeiter rutschen drüber, und dann kann's schon losgehen.«

Die Andrea nickte und half der Charlotte auf. »Und das Sarin?«

»Das muss die Polizei selbst herausfinden«, erklärte die Charlotte. »Aber ich gehe davon aus, dass es sich da um Minimalmengen gehandelt hat. Viel mehr hat sie aus Syrien sicher nicht rausschmuggeln können. Ist halt doch etwas anderes als Koks oder Diamanten oder weiß der Teufel, was da sonst noch so geschmuggelt wird. So einen richtigen Plan hatte die Susi nicht, wenn du mich fragst. Sie hat einfach ein paar verrückte Ideen gehabt und die ausprobiert. Allein, dass sie am Ende dann doch auf Gewehr und Pistole zurückgegriffen hat, zeigt ja, dass sie selbst nicht davon überzeugt war. Ich glaube, da ging es mehr um Rache am Kratochvil. Sie wollte seine Kellner anstiften und für möglichst viel Chaos sorgen. Die war einfach völlig durchgeknallt. Manisch depressiv, bipolar, Borderline – was weiß ich. Darum muss sich ein Gerichtspsychologe kümmern. Aber du kannst davon ausgehen, dass sie nicht ganz dicht war. Eigentlich ein Wahnsinn, dass sie eine Approbation hatte.«

»Wer weiß, wie sie zu der gekommen ist«, meinte die Andrea in Anspielung auf das Rotlicht-Vorleben der Susi.

»Aber was soll's?«, strahlte die Charlotte die Andrea aufmunternd an. »Jetzt sind wir schon da, und da wollen wir uns den Abend nicht noch mehr versauen lassen. Schließlich bin ich wegen des Rennens mit meiner Schwester hergekommen. Wo ist sie denn jetzt schon wieder?«

In diesem Moment kam die Flora mit hochrotem Kopf zurück. Offenbar hatte es also doch eine gröbere Kopfwäsche durch die Frau Mama gegeben. Als ob die Kleine irgendetwas dafür konnte! »Super! Gemeinsame Urlaube sind in Zukunft gestrichen, Schwesterherz!«, schnauzte die Flora die Charlotte an. »Die Mama ist stinksauer und hat gemeint, du sollst wieder zur Polizei gehen, wenn du überall deine Nase reinstecken musst.«

»Schon gut, Flora. Tut mir auch ehrlich leid, aber es ist ja nicht so, dass ich mir das ausgesucht hätte. Und wenn ich mich richtig erinnere, hast du mich doch dazu gedrängt, mich ein bisschen umzuhören.«

»Ja, eh. Aber …«

»Nix, aber, Schwesterlein. Und jetzt vergiss die Mama für heute Abend, wir geben uns jetzt das Rennen.«

»Echt?«

»Echt!« Die Charlotte grinste und zog ihre kleine Schwester ganz fest an sich.

Schön langsam fiel die Anspannung von ihr ab, und ihr wurde bewusst, was sie mit ihren unüberlegten Aktionen alles hätte anrichten können. Davon bekamen die anderen jedoch nichts mit. Die Flora drückte sich an ihre große Schwester, und die Andrea musste beim Anblick der Nöhrer-Schwestern schmunzeln. Wenn sie so nebeneinanderstanden, waren sie sich gar nicht so unähnlich. Egal, dass die eine kastanienrote Locken und die andere blonde Haare hatte. Egal, dass fünfzehn Jahre zwischen den beiden lagen. Egal, dass die ältere der beiden von daheim geflüchtet war, um der mütterlichen Fürsorge zu entgehen, und die Kleine noch brav daheim wohnte. In dem Moment war alles so, wie es sein sollte. Das spürte auch die Flora, auch wenn sie es nie im Leben zugegeben hätte. Sentimentalität war was für kleine Mädchen.

Aber viel wichtiger: Auch die Charlotte spürte das. In diesem Moment war das Licht am Ende des Tunnels für sie nicht mehr nur erahnbar. In diesem Moment stand sie direkt an der Schwelle zwischen dem dunklen Tunnel und dem hellen Licht. Unter ihren roten Locken löste sich aus einem Auge eine kleine, salzige Träne.

Und in ihr heilten alte Wunden, die sie sich vor allem selbst zugefügt hatte, wie ihr in dem Moment klar wurde. Es ging nicht darum, was andere von ihr wollten oder erwarteten. Solche Sachen konnte sie auch leicht ignorieren. Es ging einzig und allein darum, was sie von sich selbst erwartete. Und das war ganz sicher nicht, als Security in einer Shopping Mall zu enden.

Wie sich später herausstellte, war die Charlotte mit ihrer Einschätzung der Situation ziemlich gut gelegen. Am nächsten Morgen – allerdings zu einer durchaus menschlichen Zeit – parkte ein Polizeiauto vor der Pension der Nöhrers. Die alte Vermieterin klopfte die Charlotte und die Flora aus ihrem Zimmer und gab den beiden noch eine Thermoskanne Kaffee und frische Kipferl mit. Sie hatte das Rennen am Vorabend im Fernsehen gesehen, und die Charlotte hatte ihr noch nach Mitternacht alle Details erzählen müssen.

Derart ausgestattet wurden sie zum Polizeiposten chauffiert, wo sie ihre Aussagen machten. Der Keiffer höchstpersönlich schrieb das Protokoll. Mit schmerzverzerrtem Gesicht, weil der Weisheitszahn immer schlimmer wehtat. Die Charlotte legte eine Hand auf seinen Unterarm und sagte: »Ich werde mal mit dem Dr. Haberzettel reden. Vielleicht findet er ja heute noch Zeit für Sie.« Es kam ihr so vor, als sähe sie dabei im Auge des Polizeichefs eine kleine Träne. Ob aus Rührung oder vor Schmerz, wollte sie dann doch nicht nachfragen.

Den Joe hatte man schon in der Nacht einvernommen, und um die Svetlana wollte sich der Keiffer, wie er es ausdrückte, persönlich und einfühlsam kümmern. Die Charlotte konnte sich gut vorstellen, wie er das meinte, aber es war ihr egal. Sollten die Leute doch so weitermachen wie bisher, solange es dabei keine Toten gab. Außerdem brauchte die Svetlana jetzt sowieso einen einflussreichen Beschützer, der ihre durchaus prekäre Lage ein wenig linderte. Nach dem Ableben vom Kratochvil würden sich nun andere »ehrenwerte« Männer sein Revier aufteilen wollen. Dass das nicht unblutig abgehen konnte, lag auf der Hand. Außerdem: Wer den Kratochvil lieben konnte, dem grauste auch vor dem Keiffer nicht.

Der Franzl war noch in keinem Zustand, um einvernommen zu werden. Verständlicherweise stand er unter Schock und wurde, wieder einmal, im Schladminger Spital stationär behandelt. Klar war auch, dass aus seiner Rennkarriere nichts mehr werden würde. Doch den Traum hatten ohnehin immer nur andere gehabt. Er selbst war realistisch genug gewesen, sich keine derartigen Hoffnungen zu machen.

Wie hinter den Kulissen ausgemacht, war seine Zeit als Vorläufer genommen worden. Zum Zeitpunkt seines Crashs mit der Susi hatte er bereits drei Sekunden hinter dem späteren Dreißigsten des ersten Durchgangs gelegen. Seine Zeit hätte nicht einmal für einen Platz unter den besten Fünfzig gereicht. Die Geschichte mit der Verschwörung gegen den Franzl war also auch ausgemachter Schwachsinn gewesen. Wieso hätte sich der Skiverband auch selbst schwächen und auf ein mögliches Megatalent verzichten sollen?

In der Wohnung der Susi hatte man tatsächlich Beweise gefunden, darunter vieles aus dem technischen Equipment des Zahnarztes. Und da hatte sich die Charlotte geirrt. Die Susi hatte sich nämlich keinen Bohrer der Seilbahnen »ausgeliehen«, sondern einen stinknormalen Zahnbohrer verwendet. Dessen Bohrspitzen hatte die Susi ein bisschen aufgepeppt. So konnte sie ein nahezu unsichtbares Loch in die Wasserleitungen der Schneekanonen bohren und dann – mit einer Zahnarztspritze – das Sarin injizieren. Eigentlich deppeneinfach. Aber halt auch fetzendeppert.

Um damit großflächig Schaden anzurichten, hätte es viel größerer Mengen vom Sarin benötigt. Aber das hatte die Susi ja selbst zugegeben und auf ihren Koksrausch geschoben. Selbst wenn ihr das gelungen wäre, wäre der Anschlagsversuch nicht bis zum Nachtslalom unbemerkt geblieben. Aber größere Mengen hatte sie tatsächlich nicht zur Verfügung gehabt. Womit die Charlotte richtiglag: Die Susi hatte das Zeug aus Syrien mit nach Hause gebracht. Wie sich herausstellte, hatten die »Ärzte ohne Grenzen« sie heimgeschickt, nachdem sie selbst in dem bürgerkriegsgeplagten Land für jede Menge Aufruhr gesorgt hatte. Sie hatte ihren ehrenamtlichen Job dort benützt, um beide Seiten schwarz mit Medikamenten zu versorgen – natürlich nicht gratis. Zu den Medikamenten waren schnell Drogen gekommen, und damit war dann endgültig eine Grenze überschritten. Nein, danke, mit der wollte man wirklich nichts zu tun haben. Von daher stammte also die Phiole mit Sarin, die die Susi ins Land geschmuggelt hatte. Aber auch so war bald klar geworden, dass man ohne die Susi besser dran war. Wäre halt nett gewesen, wenn man die Behörden daheim vorgewarnt hätte. Was aber nicht passiert war.

Das Messer, mit dem die Susi den Kratochvil abgeschlachtet hatte, fand man in der Bestecklade vom Dr. Haberzettel. Ganz leicht waren sogar noch ein paar blasse Blutspuren drauf zu sehen, den Rest würde die Spurensicherung erledigen. Das reichte, um der Susi mittels DNA-Beweis den Mord am Kratochvil nachzuweisen. Die Pistole, mit der die Susi den Franzl umbringen wollte, hatte die Polizei bereits am Vorabend gefunden. Bei dem Crash mit dem Franzl war die Waffe zwar in weitem Bogen weggeflogen, ein Pistenarbeiter fand sie aber halb im Schnee vergraben. Und da der Pistenarbeiter Handschuhe trug, sollten auch die Fingerabdrücke am Griff und am Abzug eindeutig der Susi zuzuordnen sein. Außerdem gab es TV-Beweisbilder. Das Gewehr, mit dem sie ursprünglich ihr Attentat durchführen wollte, hatte noch auf dem Kameraturm gelegen. Es war ein Jagdgewehr vom Dr. Haberzettel, das dieser eindeutig identifizieren konnte.

Rührend war der Abschied aus ihrer Pension. Die Charlotte und die Flora hatten gerade ihre Sachen im Auto verstaut, als die Vermieterin zur Eingangstür geschlurft kam.

»Ma, dass Sie da live dabei waren, Frau Röhrer! Dass einmal so eine Berühmtheit bei mir wohnen würd. Dürft ich noch ein Foto von Ihnen machen? Das häng ich ma in die Frühstücksstube, dann kann ich in Zukunft jedem erzählen, was für berühmte Leute bei mir wohnen.«

»Natürlich, machen wir doch gerne.« Die Charlotte wollte vorschlagen, dass die Flora das Foto machen sollte, aber die alte Vermieterin winkte ab. »Was glauben S' denn?«, fragte sie fast ein wenig empört und zauberte unter ihrem Kittel einen Selfiestick hervor. Aus einer Kitteltasche holte sie ein Smartphone, passte es in den Selfiestick und sagte: »Ich bin ja nicht von gestern!« Klick! Damit waren die Charlotte, die Flora und die Vermieterin auf einem Foto verewigt.

Ein paar Minuten später waren die Charlotte und die Flora dann endgültig auf dem Heimweg.

»Was passiert jetzt mit dir und der Andrea?«, fragte die Flora.

Die Charlotte zuckte mit den Schultern. »Werden wir sehen. Sie muss jetzt erst ihre Saison im Café Mozart fertig machen. Das sind noch zwei Monate, dann kommt sie wieder nach Wien, und dann schauen wir weiter. Ich werde sie aber dazwischen sicher mal besuchen fahren. Das war es doch, was du wissen wolltest, oder?« Die Charlotte warf ihrer Schwester einen kurzen Blick zu und sah, dass sie recht hatte. Die Flora wurde rot wie eine Tomate.

»Ich dachte nur, dass die Andrea ja vielleicht bei uns anfangen könnte, wenn sie mit der Saison da fertig ist.«

Die Charlotte dachte nach. Das war eine Überlegung, die sie auch schon angestellt hatte. »Schauen wir mal. Ich glaube, zuerst werde ich selbst mal bei Mama und Papa anfangen. Papa wollte sowieso immer, dass ich den Heurigen übernehme.«

»Die Ausbildung dazu hättest du ja«, warf die Flora überrascht ein. »Wieso wolltest du das eigentlich nie?«

Die Charlotte warf ihrer Schwester einen kurzen Blick zu. Dann antwortete sie: »Gute Frage. Vor allem eine, die du dir in ein paar Jahren selbst beantworten kannst. Damals wollte ich alles, nur nicht im Geschäft von Mama und Papa arbeiten. Und die Mama und ich … das war noch nie ganz leicht, das weißt du ja selbst. Aber jetzt … Ich glaube, ein etwas ruhigerer Job würde mir schon ganz guttun. Ein eigener Heuriger? Wieso nicht? Als Kind habe ich es ja auch geliebt. Und Talent fürs Weinmachen habe ich auch. Unsere Eltern werden sich einen Haxen ausfreuen, wenn ich ihnen endlich ihren Wunsch erfülle. Vielleicht ist es wirklich an der Zeit, heimzukommen. Die letzten Tage haben mir das gezeigt. Und so nervig du auch immer bist, irgendwie bist du mir ja doch ans Herz gewachsen«, schloss sie mit einem Augenzwinkern.

Die Flora verkniff sich eine bissige Antwort. Stattdessen legte sie ihren Kopf an die Schulter ihrer Schwester. Worte waren da keine mehr nötig.

Und was war mit dem Franzl? In der ganzen Aufregung um die Charlotte und die Susi war auf den Franzl doch tatsächlich mal vergessen worden. So viel sei aber verraten: Er sitzt noch heute als Liftwart in Schladming. Natürlich wollte man den Franzl vor dem zweiten Durchgang noch mal als Vorläufer auf die Strecke lassen, aber der war so ein nervliches Wrack, dass er keine drei Schwünge mehr zusammenbrachte. Deshalb hatte man ihn zur Sicherheit ins Spital gebracht, wo er sich abseits des Medienrummels erholen konnte. Dass ausgerechnet seine Freundin ihm nach dem Leben getrachtet und er ihr im Gegenzug den Kopf abgefahren hatte, war ein bisschen zu viel gewesen. Dafür hatte der Franzl jetzt endlich seine Ruhe. Niemand mehr, der ihn in irgendeinen Kader pressen wollte oder ihm vorhielt, er solle sich doch nicht so gehen lassen. Es sollte zwar noch ein paar Wochen dauern, bis ihm das klar wurde, aber dafür war es dann umso befriedigender.

Das erzählte er der Charlotte auch alles, als sie einen Monat nach den schrecklichen Ereignissen zum ersten Mal die Andrea besuchte. Da trafen sich nämlich alle wieder – also alle, die noch am Leben waren und nicht, wie die Flora, in die Schule mussten: der Joe, die Svetlana, der Franzl und natürlich die Andrea und die Charlotte. Die Svetlana war inzwischen die neue Besitzerin des Cherie und des Schneeweißchen. Im Haus vom Kratochvil hatte man ein Testament gefunden, und darin hatte er, für viele doch überraschend, verfügt, dass die Svetlana alle seine Geschäfte erbte. Nur das mit den Drogen, das gab sie liebend gerne an andere ab. Damit wollte sie nichts zu tun haben.

Geplant gewesen war das Treffen der Charlotte mit den anderen nicht, aber früher oder später verkamen sie ja doch alle. Im Schneeweißchen natürlich.

»Und den Rest kennen Sie ja«, schloss die Charlotte ihre Erzählung.

»Aber, aber ...«, stotterte die Reporterin. »Sie wollen, dass ich das alles nicht schreibe? Das ist doch ein Riesenskandal!«

»Wenn Sie einen daraus machen wollen«, entgegnete die Charlotte. Nicht nur ihre Stimme war kühl. Die Sonne war inzwischen beinahe komplett hinter den Bergspitzen untergegangen und die Temperatur daher in den Keller gerasselt. Den Champagner hatten sie schon lange gegen heißen Tee getauscht. Richtigen Tee, keinen Jagatee. Die Charlotte wollte ja heil den Berg runterkommen. »Ich kann nur trotzdem noch mal meine Bitte wiederholen, dass Sie die Geschichte mit dem Sarin auslassen. Über das Koks können Sie ja gerne schreiben.«

»Aber das Koks war doch ein Gschichtl, oder?«, merkte die Hammerschmied zweifelnd an. Es beschlich sie ein ungutes Gefühl. Nämlich, dass die Charlotte sie von vorne bis hinten angeschmiert hatte.

»Nein, war es nicht«, entgegnete die Charlotte ernst. »Es war damals tatsächlich dieses Superkoks im Umlauf. Und der Kratochvil war zu Recht angefressen. Die Burschen haben da Kokain mit einem Marktwert von mehreren Millionen Euro einfach rausgeblasen.«

»Und wieso wurde das letztes Jahr alles so runtergespielt?« Die Hammerschmied war jetzt richtig empört.

Verschwörerisch lehnte sich die Charlotte vor. Die Hammerschmied machte es ihr nach. Nur mehr Zentimeter trennten die Nasenspitzen der beiden. »Vielleicht wollte man einfach nicht, dass das ans Tageslicht kommt? Was wäre das denn für eine PR für einen Skiort? Außerdem hatte man die Sache ja im Griff. Ja, die Geschichte mit den aus Gaudi am

Bauch rutschenden Touristen am Zielhang war vielleicht ein bisschen übertrieben, aber es mussten tatsächlich einige Skifahrer im Spital behandelt werden, weil sie auf der Hütte ihre Grießnockerlsuppe mit Koks aufgepeppt bekommen haben. Es war nur ein Glück, dass keine Kinder darunter waren.«

»Also Ende gut, alles gut?« Die Stimme der Hammerschmied triefte vor Süffisanz.

»Wenn Sie so wollen – ja. Alle Schuldigen sind ihrer Strafe zugeführt worden. Und jetzt herrscht hier endlich wieder Ruhe.«

»Pffft«, antwortete die Reporterin. Dann stand sie auf, drehte sich um und wollte sich grußlos aus dem Staub machen. Da machte ihr aber der Kellner einen Strich durch die Rechnung.

»Nicht so hastig, gnä' Frau«, meinte er, »die Rechnung ist noch offen.«

Verächtlich zückte die Hammerschmied eine Kreditkarte. »Was macht es denn aus?«

Der Kellner tippte auf seinem Bestell-Pad, nach ein paar Sekunden spuckte das Gerät die Rechnung aus. »So, das macht bitte tausendsiebenhundertvierundfünfzig Euro.« Die Hammerschmied wurde blass. Im Hintergrund prustete die Andrea vor Lachen ein halbes Häferl des inzwischen nur mehr lauwarmen Tees aus.

Rot vor Zorn legte die Hammerschmied nach einigen fruchtlosen Protesten doch ihre Kreditkarte auf das Gerät und tippte ihren PIN-Code ein. Die Rechnung zerknüllte sie und warf sie wütend auf den Boden. »Das zahlt mir die Firma sowieso nicht«, schnaubte sie, »aber immerhin habe ich ja unser Gespräch aufgenommen. Damit werde ich schon Geld machen können.« Triumphierend hielt sie ihr Handy in die Höhe.

Just in diesem Moment schwangen die Flora und der Noah gleich neben dem Tisch ab. Extra schwungvoll, sodass die

Hammerschmied von hinten von einer Schneefontäne eingeschneit wurde.

Vor Schreck flog der Reporterin das Handy aus der Hand. Entsetzt blickte sie ihm nach. Wie in Zeitlupe drehte es sich, beschrieb einen hohen Bogen und landete schließlich genau vor den Füßen der Andrea im Schnee.

Im nächsten Moment weiteten sich die Augen der Hammerschmied vor Schreck.

KRACKS. KNIRSCH. KRACH.

Die Andrea hatte sich nämlich just in diesem Moment aus ihrem Liegestuhl erhoben und war mit einem Skischuh direkt auf das Handy der Reporterin gestiegen.

»Ups!«, kicherte die Andrea. »Das tut mir jetzt aber leid.«

Die Charlotte funkelte die Reporterin böse an. »Die kleinen Sünden straft der liebe Gott eben sofort.«

Wie zum Beweis drückte die Andrea mit ihrer Ferse nochmals fest auf das malträtierte Handy. Bei jedem Knirschen verzog sich die Miene der Hammerschmied mehr und mehr. Schließlich hob die Andrea das Handy auf und reichte es der Reporterin. Das Display war völlig zersplittert, die hintere Abdeckung des Handys gebrochen und zur Hälfte abgesplittert. Dünne Kabel hingen heraus, der Akku war geknickt. Fassungslos nahm die Hammerschmied das Gerät entgegen.

Im Hintergrund fetzten sich die Flora und der Noah ab. Die Andrea hatte ihr zwischendurch eine Nachricht geschrieben und sie über die Situation aufgeklärt. Die Flora hatte also ganz genau gewusst, was sie tat. Dass die Aktion so einen durchschlagenden Erfolg hatte, war ein zusätzlicher Bonus.

»Und jetzt?«, fragte die Hammerschmied am Boden zerstört. Das Handy zerbröselte ihr praktisch in der Hand. Platinen rutschten heraus, Mikroplastikstecker machten sich selbstständig, am Ende fiel auch der kaputte Akku zu Boden.

»Jetzt gehen wir alle nach Hause und freuen uns des Lebens«, antwortete die Charlotte fröhlich.

Die Hammerschmied sah sich um. Die Dämmerung war

beinahe komplett in Dunkelheit übergegangen. Sie waren die letzten Gäste auf der Hütte. Und vor allem: Die Gondel hatte ihren Betrieb bereits eingestellt. So, wie es die Charlotte von Anfang an geplant hatte.

»Wie komme ich jetzt wieder vom Berg runter?«, kreischte die Hammerschmied, als ihr bewusst wurde, in welcher Lage sie sich befand.

»Wer fährt schon ohne Ski auf einen Berg?«, merkte die Flora süffisant aus dem Hintergrund an.

Die Hammerschmied wurde knallrot im Gesicht. Sie war hier von A bis Z verarscht und an der Nase herumgeführt worden. »Sie hatten das so geplant!«, warf sie der Charlotte vor.

Die machte jedoch nur eine Unschuldsmiene und zuckte mit den Schultern.

»Kellner!«, schrie die Hammerschmied.

»Ja?«

»Gibt's hier ein Taxi oder irgendwas, wie man den Berg wieder runterkommt? Könnten Sie vielleicht noch mal die Gondel anstarten?«

Der Kellner sah die Reporterin fassungslos an. Schließlich schüttelte er nur den Kopf, drehte sich um und verschwand in der Hütte.

»An Ihrer Stelle würde ich mich am Pistenrand halten«, empfahl die Charlotte der Hammerschmied. »Vielleicht nimmt Sie ja ein Pistenbully mit, wenn Sie freundlich fragen und nicht jede Hilfe für selbstverständlich nehmen.«

Die Hammerschmied schnaufte noch einmal tief durch, drehte sich um und machte sich dann auf den langen Weg hinunter ins Tal.

Die Flora und der Noah hatten inzwischen die Ski abgeschnallt und sich zu den anderen gesellt. »Das hat ja richtig Spaß gemacht«, stellte die Flora zufrieden fest und setzte sich zu ihrer Schwester an den Tisch. Der Kellner war inzwischen wieder herausgekommen und nahm die Bestellung der Flora auf. Einmal Kaiserschmarrn und eine Tasse Früchtetee. Der Noah verdoppelte diese Bestellung. Sie hatten noch eine gute halbe Stunde Zeit, bis die Flutlichter der Planai aufgedreht wurden. Im Finsteren wollten sie nicht die Piste hinunterfahren.

Die Andrea klaubte die Rechnung auf, die die Hammerschmied zuvor wütend zusammengeknüllt und weggeschmissen hatte, und setzte sich ebenfalls an den Tisch. Ein paar Minuten später kam der Kellner mit den Bestellungen von der Flora und dem Noah zurück. Zusätzlich stellte er eine letzte Flasche Champagner auf den Tisch.

»Geht die aufs Haus?«, fragte die Charlotte erstaunt.

»Nö«, erwiderte der Kellner augenzwinkernd, »die hat die Reporterin vorhin noch gezahlt.« Die Andrea faltete die weggeworfene Rechnung auf und strich sie glatt. Tatsächlich hatte man ihr vier statt nur drei Flaschen verrechnet.

»Joe!« Die Charlotte hob mahnend den Zeigefinger.

»Ach, sei doch still und rück rüber.« Der Joe hatte sein für Touristinnen unwiderstehliches Lächeln aufgesetzt und unter seiner Schürze noch ein Champagnerglas hervorgezaubert. Er schenkte sich, der Charlotte und der Andrea ein. Dann stießen sie an. Die »Kinder« hielten sich bei den herrschenden Minusgraden ohnehin lieber an ihren warmen Tee.

»Wollen wir die Hammerschmied wirklich die ganze Strecke zu Fuß runtergehen lassen?«, fragte die Andrea schließlich.

»Nein«, beruhigte die Charlotte sie. »Oder, Joe?«

Der Joe lächelte verschmitzt in sein Glas. »Natürlich nicht. Aber ein bisschen Strafe muss sein. In einer Viertelstunde schicke ich ihr einen Kollegen mit dem Schneemobil nach. Der soll sie ins Tal bringen.«

Weiter unten gingen die Flutlichter der Planai an. Auch in den Abendstunden wurde an der Piste gearbeitet. Der Nachtslalom fand in ein paar Tagen statt, und die Weltcupstars erwarteten sich eine perfekt präparierte Piste.

Eine halbe Stunde später machten sie sich schließlich auf den Weg. Der Joe hatte wie versprochen zuvor einen Kollegen mit einem Schneemobil losgeschickt und war über Funk informiert worden, dass dieser die Hammerschmied erfolgreich aufgelesen hatte.

Das Licht der Flutlichtanlage reichte bis zur Skihütte. Einer sicheren Abfahrt ins Tal stand nichts im Wege. Die Charlotte stand bereits in der Bindung und hatte den Blick in Richtung des verträumt unter ihnen liegenden Ennstals gerichtet, als sie noch einmal über ihre Geschichte nachdachte. Ein Jahr war es nun her, dass sich ihr Leben grundlegend geändert hatte. Endlich zum Positiven. Zur Bestätigung brauchte sie nur nach links schauen, wo die Andrea auf die Skistöcke gestützt ebenfalls ihren Gedanken nachhing. Ein Jahr, in dem so unfassbar viel passiert war. Ein Jahr, in dem sie – wie es schien – endlich ihr Glück gefunden hatte. Die Andrea war alles, was sie sich jemals gewünscht hatte. Nein, sie war mehr. So viel mehr. Viel mehr, als sie sich jemals zu wünschen gewagt hätte.

Und das machte ihr Angst. Wie sollte so etwas halten? Womit hatte sie sich das verdient?

Zu ihrer anderen Seite standen die Flora und der Noah. Ganz nah nebeneinander. Da schien sich etwas zu entwickeln. Auch wenn es da noch eine ungute Geschichte zu Silvester gegeben hatte. Den Jahreswechsel hatte der Noah mit der Renate, seiner »Patentante«, in Ägypten verbracht, während die Flora daheimgeblieben war. Und dann war plötzlich der Luca wieder aufgetaucht. Ob die Kleine ihm das erzählt hatte? Aber halt, das war wirklich nicht die Sache von der Charlotte. So und so würden noch genug Fallstricke auf die beiden warten. Da sollten sie jetzt lieber die Zeit miteinander genießen. Und überhaupt ging sie das Ganze ja auch gar nichts an.

Nein, es war gut so, wie es jetzt gerade war. Würde es immer so bleiben? Sicher nicht. Doch warum jetzt schon um die Zukunft sorgen, wenn die Gegenwart gerade so schön war?

Die Charlotte machte den Anfang. Sie stieß sich ab und zog die ersten Schwünge in eine schmale präparierte Spur, die vor wenigen Minuten von einem Pistenbully gezogen worden war, der in Richtung Zielhang gefahren war. Unter ihren Ski knirschte der Schnee, eisiger Fahrtwind ließ ihre Wangen erröten. Sie hatten die Piste für sich allein. Adrenalin schoss ihr ins Blut.

Sie hatte alles, was sie brauchte. Es war nicht viel, aber es war genug.

Das Leben war schön.

Und jetzt? ZURÜCK IN DIE GEGENWART!

Danke!

Zuallererst an Sie, geneigte Leserin, geneigter Leser, die mir jetzt schon über vier Bände durch das mörderische Perchtoldsdorf und jetzt auch nach Schladming gefolgt sind. Drei Krimis lang habe ich dieses »Prequel« angeteast, jetzt war es endlich so weit. Ich hoffe, das lange Warten und die gesteigerte Spannung haben sich ausgezahlt.

Bevor ich Sie zu Ihrem nächsten Buch entlasse, noch ein paar Anmerkungen zu »Perchtoldsdorfer Todesrausch«. Das Buch liegt mir am Herzen wie kaum ein anderes. Warum? Das ist der erste Charlotte-Nöhrer-Krimi, den ich geschrieben habe. Der allererste. Vor mehr als zwanzig Jahren, nachdem ich zum ersten Mal in Schladming Skifahren war. Seit damals wurde die Geschichte naturgemäß etliche Male umgeschrieben, aus Hermann-Maier-Anspielungen wurden Marcel-Hirscher-Anspielungen, aus Schilling wurden Euro und so weiter. Egal, wie viele Absagen ich für das Manuskript in der Vergangenheit bekam (und es waren viele), ich habe immer daran geglaubt. Zumindest an die Figur der Charlotte Nöhrer. Geduld und ein gerüttelt Maß an Selbstvertrauen sind die Grundeigenschaften eines jeden Autors.

Aus diesem Glauben an meine Charlotte entstand schließlich »Tod in Perchtoldsdorf«, der nunmehrig erste Band meiner Krimi-Reihe. Es war so etwas wie ein »Soft Reboot«, wie es heutzutage heißt. Mit einem halben Jahr Abstand zu den Ereignissen in »Todesrausch« habe ich die Charlotte Hals über Kopf in ein neues Abenteuer stürzen lassen. Eingebettet in eine für sie neue Situation und Lebensumstände. Die Leserinnen habe ich damit konfrontiert, dass die Charlotte mit einer Frau zusammenlebt, das Weingut ganz frisch übernommen hat und sich im ständigen Clinch mit ihrer Mutter und der kleinen Schwester befindet. Ein Sprung ins kalte Wasser –

für mich als Autor, für die Charlotte als meine Protagonistin, aber auch für die vielen Leser. Die »Schladming-Geschichte« habe ich nur angedeutet. Ein Risiko, durchaus. Zu dem Zeitpunkt hatte ich weder einen Verlag noch eine Literaturagentur. Beides galt auch noch, als ich »Perchtoldsdorfer Schweigen« fertigstellte. Was ich hatte? Die Überzeugung, dass die Geschichten gut und interessant sind und früher oder später einen Verlag finden werden. Was ich noch hatte? Einen Plan! Mir war klar, dass ich den »Todesrausch« nicht einfach sterben lassen würde. Dafür war mir mein allererster Krimi einfach zu wichtig.

Mir war klar, dass ich nach »Perchtoldsdorfer Punsch« eine Zäsur machen musste. Die ersten drei Bände bilden ja eine lose Trilogie. Bevor in Band fünf in Perchtoldsdorf wieder frisch und fröhlich weitergemordet wird, wollte ich die Leserinnen »belohnen«. Nach dem durchaus starken Tobak in »Schweigen« und »Punsch« sollte es etwas Lockeres und Leichtes sein – eben der »Todesrausch«. Jetzt wissen wir endlich, wie sich die Charlotte und die Andrea kennengelernt haben und wie es zum Entschluss der Charlotte kam, doch das Weingut der Eltern zu übernehmen. Wenn Sie nun Lust haben, die ersten drei Bände nochmals zu lesen: Ich bin mir sicher, dass Sie die Charlotte und ihre Familie jetzt in einem etwas anderen Licht sehen werden.

Ein großes Dankeschön wie üblich an meine Familie: meine Frau Isabella und die Zwillinge Charlotte und Leo. Die beiden haben inzwischen ihren ersten zweistelligen Geburtstag hinter sich und sind wahnsinnig stolz, dass ihre Namen in meinen Krimis verewigt sind. Bei Lesungen sorgen die beiden immer für Stimmung, weil sie bei jeder Erwähnung ihrer Namen loslachen und damit das ganze Publikum unterhalten. Ich liebe euch drei!

An dieser Stelle möchte ich auch einige befreundete Kolleginnen erwähnen, von denen ich im letzten Jahr viel lernen durfte – sei es in persönlichen Gesprächen, dem Lesen (lassen) von Manuskripten oder bei Lesungen: Martina Parker, Lukas Pellmann und Christian Klinger. Wenn Sie die Möglichkeit haben, eine(n) der drei einmal live zu erleben – lassen Sie sich das nicht entgehen und gehen Sie hin. Es sind großartige Shows und viel, viel mehr als bloß einfache Lesungen.

Last, but not least: ein Dankeschön an das komplette Team des Emons-Verlags. Ohne Verlag kein Buch. Ohne Buch keine Danksagung. Auf die nächsten erfolgreichen Perchtoldsdorf-Krimis!

Zum Ende noch eine Entschuldigung: Die Schladminger Polizei ist selbstverständlich nicht so inkompetent und schleißig wie in der Geschichte dargestellt. Aber sonst wäre der Plot nur halb so lustig gewesen. Was das Skigebiet selbst angeht: Da hat sich in den letzten zwanzig Jahren auch viel getan. Meines Wissens nach haben die Pisten inzwischen leider nicht mehr so charmante Namen wie »Die Schwungvolle«. Dafür hat sich die Qualität des Kunstschnees verbessert …

Apropos: Wie es weitergeht? Zu viel möchte ich nicht verraten, nur so viel: Das nächste Mal treffen wir die Charlotte und ihre Freunde auf einem Gschnas, oder hochdeutsch: einem Maskenball. Freuen Sie sich schon mal auf das Kostüm der Charlotte …

Christian Schleifer
TOD IN PERCHTOLDSDORF
Broschur, 272 Seiten
ISBN 978-3-7408-0818-1

Der Heurigenort Perchtoldsdorf steht unter Schock: Bei den berühmten Sommerspielen wird ein Schauspieler auf offener Bühne getötet. Die ehemalige Polizistin Charlotte Nöhrer, die als Neu-Winzerin eigentlich versuchen wollte, dem Publikum ihren Frizzante nahezubringen, stolpert in die Ermittlungen. Schnell entspinnt sich ein Gewirr aus Liebe, Eifersucht und Erpressung. Dabei hat Charlotte mit dem elterlichen Weinbaubetrieb, den sie gegen alle Widerstände ins 21. Jahrhundert katapultieren will, alle Hände voll zu tun!

www.emons-verlag.de

Christian Schleifer
PERCHTOLDSDORFER SCHWEIGEN
Broschur, 304 Seiten
ISBN 978-3-7408-1149-5

Noch vor dem Frühstück wird Winzerin Charlotte Nöhrer im eige-
nen Hof eine Leiche serviert. Ein paar Stunden später stirbt ihr
Erzfeind Herbert Zaitler während des Hiataeinzugs, und Charlotte
stößt in den Perchtoldsdorfer Weinbergen auf einen geheimen
Nazi-Bunker – darin der leblose Körper einer lange verschollenen
Frau. Drei Tote zu viel, findet Charlotte und beginnt Nachfor-
schungen anzustellen. Dabei taucht sie immer tiefer in die eigene
Familiengeschichte ein – was verschweigt ihr die Omama?

www.emons-verlag.de

Christian Schleifer
PERCHTOLDSORFER PUNSCH
Broschur, 320 Seiten
ISBN 978-3-7408-1484-7

Stille Nacht, heilige Nacht? Nicht in Perchtoldsdorf! Der Wahl-
kampf der »Heimatpartei« sorgt für miese Stimmung, mitten im
Ort soll ein Edelbordell eröffnen, und dann gibt es auch noch
eine Bombendrohung gegen die Kirche. Als der Pfarrer vom
Wehrturm gestoßen wird, reicht es der Charlotte endgültig. Die
Jungwinzerin und Ex-Polizistin lässt ihren Punschstand auf dem
Adventmarkt stehen und stürzt sich in die Ermittlungen.

www.emons-verlag.de